um caso de

Hercule Poirot

Publicado originalmente em 1952

AGATHA CHRISTIE
A MORTE DE MRS. McGINTY

· TRADUÇÃO DE ·
Stefano Volp

Rio de Janeiro, 2023

Título original: *Mrs. McGinty's Dead*
Copyright © 1952 Agatha Christie Limited. All rights reserved.
Copyright de tradução © 2021 Harper Collins Brasil

THE AC MONOGRAM and AGATHA CHRISTIE are registered trademarks of Agatha Christie Limited in the UK and/or elsewhere. All rights reserved.

Todos os direitos desta publicação são reservados à Casa dos Livros Editora LTDA. Nenhuma parte desta obra pode ser apropriada e estocada em sistema de banco de dados ou processo similar, em qualquer forma ou meio, seja eletrônico, de fotocópia, gravação etc., sem a permissão do detentor do copyright.

Diretora editorial: *Raquel Cozer*

Gerente editorial: *Alice Mello*

Editora: *Lara Berruezo*

Assistência editorial: *Anna Clara Gonçalves e Camila Carneiro*

Copidesque: *Luíza Amelio*

Revisão: *Isabela Sampaio*

Design gráfico de capa e miolo: *Túlio Cerquize*

Produção de imagens: *Buendía Filmes*

Produção de objetos: *Fernanda Teixeira e Yves Moura*

Fotografia: *Vinicius Brum*

Diagramação: *Abreu's System*

Dados Internacionais de Catalogação na Publicação (CIP)
(Câmara Brasileira do Livro, SP, Brasil)

Christie, Agatha, 1890-1976
　　A morte de Mrs. McGinty / Agatha Christie; tradução de Stefano Volp. – Rio de Janeiro: Harper Collins Brasil, 2021.

　　Tradução original: Mrs. McGinty's dead
　　ISBN 978-65-5511-223-8

　　1. Ficção policial e de mistério (Literatura inglesa) I. Título.

21-80494　　　　　　　　　　　　　　　　　　　　CDD-823.0872

Cibele Maria Dias – Bibliotecária – CRB-8/9427

Os pontos de vista desta obra são de responsabilidade de seu autor, não refletindo necessariamente a posição da HarperCollins Brasil, da HarperCollins Publishers ou de sua equipe editorial.

HarperCollins Brasil é uma marca licenciada à Casa dos Livros Editora LTDA.
Todos os direitos reservados à Casa dos Livros Editora LTDA.
Rua da Quitanda, 86, sala 218 – Centro
Rio de Janeiro, RJ – CEP 20091-005
Tel.: (21) 3175-1030
www.harpercollins.com.br

Para Peter Sanders em gratidão
por sua bondade aos autores

Capítulo 1

Hercule Poirot saiu do restaurante *Vieille Grand'mère* para o Soho. Levantou a gola de seu sobretudo por prudência, mais do que necessidade, já que a noite não estava fria. "Na minha idade não se deve correr riscos", Poirot costumava declarar. Seus olhos exibiam um prazer sonolento. Os *escargots de la Vieille Grand'mère* estavam deliciosos. Um verdadeiro achado, este restaurantezinho pé-sujo. Meditativo, Hercule Poirot passou a língua nos lábios feito um cão bem alimentado. Tirando o lenço do bolso, alisou os bigodes exuberantes.

Sim, ele tinha jantado bem... E agora?

Um táxi, passando por ele, diminuiu a velocidade de forma convidativa. Poirot hesitou por um momento, mas não fez sinal. Por que pegar um táxi? De todo modo, chegaria em casa muito cedo para ir para a cama.

— Hmm — murmurou Poirot para seus bigodes. — É uma pena que uma pessoa só possa comer três vezes por dia...

Pois o chá da tarde era uma refeição à qual ele nunca se acostumara.

— Se alguém toma o chá das cinco horas, não chega até o jantar com a qualidade adequada de sucos gástricos — explicava ele. — E que fique bem claro que o jantar é a principal refeição do dia!

Para ele, nem mesmo um café no meio da manhã. Não, chocolate e *croissants* no desjejum, *déjeuner* às 12h30, se possível, mas certamente não depois das treze horas, e finalmente o clímax: *le dîner!*

Esses eram os períodos de pico do dia de Hercule Poirot. O homem que sempre levava seu estômago a sério, agora colhia sua recompensa na velhice. Comer já não era apenas um prazer físico, mas também uma pesquisa intelectual. Entre as refeições, ele passava muito tempo procurando e marcando possíveis fontes de comidas novas e deliciosas. *La Vieille Grand'mère* foi o resultado de uma dessas buscas e *La Vieille Grand'mère* tinha acabado de receber o selo da aprovação gastronômica de Hercule Poirot.

Mas agora, infelizmente, havia a noite toda pela frente.

Hercule Poirot suspirou.

"Se ao menos *cher Hastings* estivesse disponível", pensou ele.

Guardava com prazer as lembranças de seu antigo amigo.

— Meu primeiro amigo neste país, e ainda assim, para mim, o mais querido. É verdade que ele me enfurecia com frequência. Mas me lembro disso agora? Não. Lembro-me apenas de sua admiração incrédula, sua apreciação boquiaberta de meus talentos, da facilidade com que eu o enganava sem proferir uma palavra falsa, sua perplexidade, seu espanto estupendo quando ele finalmente percebia a verdade evidente para mim há muito tempo. *Ce cher, cher ami!* É minha fraqueza, sempre foi minha fraqueza, desejar me exibir. Hastings nunca poderia entender esse ponto fraco. Mas, de fato, é muito necessário que um homem com minhas habilidades se admire, e para isso é preciso um estímulo externo. Não posso, realmente não posso, sentar-me em uma cadeira o dia todo refletindo como sou verdadeiramente admirável. É necessário o toque humano. É preciso, como se costuma dizer hoje, um *coadjuvante*.

Hercule Poirot suspirou. Virou na Shaftesbury Avenue.

Deveria atravessá-la e seguir para a Leicester Square e passar a noite no cinema? Franzindo a testa de leve, ele balançou a cabeça. O cinema, na maioria das vezes, o enfurecia com a frouxidão de seus enredos — a falta de continuidade lógica na discussão — até mesmo a fotografia que, venerada por alguns, para Hercule Poirot parecia muitas vezes nada mais do que a representação de cenas e objetos para que parecessem totalmente diferentes da realidade.

Tudo, Hercule Poirot decidiu, era muito artístico hoje em dia. Em nenhum lugar havia o amor pela ordem e pelo método tão valorizados por ele. E raramente havia qualquer apreciação da sutileza. Cenas de violência e brutalidade grosseira estavam na moda e, como ex-policial, Poirot se entediava com a brutalidade. Em seus primeiros dias, ele tinha visto muita brutalidade crua. Tinha sido mais regra do que exceção. Ele achava isso fatigante e nada inteligente.

"A verdade é", refletiu Poirot enquanto caminhava para casa, "que não estou em sintonia com o mundo moderno. E eu sou, de uma maneira superior, tão escravizado quanto outros homens. Meu trabalho me escravizou, assim como o trabalho deles os escraviza. Quando chega a hora do lazer, eles não têm como preenchê-la. O financista aposentado começa a jogar golfe, o negociante põe lâmpadas no jardim, e quanto a mim, eu como. Mas aí está, volto a pensar nisso: *só se pode comer três vezes ao dia*. E as lacunas estão no meio".

Ele passou por um vendedor de jornais e deu uma olhada na manchete.

RESULTADO DO JULGAMENTO DE MCGINTY. VEREDITO.

Não lhe despertou interesse algum. Ele se lembrou vagamente de um pequeno parágrafo nos jornais. Não foi um assassinato interessante. Uma velhota qualquer fora golpeada na cabeça por algumas libras. Tudo parte da brutalidade crua e sem sentido dos dias atuais.

Poirot entrou no pátio de seu bloco de apartamentos. Como sempre, seu coração se inflou de aprovação. Estava orgulhoso de sua casa. Um esplêndido edifício simétrico. O elevador o levou até o terceiro andar, onde ele tinha um enorme apartamento de luxo com impecáveis acessórios cromados, poltronas quadradas e ornamentos retangulares. Podia-se dizer que não havia uma curva sequer no lugar.

Quando enfiou a chave na porta e adentrou o hall quadrado e branco, seu criado, George, se aproximou de mansinho.

— Boa noite, senhor. Há um cavalheiro esperando para vê-lo.

Com habilidade, ele recolheu o sobretudo de Poirot.

— Sério? — Poirot percebeu a pausa muito ligeira antes da palavra "cavalheiro". George era especialista em esnobar as pessoas.

— Qual o nome dele?

— Um Mr. Spence, senhor.

— Spence. — O nome, até então, não significava nada para Poirot. No entanto, ele sabia que deveria significar.

Após parar por um momento diante do espelho para ajeitar os bigodes à perfeição, Poirot abriu a porta da sala e entrou. O homem sentado em uma das grandes poltronas quadradas se levantou.

— Olá, monsieur Poirot, espero que você se lembre de mim. Faz muito tempo... Superintendente Spence.

— Mas é claro. — Poirot apertou-lhe a mão calorosamente.

Superintendente Spence da Polícia de Kilchester. Um caso muito interessante que tinha sido... Como Spence dissera, havia muito tempo agora...

Poirot ofereceu uma bebida ao seu convidado. *Grenadine? Crème de menthe? Benedictine? Crème de cacao?*

Nesse momento, George entrou com uma bandeja contendo uma garrafa de uísque e um sifão.

— Ou cerveja, se preferir, senhor? — murmurou ao visitante.

O rosto avermelhado do Superintendente Spence iluminou-se.

— Cerveja para mim — disse ele.

Poirot refletiu mais uma vez sobre as façanhas de George. Ele mesmo não fazia ideia de que havia cerveja no apartamento e lhe parecia incompreensível que alguém pudesse escolhê-la em vez de um doce licor.

Quando Spence tomou sua caneca de cerveja espumante, Poirot serviu-se de um pequeno copo de *crème de menthe* verde cintilante.

— Mas é encantador da sua parte me procurar — disse ele. — Encantador. Você veio de...?

— Kilchester. Estarei aposentado em cerca de seis meses. Na verdade, eu estava prestes a me aposentar há dezoito meses. Eles me pediram para ficar mais um pouco, e eu fiquei.

— Você foi sábio — disse Poirot com sentimento. — Foi muito sensato...

— Fui? Eu me questiono. Não tenho tanta certeza.

— Sim, sim, você foi sábio — insistiu Poirot. — As longas horas de *ennui*, você não faz ideia de como é.

— Oh, terei muito o que fazer quando me aposentar. Mudamos para uma nova casa no ano passado. Um jardim enorme, mas vergonhosamente abandonado. Ainda não pude me dedicar a isso.

— Ah, sim, você é desses que cuidam de jardins. Uma vez decidi morar no campo e cultivar abóboras-d'água. Mas não deu certo. Não tenho temperamento.

— Você deveria ter visto uma das minhas abóboras no ano passado — disse Spence com entusiasmo. — Colossal! E as rosas. Eu adoro rosas. Eu terei que...

Ele se interrompeu.

— Não vim falar sobre isso.

— Não, não, você veio ver um velho conhecido. Foi gentil. Obrigado.

— Há mais do que isso, receio, monsieur Poirot. Serei honesto. Quero algo.

Poirot murmurou com delicadeza:

— Sua casa vai ser hipotecada? Gostaria de um empréstimo...

Spence o interrompeu com uma voz horrorizada:

— Oh, pelo amor de Deus, não é *dinheiro*! Nada desse tipo.

Poirot acenou com as mãos em um gracioso pedido de desculpas.

— Perdoe-me.

— Direi sem rodeios, vim por uma razão um tanto grosseira. Se você me mandar colocar o rabo entre as pernas e ir embora, não ficarei surpreso.

— Não mandarei — disse Poirot. — Mas continue.

— É o caso McGinty. Você já leu sobre isso, talvez?

Poirot balançou a cabeça.

— Não com atenção. Mrs. McGinty, uma velha em uma loja ou em uma casa. Ela está morta, sim. Como ela morreu?

Spence encarou-o.

— Senhor! — disse ele. — Isso me leva para o passado... Extraordinário. E eu nunca pensei nisso até agora.

— Perdão?

— Nada. Apenas um jogo. Um jogo infantil. Costumávamos jogar quando crianças. Fazíamos uma fila. Eram perguntas e respostas. "Mrs. McGinty está morta!" "Como foi que ela morreu?" "Dobrando um dos joelhos, assim como eu." E então a próxima pergunta: "Mrs. McGinty está morta." "Como foi que ela morreu?" "Estendendo a mão, assim como eu." E lá estaríamos nós, todos ajoelhados, com os braços direitos esticados. E então continuávamos. "Mrs. McGinty está morta." "Como foi que ela morreu?" "ASSIM!" Bem, o primeiro da fila caía de lado e todos nós caíamos como pinos de boliche!

— Spence deu uma alta risada com a lembrança. — Sim, isso me traz muitas recordações.

Poirot esperou educadamente. Esse era um dos momentos nos quais, mesmo depois de meia vida no país, ele achava os ingleses incompreensíveis. Ele próprio havia brincado de *cache cache* na infância, mas não sentia vontade de falar ou mesmo pensar a respeito.

Quando Spence superou sua própria diversão, Poirot repetiu com um leve cansaço:

— *Como* ela morreu?

A risada se apagou do rosto de Spence. De repente, ele voltou a si próprio.

— Ela foi atingida na nuca por um instrumento pesado e afiado. Suas economias, cerca de trinta libras em dinheiro, foram levadas depois que seu quarto foi saqueado. Ela morava sozinha em um pequeno chalé, exceto por um inquilino. O sobrenome dele é Bentley. James Bentley.

— Ah, sim, Bentley.

— O lugar não foi invadido. Nenhum sinal de violação das janelas ou fechaduras. Bentley estava na pindaíba, sem emprego e devendo dois meses de aluguel. O dinheiro foi encontrado escondido sob uma pedra solta nos fundos da casa. A manga do casaco de Bentley tinha sangue e cabelo, mesmo grupo sanguíneo e cabelo compatível. De acordo com sua primeira declaração, ele nunca esteve perto do corpo, então não poderiam ter ido parar lá por acidente.

— Quem a encontrou?

— O padeiro foi levar pão. Era seu dia de pagamento. James Bentley o deixou entrar e disse que tinha batido na porta do quarto de Mrs. McGinty, mas não obteve resposta. O padeiro sugeriu que ela poderia ter se sentido mal. Eles chamaram a vizinha para verificar. Mrs. McGinty não estava no quarto e não tinha dormido na cama, mas o quarto tinha sido saqueado e as tábuas do chão tinham sido retiradas. Então eles pensaram em procurar na sala. Lá estava ela, deitada no chão, e a vizinha gritou muito. Então chamaram a polícia, é claro.

— E Bentley acabou sendo preso e julgado?

— Sim. O caso foi encaminhado para o Supremo Tribunal do Condado. Ontem. A resolução foi simples. O júri levou apenas vinte minutos para deliberar hoje de manhã. Veredito: culpado. Condenado à morte.

Poirot concordou com a cabeça.

— E então, após o veredito, você entrou em um trem, viajou para Londres e veio aqui para me ver. Por quê?

O Superintendente Spence olhava para seu copo de cerveja. Passou o dedo lentamente ao redor da borda.

— Porque eu não acho que ele fez isso... — disse ele.

· A MORTE DE MRS. MCGINTY ·

13

Capítulo 2

Houve um ou dois momentos de silêncio.

— Você veio a mim...

Poirot não terminou a frase.

O Superintendente Spence ergueu os olhos. A cor de seu rosto era mais atenuante do que antes. O rosto de um típico camponês, inexpressivo, contido, com olhos astutos, mas honestos. O rosto de um homem bem-resolvido, que nunca se incomodaria com dúvidas sobre si mesmo ou a respeito do certo e do errado.

— Estou há muito tempo na Polícia — disse ele. — Eu tive uma boa e variada experiência. Posso julgar um homem tão bem quanto qualquer outra pessoa. Tive casos de assassinato durante meu serviço, alguns deles simples o suficiente, outros não tão diretos. *Você* conhece um desses casos, monsieur Poirot...

Poirot concordou com a cabeça.

— Aquilo foi complicado. Se não fosse por você, talvez não tivéssemos visto com clareza. Mas vimos, e não houve dúvidas. O mesmo com os outros que você não conhece. Houve Whistler, ele teve o que mereceu. Houve aqueles caras que atiraram no velho Guterman. Houve Verall e seu arsênico. Tranter escapou, mas era culpado. Mrs. Courtland teve sorte. Seu marido era uma pessoa pervertida e desagradável, e o júri a absolveu em conformidade. Não foi justiça, apenas compaixão. Você tem que considerar que isso aconteça de vez em quando. Às vezes não há evidências suficientes, às vezes há sentimento, às vezes um assassino consegue comover o júri. Isso não acontece com frequência, mas pode acontecer. Às vezes, um advogado faz uma defesa inteligente, ou um promotor toma o caminho errado. Oh, sim, eu vi um monte de coisas assim. Mas... mas...

Spence balançou um indicador pesado.

— Não vi, não na *minha* experiência, um homem inocente enforcado por algo que não fez. É uma coisa que eu não *quero* ver, monsieur Poirot. Não *neste país*! — acrescentou Spence.

Poirot encarou-o.

— E você acha que vai ver agora. Mas por que...

Spence o interrompeu.

— Já sei algumas coisas que você vai dizer. Vou responder antecipadamente. Eu fui colocado neste caso. Fui inserido para obter evidências do que aconteceu. Tratei todo o negócio com muito cuidado. Coletei os fatos, todos os fatos que pude. Tudo apontava para um caminho, uma pessoa. Quando havia conseguido todos os fatos, levei-os ao meu oficial superior. Depois disso, estava fora do meu controle. O caso foi para o promotor público e passou a ser responsabilidade dele. Ele decidiu processar... ele não poderia ter feito outra coisa. E assim James Bentley foi preso e levado a julgamento, devidamente julgado e considerado culpado. Não poderia ter sido diferente, não com base nas evidências. E a evidência é o que um júri deve considerar. Preciso dizer que também não tiveram nenhum escrúpulo sobre isso. Não, devo dizer que todos ficaram satisfeitos por ele *ser* culpado.

— Mas você não está?

— Não.

— Por quê?

O Superintendente Spence suspirou. Esfregou o queixo pensativamente com a mão grande.

— Não sei. O que quero dizer é que não posso dar uma razão concreta. Para o júri, ouso dizer que ele parecia um assassino. Para mim não parecia, e eu sei muito mais sobre assassinos do que eles.

— Sim, sim, você é um especialista.

— Para começar, você sabe muito bem que ele não estava *convencido*. Não o suficiente. E, pela minha experiência, assassinos geralmente estão. Sempre tão satisfeitos consigo mesmos. Sempre seguros de que estão nos enrolando, de que eles foram tão engenhosos. E mesmo quando ocupam o banco do réu e sabem que estão encrencados, eles ainda se divertem. Estão no centro das atenções. São a figura central. Desempenhando o papel de estrela, talvez pela primeira vez em suas vidas. Eles são, bem, você sabe, *vaidosos*!

Spence pronunciou a palavra com um ar de finalização.

— Você vai entender o que quero dizer com isso, monsieur Poirot.

— Entendo muito bem. E esse James Bentley não estava assim?

— Não. Estava... bem... apavorado. Aterrorizado desde o início. E para algumas pessoas isso representou sua culpa. Mas não para mim.

— Não, eu concordo com você. Como ele é, esse James Bentley?

— Trinta e três anos de idade, altura mediana, pálido, usa óculos...

Poirot interrompeu o fluxo.

— Não, não me refiro às suas características físicas. Que tipo de personalidade?

— Oh, sim. — O Superintendente Spence considerou. — O tipo de sujeito pouco atraente. Comportamento nervoso. Não consegue encarar. Tem um jeito escorregadio de olhar para você. O pior comportamento possível para um júri. Às vezes encolhido e às vezes truculento. Fala agressiva e ineficiente.

Ele fez uma pausa e acrescentou em tom de conversa:

— Realmente um cara tímido. Eu tive um primo assim. Se acontece algo embaraçoso, eles contam uma mentirinha impossível de ser levada a sério.

— Não me parece atraente, seu James Bentley.

— Oh, ele não é. Ninguém poderia gostar dele. Mas eu não quero vê-lo enforcado por tudo isso.

— E você acha que ele será enforcado?

— Não vejo por que não. Seu advogado pode entrar com um recurso, mas se for o caso, será por motivos muito frágeis, algum detalhe técnico sem aparentes chances de sucesso.

— Ele teve um bom advogado?

— O jovem Graybrook foi atribuído a ele sob a Lei de Defesa das Pessoas Pobres. Eu diria que ele foi bem meticuloso e fez o melhor que pôde.

— Então, o homem teve um julgamento justo e foi condenado por um júri de seus semelhantes.

— Isso mesmo. Um bom júri. Sete homens, cinco mulheres, todos razoáveis e decentes. O juiz foi o velho Stanisdale. Escrupuloso, justo, imparcial.

— Então, de acordo com a lei do país, James Bentley não tem do que reclamar?

— Se ele será enforcado por algo que não fez, ele tem do que reclamar!

— Uma observação muito justa.

— E quem levantou o caso contra ele fui *eu*. Reuni e juntei os fatos, e ele foi condenado com base nesses registros. Não gosto disso, monsieur Poirot, não gosto.

Hercule Poirot olhou por um longo instante para o rosto avermelhado e agitado do Superintendente Spence.

— *Eh bien* — disse ele. — O que você sugere?

Spence pareceu profundamente envergonhado.

— Imagino que você tenha uma boa ideia do que está por vir. O caso Bentley está encerrado. Já estou em outro caso, um sobre desfalque de dinheiro. Tenho que ir para a Scotland Yard esta noite. Não tenho tempo livre.

— E eu tenho?

Spence assentiu com uma expressão envergonhada.

— Pode até pensar nisso como um atrevimento da minha parte, mas não consigo pensar em mais nada, em nenhuma outra maneira. Eu fiz tudo o que pude na época, examinei todas as possibilidades. Não cheguei a lugar nenhum. Não acredito que chegaria a lugar nenhum. Mas quem sabe pode ser diferente para você. Você olha para as coisas, se me perdoa a colocação, com certa graça. Talvez seja assim que você deva encará-las neste caso. Porque se James Bentley não a matou, então outra pessoa o fez. Ela não se golpeou na nuca. Você pode encontrar algo que eu deixei passar. Mas não há qualquer razão para que você faça algo a respeito desse caso. É um atrevimento muito grande da minha parte, mas... aí está. Vim procurá-lo porque foi a única coisa em que consegui pensar. Mas se não quiser se comprometer, e por que razão você deveria...

Poirot interrompeu-o.

— Oh, mas há razões. Eu tenho bastante tempo livre. E você me intrigou, sim, me intrigou muito. É um desafio para as pequenas células cinzentas do meu cérebro. Fora isso, tenho consideração por você. Vejo você em seu jardim daqui a seis meses, plantando, talvez, as roseiras, mas não poderá plantá-las com a felicidade que deveria estar sentindo porque, por trás de tudo, haverá um desagrado em seu cérebro, uma lembrança que você tenta afastar, e eu não quero que você sinta isso, meu amigo. E por fim — Poirot sentou-se ereto e acenou com a cabeça vigorosamente —, há o princípio da coisa. Se um homem não cometeu assassinato, ele não deve ser enforcado. — Ele fez uma pausa e acrescentou: — Mas e supondo que, afinal, ele tenha a matado?

— Nesse caso, eu ficaria muito grato pela convicção.

— E duas cabeças pensam melhor do que uma? *Voilà*, está tudo resolvido. Entro no negócio. É claro que não há tempo a perder. Os rastros já estão frios. Mrs. McGinty foi morta... quando?

— No último dia 22 de novembro.

— Então, vamos começar logo pelo básico do básico.

— Vou passar para você minhas anotações sobre o caso.

— Bom. Por enquanto, precisamos apenas do esboço básico. Se James Bentley não matou Mrs. McGinty, quem o fez?

Spence encolheu os ombros e disse com peso:

— Ninguém, pelo que posso ver.

— Mas essa resposta não aceitamos. Agora, uma vez que para cada assassinato deve haver um motivo, qual seria a razão no caso de Mrs. McGinty? Inveja, vingança, ciúme, medo, dinheiro? Vamos ficar com o último e mais simples? Quem lucrou com a morte dela?

— Ninguém levou muita coisa. Ela tinha duzentas libras na poupança. A sobrinha dela ficou com o dinheiro.

— Duzentas libras não é muito, mas dependendo das circunstâncias pode ser o suficiente. Portanto, consideremos a sobrinha. Peço desculpas por refazer seus passos, meu amigo. Eu sei que você também deve ter considerado tudo isso. Mas preciso repassar com você o terreno já percorrido.

Spence acenou com a cabeça grande.

— Consideremos a sobrinha, é claro. Ela tem 38 anos, é casada. O marido trabalha no ramo de construção e decoração, é pintor. Tem um bom caráter, emprego estável, tipo de sujeito inteligente, nada tolo. Ela é uma jovem agradável, um pouco falante, parecia gostar de sua tia de forma contida. Nenhum deles tinha necessidade urgente de duzentas libras, embora tenham ficado bastante satisfeitos com isso, ouso dizer.

— E quanto ao chalé? Ficaram com ele?

— Era alugado. Claro, de acordo com a Lei de Restrição de Aluguel, o locador não poderia tirar a velha. Mas agora que ela está morta, não acho que a sobrinha poderia ter assumido o local. De qualquer maneira, ela e o marido não o queriam. Eles têm uma pequena casa própria moderna concedida pelo governo, da qual estão extremamente orgulhosos. — Spence suspirou. — Segui a pista da sobrinha e do marido bem de perto, eles pareciam a melhor aposta, como você vai entender. Mas não consegui nada.

— *Bien*. Agora vamos falar sobre a própria Mrs. McGinty. Descreva-a para mim, e não apenas em termos físicos, por favor.

Spence sorriu.

— Não quer uma descrição policial? Bem, ela tinha 64 anos. Viúva. O marido trabalhava no departamento de cortinas de Hodges em Kilchester. Ele morreu há cerca de sete anos. Pneumonia. Desde então, Mrs. McGinty costumava sair todos os dias para várias casas ao redor. Trabalho doméstico. Broadhinny é uma pequena aldeia que recentemente se tornou residencial. Um ou dois aposentados, um sócio de um escritório de engenharia, um médico, essas coisas. Há um bom serviço de ônibus e trem para Kilchester e Cullenquay que, como você deve saber, é um grande balneário a apenas treze quilômetros de distância, mas Broadhinny em si ainda é muito bonita e rural, cerca de quatrocentos metros saindo da estrada principal de Drymouth e Kilchester.

Poirot concordou com a cabeça.

— A casa de Mrs. McGinty era uma das quatro que formam a própria aldeia. Há uma agência de correio e mercearia, e os fazendeiros moram nas outras.

— E ela acolheu um inquilino?

— Sim. Antes de seu marido morrer, o casal costumava receber hóspedes no verão, mas depois da morte dele ela passou aceitar apenas hóspedes regulares. James Bentley estava lá havia alguns meses.

— Então chegamos a... James Bentley?

— O último trabalho de Bentley foi como corretor de imóveis em Kilchester. Antes disso, ele morou com a mãe em Cullenquay. Ela tinha uma deficiência e ele cuidava dela e nunca saía muito. Então ela morreu, levando uma pensão consigo. Ele vendeu a casinha e encontrou um emprego. Homem bem-educado, mas sem qualificações ou aptidões especiais e, como já disse, pouco atraente. Foi difícil encontrar alguma coisa. De qualquer forma, ele conseguiu um emprego na Breather & Scuttle. Uma empresa um tanto precária. Não acho que ele foi particularmente eficiente ou bem-sucedido. No corte de funcionários, ele foi mandado embora. Não conseguiu outro emprego e seu dinheiro acabou. Ele geralmente pagava Mrs. McGinty todo mês pelo quarto. Ela dava-lhe café da manhã e jantar, cobrando três libras por semana, um preço bastante razoável, considerando tudo. Ele estava dois meses atrasado em pagá-la e estava quase no fim de seus recursos. Não tinha outro emprego e ela o pressionava pelo que ele lhe devia.

— E ele sabia que ela tinha trinta libras em casa? Por que ela guardava trinta libras em casa, se tinha uma poupança?

— Porque ela não confiava no governo. Disse que o governo já tinha duzentas libras dela, mas não receberia mais. Ela manteria a grana onde pudesse alcançá-la a qualquer momento. Ela disse isso para uma ou duas pessoas. Estava sob uma tábua solta no chão do quarto, um lugar muito óbvio. James Bentley admitiu que sabia que estava lá.

— Muito prestativo da parte dele. A sobrinha e o marido sabiam disso também?

— Oh, sim.

— Então, agora retornamos à minha primeira pergunta. Como Mrs. McGinty morreu?

— Ela morreu na noite de 22 de novembro. O médico da polícia calculou que a hora da morte foi entre as dezenove e as 22 horas. Ela jantou, peixe com pão e margarina, e de acordo com todos os relatos, geralmente comia por volta das 18h30. Se ela aderiu a isso na noite em questão, pelas evidências da digestão, ela foi morta por volta das vinte ou 21 horas. James Bentley, segundo ele mesmo, estava caminhando naquela noite das 19h15 às 21 horas. Ele saía e caminhava quase todas as noites depois de escurecer. De acordo com sua própria história, ele chegou por volta das 21 horas (tinha sua própria chave) e subiu direto para seu quarto. Mrs.

McGinty tinha providenciado pias nos quartos para os hóspedes de verão. Ele leu por cerca de meia hora e depois foi para a cama. Não ouviu e não percebeu nada fora do normal. Na manhã seguinte, desceu e olhou na cozinha, mas não havia ninguém lá, nem sinal de que o café da manhã estava sendo preparado. Ele diz que hesitou um pouco e depois bateu na porta de Mrs. McGinty, mas não obteve resposta.

"Ele achou que ela devia ter dormido demais, mas não quis continuar batendo. Então o padeiro veio e James Bentley subiu e bateu de novo, e depois disso, como eu disse a você, o padeiro foi até a casa ao lado e chamou Mrs. Elliot, que por fim encontrou o corpo e ficou fora de si. Mrs. McGinty estava deitada no chão da sala. Ela foi atingida na parte de trás da cabeça com algo semelhante a uma machadinha de açougueiro com uma lâmina muito afiada. Morte instantânea. Gavetas estavam abertas, coisas espalhadas, a tábua solta no chão de seu quarto havia sido arrancada e o *cache* estava vazio. Todas as janelas fechadas e trancadas por dentro. Nenhum sinal de adulteração ou arrombamento do lado de fora."

— Sendo assim — disse Poirot —, ou James Bentley deve tê-la matado, ou então ela mesma deve ter recebido a pessoa que a assassinou enquanto Bentley estava fora?

— Exatamente. Não foi um invasor qualquer. Agora, quem ela provavelmente deixaria entrar? Um dos vizinhos, ou sua sobrinha, ou o marido de sua sobrinha. Tudo se resume a isso. Eliminamos os vizinhos. A sobrinha e o marido estavam no cinema naquela noite. É possível, apenas possível, que um ou outro tenha saído do cinema sem ser visto, pedalado cinco quilômetros, matado a velha, escondido o dinheiro do lado de fora de casa e voltado ao cinema sem ser notado. Analisamos essa possibilidade, mas não encontramos nenhuma confirmação. E por que esconder o dinheiro do lado de fora da casa de McGinty? Num lugar difícil para pegá-lo mais tarde. Por que não em algum lugar ao longo dos cinco quilômetros no caminho de volta? Não, a única razão para escondê-lo onde foi encontrado...

Poirot terminou a frase por ele.

— Seria porque você estava morando naquela casa, mas não queria escondê-lo em seu quarto ou em qualquer lugar do lado de dentro. Na verdade: James Bentley.

— Isso mesmo. Em todos os lugares, todas as vezes, você termina em Bentley. Por fim, havia sangue em seu punho.

— Como ele explicou isso?

— Disse que se lembrava de ter esbarrado em um açougue no dia anterior. Bobagem! Não era sangue de animal.

— E ele manteve essa história?

— Improvável. No julgamento, ele contou uma história completamente diferente. Veja, também havia um fio de cabelo em seu punho, um fio manchado de sangue, e era idêntico ao cabelo de Mrs. McGinty. Isso tinha que ser explicado. Ele admitiu então que havia entrado no quarto na noite anterior quando voltou de sua caminhada. Tinha entrado, disse ele, depois de bater, e a encontrou ali, no chão, morta. Se curvou e a tocou, disse ele, para ter certeza. E então perdeu a cabeça. Disse que sempre teve dificuldade em ver sangue. Ele foi para o quarto em estado de colapso, a ponto de desmaiar. De manhã, ele não conseguiu admitir que sabia o que tinha acontecido.

— Uma história muito suspeita — comentou Poirot.

— Sim, de fato. E ainda assim, você sabe — disse Spence, pensativo —, pode muito bem ser verdade. Não é o tipo de coisa em que um homem comum, ou um júri, pode acreditar. Mas eu já conheci pessoas assim. Não me refiro à história do colapso. Quero dizer, pessoas que são confrontadas pela responsabilidade de agir e que simplesmente não conseguem. Pessoas tímidas. Ele entra, digamos, e a encontra. Ele sabe que deve fazer alguma coisa, chamar a polícia, procurar um vizinho, fazer a coisa certa, seja o que for. E ele se apavora. Ele pensa: "Não preciso saber nada sobre isso. Não precisava ter vindo aqui esta noite. Vou para a cama como se nem tivesse entrado aqui..." Por trás disso, é claro, há o medo. Medo de que ele possa ser acusado como suspeito de ter participação no crime. Ele acha que vai se manter fora disso o maior tempo possível, e então, simplório e tolo, faz o que fez e... se complica até o pescoço.

Spence fez uma pausa.

— *Poderia* ter sido assim.

— Poderia — disse Poirot, pensativo.

— Ou então, pode ter sido apenas a melhor história que o advogado poderia inventar para ele. Mas eu não sei. A garçonete do café em Kilchester onde ele costumava almoçar disse que ele sempre escolhia uma mesa onde pudesse olhar para uma parede ou um canto e não ver as pessoas. Ele era esse tipo de sujeito, meio esquisito. Mas não o suficiente para ser um assassino. Não tinha complexo de perseguição ou qualquer coisa do tipo.

Spence olhou esperançoso para Poirot, mas Poirot, com a testa franzida, não o respondeu.

Os dois homens fizeram silêncio por um tempo.

Capítulo 3

Finalmente, Poirot despertou com um suspiro.

— *Eh bien* — disse ele. — Esgotamos a motivação do dinheiro. Vamos passar para outras teorias. Mrs. McGinty tinha algum inimigo? Ela tinha medo de alguém?

— Não há evidência disso.

— O que os vizinhos dela têm a dizer?

— Pouca coisa. Não diriam nada à polícia, talvez, mas não acho que estivessem escondendo algo. Eles disseram que ela era uma mulher reservada. Mas isso é considerado bastante natural. Nossas aldeias, monsieur Poirot, não são amigáveis. Os que foram evacuados durante a guerra descobriram isso. Mrs. McGinty jogava conversa fiada com os vizinhos, mas não eram íntimos.

— Há quanto tempo ela morava lá?

— Uns dezoito ou vinte anos, eu acho.

— E os quarenta anos anteriores?

— Não há mistério sobre ela. Filha de fazendeiro de North Devon. Ela e o marido viveram perto de Ilfracombe por um tempo e depois se mudaram para Kilchester. Tinham uma casa do outro lado do rio, mas pela umidade local, eles se mudaram para Broadhinny. O marido parece ter sido um homem quieto, decente, delicado, não ia muito ao pub. Tudo muito respeitável e honesto. Nenhum mistério em lugar nenhum, nada a esconder.

— E ainda assim ela foi morta?

— E ainda assim ela foi morta.

— A sobrinha não conhecia ninguém que tivesse rancor da tia?

— Ela diz que não.

Poirot esfregou o nariz de forma exasperada.

— Você compreende, meu caro amigo, que seria muito mais fácil se Mrs. McGinty não fosse Mrs. McGinty, por assim dizer. Se ela pudesse ser o que se chama de Mulher Misteriosa, uma mulher com um passado.

— Bem, ela não era — disse Spence, impassível. — Ela era apenas Mrs. McGinty, uma mulher com pouco estudo, que alugava quartos e faxinava casas. Há milhares delas em toda a Inglaterra.

— Mas nem todas são assassinadas.

— Não. Concordo.

— Então, por que Mrs. McGinty deveria ser assassinada? Não aceitamos a resposta óbvia. O que resta? Uma sobrinha sombria e improvável. Um estranho ainda mais sombrio e improvável. Fatos? Vamos nos ater aos fatos. Quais são os fatos? Uma velha faxineira é assassinada. Um jovem tímido e rude é preso e condenado pelo assassinato. Por que James Bentley foi preso?

Spence encarou-o.

— As evidências contra ele. Eu já lhe disse que...

— Sim. Provas. Mas diga-me, meu Spence, foi uma evidência real ou plantada?

— Plantada?

— Sim. Admitida a premissa de que James Bentley é inocente, permanecem duas possibilidades. A evidência foi fabricada, deliberadamente, para lançar suspeitas sobre ele. Ou então ele foi apenas a infeliz vítima das circunstâncias.

Spence considerou.

— Sim. Estou acompanhando.

— Não há nada que mostre que o primeiro era o caso. Mas, novamente, não há nada que mostre que não foi assim. O dinheiro foi levado e escondido fora de casa em um local de fácil localização. Tê-lo escondido em seu quarto teria sido um pouco demais para a polícia engolir. O assassinato foi cometido em um momento em que Bentley estava dando um passeio solitário, como costumava fazer. A mancha de sangue caiu em sua manga como ele disse que aconteceu em seu julgamento, ou isso também foi forjado? Alguém esbarrou nele no escuro e espalhou evidências reveladoras em sua manga?

— Acho que isso está indo um pouco longe demais, monsieur Poirot.

— Talvez, talvez. Mas temos que ir longe. Acho que, neste caso, precisamos ir longe a ponto da nossa imaginação não conseguir visualizar o caminho com clareza... Pois, veja bem, *mon cher* Spence, se Mrs. McGinty é apenas uma faxineira comum, é o *assassino* que deve ser extraordinário. Sim, isso está claro. O interesse desse caso está na pessoa que assassinou e não na vítima. Não é assim na maioria dos crimes. Normalmente, é na personalidade da vítima que reside o ponto crucial da situação. São os mortos silenciosos que geralmente me interessam. Seus ódios, seus amores, suas ações. E quando você realmente conhece a vítima assassinada, então ela fala, e aqueles lábios mortos pronunciam um nome... o nome que você quer saber.

Spence parecia bastante desconfortável.

— Esses estrangeiros! — Ele parecia estar dizendo a si mesmo.

— Mas aqui — continuou Poirot — é o oposto. Aqui, precisamos adivinhar o rosto de uma personalidade velada, uma figura ainda oculta na escuridão. Como Mrs. McGinty morreu? Por que ela morreu? A resposta não se encontra no estudo da vida de Mrs. McGinty. A resposta deve ser encontrada na personalidade do assassino. Você concorda comigo aí?

— Suponho que sim — disse o Superintendente Spence com cautela.

— Alguém que queria... o quê? Liquidar Mrs. McGinty? *Ou James Bentley?*

O Superintendente soltou um duvidoso "hmmm".

— Sim, sim, esse é um dos primeiros pontos a serem decididos. Quem é a verdadeira vítima? Quem deveria ser a vítima? Spence disse, incrédulo:

— Você realmente acha que alguém iria matar uma mulher perfeitamente inofensiva para fazer outra pessoa ser enforcada por assassinato?

— Dizem que não se pode fazer uma omelete sem quebrar os ovos. Mrs. McGinty, então, pode ser o ovo, e James Bentley a omelete. Então, deixe-me ouvir agora o que você sabe sobre James Bentley.

— Nada de mais. O pai era médico. Morreu quando Bentley tinha 9 anos. Ele foi para uma das escolas públicas menores, era impróprio para o Exército, tinha fraqueza no peito, esteve em um dos Ministérios durante a guerra e vivia com uma mãe possessiva.

— Bem — disse Poirot —, há certas possibilidades aí... Mais do que na história de vida de Mrs. McGinty.

— Você de fato acredita no que está sugerindo?

— Não, não acredito em nada ainda. Mas eu digo que há dois caminhos distintos, e que temos que decidir, muito em breve, qual é o certo a se seguir.

— Como você vai definir as coisas, monsieur Poirot? Há algo que eu possa fazer?

— Primeiro, eu gostaria de interrogar James Bentley.

— Isso pode ser arranjado. Vou falar com os advogados dele.

— Depois disso e, é claro, se essa entrevista trouxer algum resultado, por mais que eu não tenha esperanças, vou para Broadhinny. Lá, auxiliado por suas anotações, irei, o mais rápido possível, percorrer o mesmo terreno por onde você passou antes de mim.

— No caso de eu ter deixado passar alguma coisa — disse Spence com um sorriso irônico.

— No caso, eu prefiro dizer, de alguma circunstância me atingir de uma maneira diferente. As reações humanas variam, assim como a experiência humana. A semelhança entre um financista rico e um fabricante de sabão que conheci em Liège trouxe um resultado muito satisfatório. Mas não há necessidade de entrar em detalhes. O que eu gostaria de fazer é eliminar uma ou outra das trilhas que indiquei há pouco. E eliminar a trilha de Mrs. McGinty, a primeira opção, obviamente será mais rápido e fácil do que atacar a segunda. Agora, onde posso ficar em Broadhinny? Existe uma pousada moderadamente confortável?

— A taberna Três Patos não oferece hospedagem. Tem o Cordeiro, em Cullavon, a cinco quilômetros de distância, ou há também uma espécie de casa de hóspedes em Broadhinny. Não é realmente uma casa de hóspedes, apenas uma casa de campo bastante decrépita onde o jovem casal que a possui recebe hóspedes pagantes. Não acho — disse Spence em dúvida — que seja muito confortável.

Hercule Poirot fechou os olhos em agonia.

— Se eu sofrer, sofri — disse ele. — O que tiver de ser.

— Não sei por quem você vai se passar — continuou Spence, em dúvida, enquanto olhava para Poirot. — Você pode ser algum tipo de cantor de ópera. Voz cansada. Precisa descansar. Isso pode servir.

— Vou como eu mesmo — disse Hercule Poirot, o sotaque de sangue real em seu tom de voz.

Spence franziu os lábios.

— Acha aconselhável?

— Acho *essencial*! Considere, *cher ami*, estamos correndo contra o *tempo*. O que nós sabemos? Nada. Portanto, nossa esperança, a maior delas, é fingir que sei muito. Sou Hercule Poirot. O grande, o único. E eu, Hercule Poirot, não estou satisfeito com o veredito no caso McGinty. Eu, Hercule Poirot, tenho uma suspeita muito perspicaz do que *realmente acaonteceu*. Existe uma circunstância que eu, apenas, estimo em seu verdadeiro valor. Consegue perceber?

— E depois?

— E então, depois de causar meu efeito, observarei as reações. Pois deverá haver reações. Definitivamente, deve haver.

O Superintendente Spence olhou inquieto para o homenzinho.

— Olhe aqui, monsieur Poirot — disse ele. — Não vá arriscar seu pescoço. Não quero que nada aconteça com você.

— Mas se algo acontecer, você provará que está certo, sem sombra de dúvida, não é?

— Não quero que seja provado da maneira mais difícil — disse o Superintendente Spence.

Capítulo 4

Com grande desgosto, Hercule Poirot olhou ao redor da sala em que estava. O único atrativo da sala eram suas graciosas proporções. Poirot fez uma careta eloquente enquanto deslizava um dedo desconfiado sobre o topo de uma estante de livros. Como ele havia suspeitado — poeira! Sentou-se com cautela em um sofá e as molas quebradas cederam deprimentemente sob si. As duas poltronas desbotadas eram, como ele sabia, pouco melhores. Um cão de aparência grande e feroz, que Poirot suspeitava ter sarna, rosnou de sua posição em uma quarta cadeira moderadamente confortável.

A sala era grande e tinha um papel de parede estilo William Morris desbotado. Gravações em aço com temáticas desagradáveis penduravam-se tortas pelas paredes com uma ou duas boas pinturas a óleo. As capas das cadeiras estavam desbotadas e sujas, o carpete esburacado nunca tivera um design agradável. Bricabraques de vários tipos se espalhavam pelo ambiente. As mesas bambeavam perigosamente devido à ausência de rodinhas. Uma janela estava aberta e nenhum poder na terra poderia, aparentemente, fechá-la novamente. A porta, temporariamente fechada, não permaneceria assim por mais tempo. As rajadas de vento frio forçavam a trava, entrando pelas frestas e rodopiando ao redor da sala.

— Como eu sofro — disse Hercule Poirot para si mesmo, com profunda autopiedade. — Sim, eu sofro.

A porta se abriu trazendo consigo o vento e Mrs. Summerhayes. Ela olhou ao redor da sala, gritou "O que é?" para alguém à distância e saiu novamente.

Mrs. Summerhayes tinha cabelos ruivos e um rosto atraentemente sardento, e geralmente se distraía colocando coisas em seus lugares ou então procurando-as.

Hercule Poirot levantou-se de um salto e fechou a porta. Um ou dois minutos depois, ela se abriu novamente e Mrs. Summerhayes reapareceu. Desta vez, ela carregava uma grande bacia esmaltada e uma faca.

A voz de um homem gritou de algum lugar distante:

— Maureen, aquele gato passou mal de novo. O que devo fazer?

Mrs. Summerhayes respondeu:

— Estou indo, querido. Segure as pontas.

Ela largou a bacia e a faca, e saiu novamente. Poirot levantou-se novamente e fechou a porta.

— Decididamente, eu sofro — disse ele.

Um automóvel se aproximou, o grande cachorro saltou da cadeira e emitiu latidos crescentes. Pulou em uma mesinha perto da janela, fazendo-a desabar com um estrondo.

— *Enfin* — disse Hercule Poirot. — *C'est insuportable!*

A porta se abriu de repente, o vento soprou ao redor da sala, o cachorro saiu correndo, ainda latindo. A voz de Maureen surgiu alta e clara.

— Johnnie, por que diabos você deixou a porta dos fundos aberta? Essas malditas galinhas estão na despensa.

— E é por isso — disse Hercule Poirot com sentimento — que estou pagando sete guinéus por semana!

A porta bateu com um estrondo. Pela janela veio o cacarejo alto das raivosas galinhas.

Então a porta se abriu novamente e Maureen Summerhayes entrou e reencontrou a bacia com um grito de alegria.

— Não conseguia pensar onde tinha deixado. Você se importaria terrivelmente, Sr. Er... hum... quero dizer, você se incomodaria se eu cortasse os feijões aqui? O cheiro na cozinha está horrível.

— Madame, eu ficaria encantado.

Não era, talvez, a frase exata, mas boa o suficiente. Foi a primeira vez em 24 horas que Poirot viu alguma chance de uma conversa com mais de seis segundos de duração.

Mrs. Summerhayes se jogou em uma cadeira e começou a fatiar as vagens com uma energia frenética e considerável estranheza.

— Espero que você não esteja terrivelmente desconfortável — disse ela. — Se houver alguma coisa que deseja alterar, diga.

Poirot já havia chegado à conclusão de que a única coisa tolerável em Long Meadows era sua anfitriã.

— Você é muito gentil, madame — respondeu ele educadamente. — Eu só gostaria que estivesse em meus poderes fornecer-lhe uma boa empregada doméstica.

— Uma empregada! — Mrs. Summerhayes deu um grito estridente. — Quem me dera! Não consigo nem mesmo uma *diarista*. A nossa era muito boa, mas foi assassinada. Não tenho sorte.

— Essa seria Mrs. McGinty — disse Poirot rapidamente.

— Ela mesma. Deus, como sinto falta daquela mulher! É claro que houve uma grande comoção na época. O primeiro assassinato que tivemos na família, por assim dizer, mas, como eu disse a Johnnie, foi um verdadeiro azar para nós. Sem McGinty, eu simplesmente não consigo fazer as coisas funcionarem.

— Você era apegada a ela?

— Meu caro, ela era *confiável*. Ela *vinha trabalhar*. Toda segunda-feira à tarde e quinta-feira de manhã como um relógio. Agora eu tenho a mulher do Burp lá de perto da estação. Cinco filhos e um marido. Naturalmente, ela nunca está aqui. Ou o marido está acamado, ou a velha mãe, ou os filhos têm alguma doença horrível ou outra. Com a velha Mc-

Ginty, pelo menos era só ela que se adoentava, e devo dizer que quase nunca.

— E você sempre a achou confiável e honesta? Confiava nela?

— Oh, ela nunca roubou nada, nem mesmo comida. Claro que ela bisbilhotava um pouco. Dava uma olhada nas cartas das pessoas, e tudo mais. Mas esse tipo de coisa é de se esperar. Quero dizer, a vida delas deve ser terrivelmente monótona, não acha?

— Mrs. McGinty teve uma vida monótona?

— Medonha, suponho — disse Mrs. Summerhayes vagamente. — Sempre de joelhos esfregando. E, em seguida, pilhas de roupas de outras pessoas esperando por ela na pia quando chegava pela manhã. Se eu tivesse que enfrentar isso todos os dias, ficaria muito aliviada por ter sido assassinada. Realmente.

O rosto do Major Summerhayes apareceu na janela. Mrs. Summerhayes levantou-se de um salto, derramando as vagens, e correu para a janela, abrindo-a por inteiro.

— Aquele maldito cachorro comeu a comida das galinhas de novo, Maureen.

— Oh, droga, agora é *ele* quem vai ficar doente!

— Olhe aqui. — John Summerhayes exibiu uma peneira cheia de folhagens. — Isso é espinafre o suficiente?

— Claro que não.

— Parece uma quantidade colossal para mim.

— Vai reduzir para o tamanho de uma colher de chá quando estiver cozido. Não sabe como o espinafre é?

— Oh, senhor!

— O peixe chegou?

— Nem sinal.

— Caramba, vamos ter que abrir um enlatado. Você pode fazer isso, Johnnie. Um dos que estão no armário do canto. Pegue a lata que está um pouco estufada. Acho que deve estar boa, na verdade.

34

— E o espinafre?

— Eu cuido disso.

Ela saltou pela janela, e marido e mulher se distanciaram juntos.

— *Nom d'un nom d'un nom!* — disse Hercule Poirot.

Ele cruzou a sala e fechou a janela o melhor possível. A voz do Major Summerhayes chegou até ele trazida pelo vento.

— E quanto a este novo sujeito, Maureen? Parece um pouco peculiar para mim. Qual é o nome dele mesmo?

— Não consegui me lembrar quando estava falando com ele. Tive de dizer... Sr. er... Poirot! É isso mesmo. Ele é francês.

— Parece que já vi esse nome em algum lugar.

— Um produto para fazer permanente, talvez. Ele parece um cabeleireiro.

Poirot estremeceu.

— N-não. Talvez seja uma marca de conservas. Não sei. Tenho certeza de que é familiar. É melhor tirar os primeiros sete guinéus dele, rápido.

As vozes morreram.

Hercule Poirot recolheu as vagens do chão, onde haviam se espalhado por toda parte. Assim que ele terminou, Mrs. Summerhayes entrou novamente pela porta.

Ele os apresentou a ela educadamente:

— *Voici, madame.*

— Oh, muito obrigada. Não acha que estas vagens estão meio pretas? Nós as guardamos em potes de barro, com sal por cima. Mas estas, parece que saíram errado. Temo que não fiquem boas o suficiente.

— Eu também temo que... Permite-me fechar a porta? O vento está insistente.

— Oh, sim, claro. Acho que sempre deixo as portas abertas.

— Sim, percebi.

— De qualquer forma, essa porta nunca fica fechada. Esta casa está praticamente caindo aos pedaços. O pai e a mãe de Johnnie moravam aqui e estavam muito mal, pobres queridos, e nunca fizeram nada para consertá-la. E então, quando voltamos da Índia para morar aqui, também não tínhamos dinheiro para fazer nada. É divertido para as crianças nas férias, muito espaço para correrem soltas, o jardim e tudo mais. Ter hóspedes pagantes aqui permite que a gente sobreviva, embora deva dizer que sofremos alguns choques grosseiros.

— Sou seu único hóspede no momento?

— Temos uma senhora lá em cima. Alugou uma cama quando chegou e está lá desde então. Não vi nada de errado com ela. Mas lá está ela, e eu a sirvo quatro vezes ao dia. Não há nada de errado com seu apetite. De qualquer forma, amanhã ela vai para a casa de uma sobrinha.

Mrs. Summerhayes parou por um momento antes de retomar com uma voz ligeiramente artificial.

— O peixeiro estará aqui em um minuto. Eu me pergunto se você se importaria... hum... em pagar o aluguel da primeira semana. Você vai ficar uma semana, não é?

— Talvez mais.

— Desculpe incomodá-lo, mas não tenho dinheiro em casa e você sabe como essas pessoas estão sempre cobrando e cobrando.

— Por favor, não se desculpe, madame.

Poirot tirou sete notas de uma libra e acrescentou sete xelins. Mrs. Summerhayes juntou o dinheiro com avidez.

— Muito obrigada.

— Eu deveria, talvez, madame, contar um pouco mais sobre mim. *Sou Hercule Poirot.*

A revelação não causou reação em Mrs. Summerhayes, impassível.

— Que nome adorável — disse ela gentilmente. — Grego, não é?

— Sou, como você deve saber — disse Poirot —, um detetive. — Ele deu um tapa no peito. — Talvez o mais famoso que exista.

Mrs. Summerhayes gritou entretida.

— Vejo que você é um grande brincalhão, monsieur Poirot. O que você está rastreando? Cinzas de cigarro e pegadas?

— Estou investigando o assassinato de Mrs. McGinty — respondeu Poirot. — E eu não brinco.

— Ai — disse Mrs. Summerhayes. — Cortei minha mão.

Ela ergueu um dedo e o inspecionou.

Então encarou Poirot.

— Olhe aqui — disse ela. — Está falando sério? O que quero dizer é que o caso está encerrado. Prenderam aquele pobre idiota que estava hospedado lá e ele foi julgado e condenado e tudo mais. Provavelmente já foi enforcado.

— Não, senhora — disse Poirot. — Ele não foi enforcado... ainda. E o caso de Mrs. McGinty não está "encerrado". Vou lembrá-la do verso de um de seus poetas. "Uma questão nunca é resolvida até que seja resolvida da forma certa".

— Oh — falou Mrs. Summerhayes, sua atenção desviada de Poirot para a bacia em seu colo. — Estou sangrando em cima das vagens. Isso não é muito bom, pois vamos almoçá-las. Ainda assim, não importa tanto porque elas entrarão em água fervente. As coisas sempre ficam bem com água fervente, não é? Até mesmo enlatados.

— Acho que não vou almoçar — disse Hercule Poirot baixinho.

Capítulo 5

— Não é que eu apenas saiba, tenho certeza — disse Mrs. Burch.

Ela já havia dito isso três vezes. Sua desconfiança natural em relação a cavalheiros de aparência estrangeira com bigodes pretos e grandes casacos de pele não seria facilmente superada.

— Muito desagradável, tem sido — ela continuou. — Ter a pobre tia assassinada e a polícia e tudo mais. Perambulando por toda parte, vasculhando e fazendo perguntas. Os vizinhos todos entusiasmados. No início, não achei que conseguiríamos superar isso. E a mãe do meu marido foi totalmente desagradável. Nada desse tipo jamais aconteceu na família *dela*, ela repetia. E "pobre Joe" e tudo mais. E quanto a mim? Ela era *minha* tia, não era? Mas realmente acho que tudo acabou agora.

— E supondo que James Bentley seja inocente, afinal?

— Bobagem — retrucou Mrs. Burch. — Claro que ele não é inocente. Ele a matou, sim. Nunca gostei da aparência dele. Vagando por aí e murmurando sozinho. Eu falei para minha tia: "Você não devia ter um homem assim dentro de casa. Ele pode enlouquecer completamente." Eu avisei. Mas ela disse que ele era quieto, prestativo e que não dava problemas. Não bebia nem fumava, ela disse. Bem, ela viu o que aconteceu, pobre alma.

Poirot olhou pensativo para ela. Uma mulher grande e rechonchuda, de cor saudável e fala bem-humorada. A pequena casa era limpa, arrumada e cheirava a lustra-móveis e Brasso. Um leve cheiro apetitoso vinha da direção da cozinha. Uma boa esposa que mantinha a casa limpa e se dava ao trabalho de cozinhar para seu marido. Ele aprovou. Ela era preconceituosa e obstinada, mas, afinal, por que não? Certamente, ela não era o tipo de mulher que alguém poderia imaginar usando uma machadinha de açougueiro em sua tia, ou sendo conivente com seu marido fazendo isso. Spence não via nela esse tipo de mulher e, com certa relutância, Hercule Poirot concordou com ele. Spence investigou os antecedentes financeiros dos Burch e não encontrou nenhum motivo para assassinato, e Spence era um homem muito meticuloso.

Ele suspirou e perseverou em sua tarefa, que era acabar com as suspeitas de Mrs. Burch em relação aos estrangeiros. Desviou a conversa do assassinato e se concentrou na vítima. Fez perguntas sobre a "pobre tia", sua saúde, seus hábitos, suas preferências quanto a comida e bebida, sua política, seu falecido marido, sua atitude em relação à vida, ao sexo, ao pecado, à religião, aos filhos, aos animais.

Se qualquer uma dessas questões irrelevantes seria útil, ele não tinha ideia. Estava caçando uma agulha em um palheiro. Todavia, incidentalmente entendia algo sobre Bessie Burch.

Bessie realmente não sabia muito sobre sua tia. Tinha sido um laço de família, honroso, mas sem intimidade. De vez em quando, mais ou menos uma vez por mês, ela e Joe almoçavam com a tia ao meio-dia de um domingo e, com ainda mais raridade, a tia os visitava. Eles haviam trocado presentes no Natal. Sabiam que a tia tinha alguma economia, e que eles receberiam quando ela morresse.

— Mas isso não quer dizer que precisávamos — explicou Mrs. Burch, corando. — Temos nossas próprias economias. E nós a enterramos lindamente. Foi um ótimo funeral. Flores e tudo mais. Titia gostava de tricô. Detestava cachorros por causa da bagunça que eles faziam, mas tinha um gato ruivo. O bicho fugiu e desde então ela não teve outro, embora a mulher do correio estivesse para presenteá-la com um novo. Deixava a casa bem arrumada e não gostava de lixo. Mantinha o latão em bom estado e lavava o chão da cozinha todos os dias. Adorava sair para trabalhar. Um xelim e dez *pence* por hora — dois xelins de Holmeleigh, que era a casa de Mr. Carpenter da Secretaria do Trabalho. Os Carpenter rolavam na grana. Tentavam fazer com que a tia viesse mais dias na semana, mas ela não decepcionaria as outras damas porque as havia procurado antes de ir para a casa de Mr. Carpenter, e não teria sido certo.

Poirot mencionou Mrs. Summerhayes em Long Meadows.

— Ah, sim, titia ia até ela duas vezes por semana. Eles voltaram da Índia, onde tinham muitos empregados nativos e Mrs. Summerhayes não sabia fazer nada em casa. Tentaram cultivar hortas, mas também não tinha conhecimento a respeito. Quando as crianças estavam de férias, a casa virava um pandemônio. Mas Mrs. Summerhayes era uma senhora simpática e titia gostava dela.

Então os detalhes aumentavam. Mrs. McGinty tricotava, esfregava pisos e latão polido, gostava de gatos e não de cachorros. Gostava de crianças, mas não tanto. Mantinha-se reservada.

Ia à igreja no domingo, mas não participava de nenhuma atividade religiosa. Às vezes, mas raramente, ela ia ao cinema. Ela não aguentava certos hábitos modernos e chegou a desistir de trabalhar para um artista e sua esposa quando descobriu que ambos não eram propriamente casados. Não lia livros, mas gostava do jornal de domingo e das revistas antigas dadas pelas donas. Embora não assistisse a muitos filmes, se interessava em ouvir sobre as estrelas de cinema e seus feitos. Não se interessava por política, mas votava nos conservadores como seu marido sempre fizera. Nunca gastou muito comprando roupas, mas recebia várias peças de suas damas, e era bastante econômica.

Mrs. McGinty era, de fato, a Mrs. McGinty que Poirot imaginou que ela seria. E Bessie Burch, sua sobrinha, era a Bessie Burch das anotações do Superintendente Spence.

Antes de Poirot se despedir, Joe Burch voltou para casa na hora do almoço. Um homem pequeno e astuto, mais misterioso do que sua esposa. Havia um leve nervosismo em seus gestos. Ele mostrou menos sinais de desconfiança e hostilidade do que sua esposa. Na verdade, ele parecia ansioso para cooperar.

E isso, refletiu Poirot, era um tanto estranho. Pois por que Joe Burch estaria ansioso para aplacar a curiosidade de um estrangeiro importuno? A razão só poderia ser que esse estrangeiro trazia consigo uma carta do Superintendente Spence da Delegacia.

Então Joe Burch estava ansioso para se dar bem com a Polícia? Será que não podia se dar ao luxo, como sua esposa, de criticar a Polícia?

Um homem, talvez, com a consciência inquieta. Por que sua consciência estava inquieta? Poderia haver muitos motivos — nenhum deles relacionado com a morte de Mrs. McGinty. Ou será que, de uma forma ou de outra, o álibi do cinema fora habilmente falsificado e que foi Joe Burch quem bateu à porta do chalé e, uma vez recebido, matou a velha desavisada? Ele poderia ter puxado as gavetas e saqueado os quartos para dar a impressão de roubo, esconder o dinheiro do lado de fora, astuciosamente, para incriminar James Bentley. Estaria atrás do dinheiro guardado na poupança. Iriam para sua esposa duzentas libras que, por algum motivo desconhecido, ele precisava desesperadamente. A arma, Poirot lembrou, nunca havia sido encontrada. Por que ela também não foi encontrada na cena do crime? Qualquer idiota saberia usar luvas ou limpar impressões digitais. Por que então a arma, que devia ser pesada e de gume afiado, fora removida?

Teria sido por ser facilmente identificável como pertencente à casa dos Burch? Estaria a mesma arma, lavada e polida, aqui nesta casa agora? Algo parecido com uma machadinha de açougueiro, o médico da polícia havia dito — mas não, ao que parecia, uma machadinha de açougueiro de fato. Algo, talvez um pouco incomum... meio fora do comum, de fácil identificação. Sem sucesso, a polícia tinha feito uma busca. Vasculharam bosques, dragaram lagos. Não havia nada faltando na cozinha de Mrs. McGinty, e ninguém poderia dizer que James Bentley tinha algo desse tipo em sua posse. Nunca conseguiram rastrear a compra de uma machadinha de açougueiro ou qualquer outro implemento. Um ponto pequeno, mas negativo a seu favor. Ignorado com o peso de outras evidências. Mas ainda assim... Poirot lançou um rápido olhar ao redor da salinha superlotada onde se acomodava.

Estaria a arma em algum lugar da casa? Era por isso que Joe Burch estava inquieto e conciliador?

Poirot não sabia. Realmente achava que não, mas não tinha certeza absoluta...

Capítulo 6

I

No escritório de Messrs Brether & Scuttle, Poirot foi conduzido, depois de algumas objeções, à sala do próprio Mr. Scuttle.

Mr. Scuttle era um homem enérgico e agitado, de modos cordiais.

— Bom dia. Bom dia. — Ele esfregou as mãos. — Agora, o que podemos fazer por você?

Seu olhar profissional se fixou em Poirot, tentando localizá-lo, fazendo, por assim dizer, uma série de notas à parte. Estrangeiro. Roupas de boa qualidade. Provavelmente rico. Proprietário de um restaurante? Gerente de hotel? Filmes?

— Espero não abusar do seu tempo indevidamente. Queria falar com você sobre seu ex-funcionário, James Bentley.

As sobrancelhas expressivas de Mr. Scuttle se ergueram alguns centímetros e caíram.

— James Bentley. James Bentley? — Ele questionou de imediato. — Imprensa?

— Não.

— E você não seria policial?

— Não. Pelo menos não deste país.

— Não deste país. — Mr. Scuttle arquivou isso rapidamente, como se fosse para referência futura. — Do que se trata?

Poirot, nunca impedido por uma consideração pedante pela verdade, começou a falar.

— Estou abrindo mais uma investigação sobre o caso de James Bentley, a pedido de alguns parentes dele.

— Não sabia que ele tinha. De qualquer forma, ele foi considerado culpado e condenado à morte.

— Mas ainda não executado.

— Enquanto há vida, há esperança, hein? — Mr. Scuttle balançou a cabeça. — Devo duvidar, no entanto. As evidências eram fortes. Quem são esses parentes dele?

— Eu só posso lhe dizer uma coisa, eles são ricos e poderosos. Imensamente ricos.

— Você me surpreende. — Mr. Scuttle não conseguiu evitar um leve gaguejar. As palavras "imensamente ricos" tinham uma qualidade atraente e hipnótica. — Sim, você realmente me surpreende.

— A mãe de Bentley, a falecida Mrs. Bentley — explicou Poirot —, e seu filho separaram-se completamente de sua família.

— Uma dessas rixas de família, hein? Ora, ora. E o jovem Bentley sem um tostão como ajuda. Pena que essas relações não ajudaram antes.

— Acabaram de tomar conhecimento dos fatos — explicou Poirot. — Eles me contrataram para vir com toda a velocidade a este país e fazer todo o possível.

Mr. Scuttle recostou-se, relaxando sua atitude profissional.

— Não sei o que você pode fazer. Suponho que possa alegar insanidade? Um pouco tarde, mas se você conseguir grandes médicos... É claro que eu mesmo não estou a par dessas coisas.

Poirot se inclinou para a frente.

— Monsieur, James Bentley trabalhou aqui. Você pode me falar sobre ele.

— Muito pouco para contar, muito pouco. Ele era um dos nossos funcionários mais novos. Nada contra ele. Parecia um jovem perfeitamente decente, bastante meticuloso e tudo mais. Mas um péssimo vendedor. Ele simplesmente não conseguia concluir nenhum negócio. É isto que conta nesta profissão. Se um cliente vier até nós querendo vender uma casa, estamos aqui para vendê-la para ele. E se um cliente deseja uma casa, encontramos uma para ele. Se for uma casa em um lugar solitário sem comodidades, ressaltamos sua antiguidade, a chamamos de uma peça de época e não mencionamos o encanamento! E se a casa dá de frente para a estação de gás, falamos sobre comodidades e instalações sem mencionar a vista. Convença seu cliente, é para isso que você está aqui. Use todos os pequenos truques. "Aconselhamos que a madame faça uma oferta imediata. Há um Membro do Parlamento bastante interessado, muito mesmo. Vem ver a propriedade novamente esta tarde." Elas caem nessa todas as vezes, um Membro do Parlamento é sempre um bom toque. Não consigo imaginar por quê! Nenhum Membro mora longe de seu eleitorado. É apenas o som bom e sólido da frase. — Ele riu de repente, exibindo dentaduras brilhantes. — Psicologia, é isso, apenas psicologia.

Poirot apanhou a palavra no ar.

— Psicologia. Como você está certo. Vejo que você é um juiz de homens.

— Nada mal. Nada mal — disse Mr. Scuttle modestamente.

— Então eu pergunto novamente, qual foi sua impressão de James Bentley? Cá entre nós, só entre a gente, você acha que ele matou a velha?

Scuttle encarou-o.

— Claro.

— E você também acha que era uma coisa provável que ele fizesse, psicologicamente falando?

— Bem, se você colocar assim, não, não realmente. Não imaginava que ele tinha coragem. Vou te dizer uma coisa, se você me perguntar, ele era um maluco. Veja por este prisma e compreenderá. Sempre meio mole da cabeça, e por estar desempregado e se preocupar e tudo mais, ele simplesmente passou do limite.

— Você não teve nenhum motivo especial para dispensá-lo?

Scuttle balançou a cabeça.

— Má época do ano. A equipe não tinha o que fazer. Demitimos o menos competente. Esse foi Bentley. Sempre seria, eu suponho. Dei a ele uma boa referência e tudo mais. Ele não conseguiu outro emprego, no entanto. Não tinha iniciativa. Causava uma má impressão nas pessoas.

Sempre voltava ao mesmo, Poirot pensou, ao sair do escritório. James Bentley causava uma má impressão nas pessoas. Ele se consolou ao considerar vários assassinos que conhecia e que a maioria das pessoas considerava cheios de charme.

II

— Com licença, você se importa se eu me sentar aqui e falar com você por um momento?

Poirot, acomodado a uma pequena mesa do Gato Azul, ergueu os olhos do cardápio que estudava. Estava bastante escuro no Gato Azul, que se especializava num efeito de antiguidade com móveis de carvalho e vitrais sombrios, mas a jovem mulher que acabara de se sentar em frente a ele se destacou brilhantemente no fundo escuro.

Ela tinha cabelos dourados marcantes e usava um conjunto azul chamativo. Além disso, Hercule Poirot tinha consciência de tê-la notado em algum lugar havia pouco tempo.

Ela continuou:

— Não pude evitar. Ouvi algo do que você estava dizendo a Mr. Scuttle.

Poirot concordou com a cabeça. Ele percebeu que as divisórias nos escritórios da Breather & Scuttle eram feitas para conveniência, e não para privacidade. Isso não o preocupava, pois o que mais desejava era publicidade.

— Você estava datilografando — disse ele — à direita da janela traseira.

Ela acenou com a cabeça. Seus dentes brancos brilhavam em um sorriso de aquiescência. Uma jovem muito saudável, com um corpo curvilíneo que Poirot aprovou. Cerca de 33 ou 34 anos, ele julgou, e de cabelos naturalmente escuros, embora não fosse capaz de ser comandada pela natureza.

— Sobre Mr. Bentley — disse ela.

— Sobre ele o quê?

— Ele vai apelar? Isso significa que há novas evidências? Oh, estou tão feliz. Eu não podia... simplesmente não conseguia acreditar que ele fez isso.

As sobrancelhas de Poirot se ergueram.

— Então você nunca pensou que ele tivesse sido capaz — disse ele lentamente.

— Bem, não no começo. Achei que fosse um engano. Mas então as evidências... — Ela parou.

— Sim, as evidências — disse Poirot.

— Simplesmente não parecia haver mais ninguém que pudesse ter feito aquilo. Achei que talvez ele tivesse ficado um pouco louco.

— Ele alguma vez lhe pareceu um pouco... como posso dizer... esquisito?

— Ah, não. Não dessa forma. Ele era tímido e sem jeito como qualquer pessoa poderia ser. A verdade é que ele não enxergava o melhor de si mesmo. Não tinha autoconfiança.

Poirot observou-a. Ela certamente tinha confiança em si. Confiança suficiente até para dois.

— Você gostava dele? — perguntou ele.

Ela enrubesceu.

— Sim, gostava. Amy, a outra garota no escritório, costumava rir dele e chamá-lo de bobalhão, mas eu gostava muito dele. Ele era gentil e educado, e sabia de muitas coisas. Coisas dos livros, quero dizer.

— Ah, sim, coisas dos livros.

— Ele sentia falta da mãe. Ela estava doente havia anos, sabe. Pelo menos, se não doente, ela estava fraca, e ele fez tudo por ela.

Poirot concordou com a cabeça. Ele conhecia aquelas mães.

— E é claro que ela cuidou dele também. Quero dizer, cuidava da saúde e do peito dele no inverno e do que ele comia e tudo mais.

Novamente ele acenou com a cabeça. Perguntou:

— Você e ele eram amigos?

— Não sei, não exatamente. Costumávamos conversar às vezes. Mas depois que ele saiu daqui, ele... eu... eu não o vi muito. Escrevi para ele uma vez de maneira amigável, mas ele não respondeu.

Poirot disse gentilmente:

— Mas você gosta dele?

Ela disse um tanto desafiadoramente:

— Sim, gosto.

— Isso é excelente — disse Poirot.

Sua mente voltou ao dia de sua entrevista com o prisioneiro condenado... Viu James Bentley com clareza. O cabelo cor de rato, o corpo magro e desajeitado, as mãos com os nós dos dedos e punhos grandes, o pomo-de-adão no pescoço magro. Ele viu o olhar furtivo, embaraçado, quase astuto. Não era franco, não era um homem em quem se pudesse confiar, um sujeito dissimulado, astuto e enganador, com uma forma de falar grosseira e murmurante... Essa era a impressão que James Bentley daria aos observadores mais superficiais. Foi a impressão que ele deu no banco dos réus. O tipo de sujeito que contaria mentiras, roubaria dinheiro e bateria na cabeça de uma velha...

Mas no Superintendente Spence, que conhecia os homens, ele não causou essa impressão. Nem em Hercule Poirot... E agora aqui estava essa garota.

— Qual é seu nome, mademoiselle? — perguntou ele.

— Maude Williams. Há algo que eu possa fazer para ajudar?

— Acho que há. Há pessoas que acreditam, Miss Williams, que James Bentley é inocente. Estão trabalhando para provar esse fato. Eu sou a pessoa encarregada dessa investigação, e posso dizer que já fiz um progresso considerável. Sim, um progresso considerável.

Ele pronunciou essa mentira sem corar. Para ele, era uma mentira muito necessária. Alguém, em algum lugar, precisava ficar inquieto. Maude Williams falava, e falar era como uma pedra em um lago, fazia uma ondulação que se espalhava.

— Você me disse que você e James Bentley conversavam — disse ele. — Ele lhe contou sobre a mãe e a vida familiar. Ele alguma vez mencionou alguém com quem ele, ou talvez a mãe dele, se dava mal?

Maude Williams refletiu.

— Não, não o que você chamaria de mal. A mãe dele não gostava muito de mulheres jovens, suponho.

— Mães de filhos devotos nunca gostam de mulheres jovens. Não, procuro algo maior. Alguma rivalidade familiar, alguma inimizade. Alguém com rancor?

Ela balançou a cabeça.

— Ele nunca mencionou nada desse tipo.

— Ele alguma vez falou de sua senhoria, Mrs. McGinty?

Ela estremeceu ligeiramente.

— Não pelo nome. Ele disse uma vez que ela lhe dava peixe defumado com muita frequência. E uma vez ele disse que sua senhoria estava chateada porque havia perdido seu gato.

— Ele alguma vez, e seja honesta, por favor, mencionou que sabia onde ela guardava dinheiro?

O rosto da garota perdeu um pouco da cor, mas ela ergueu o queixo em desafio.

— Na verdade, sim. Estávamos falando sobre as pessoas desconfiarem dos bancos, e ele disse que sua velha senhoria guardava dinheiro debaixo de uma tábua do assoalho.

Ele disse: "Eu poderia pegá-lo qualquer dia em que ela estiver fora." Não exatamente como uma piada, ele nunca brincava, foi mais como se estivesse realmente preocupado com o descuido dela.

— Ah — disse Poirot. — Isso é bom. Do meu ponto de vista, quero dizer. Quando James Bentley pensa em roubar, isso se apresenta a ele como uma ação que é feita pelas costas de alguém. Veja bem, ele poderia ter dito: "Algum dia alguém vai bater na cabeça dela por isso."

— Mas, de qualquer forma, ele não estaria falando sério.

— Oh, não. Mas falar, por mais leve que seja, por mais ocioso que seja, revela, inevitavelmente, o tipo de pessoa que você é. O criminoso sábio nunca abriria a boca, mas os criminosos raramente são sábios, e sim vaidosos. E falam muito, logo a maioria dos criminosos é pega.

Maude Williams disse abruptamente:

— Mas *alguém* deve ter matado a velha.

— Naturalmente.

— Quem fez? Você sabe? Tem alguma ideia?

— Sim — disse Hercule Poirot falsamente. — Acho que tenho uma ideia muito boa. Mas estamos apenas no início da estrada.

A garota olhou para o relógio.

— Eu preciso voltar. Só podemos parar por meia hora. Um lugar insignificante, Kilchester. Sempre trabalhei em Londres... Você vai me deixar saber se houver algo que eu possa *realmente* fazer?

Poirot sacou um de seus cartões. Nele, escreveu Long Meadows e o número do telefone.

— É onde estou hospedado.

Seu nome, ele notou com desgosto, não causou nenhuma impressão especial nela. Ele não podia deixar de sentir que a geração mais jovem carecia de conhecimento sobre celebridades notáveis.

50 · AGATHA CHRISTIE ·

III

Hercule Poirot pegou um ônibus de volta para Broadhinny sentindo-se um pouco mais animado. De qualquer forma, havia uma pessoa que compartilhava de sua crença na inocência de James Bentley. Bentley não era tão desprovido de amigos como dizia ser.

Sua mente voltou novamente para Bentley na prisão. Que entrevista desanimadora tinha sido. Não havia esperança desperta, quase nenhum interesse.

— Obrigado — Bentley disse estupidamente —, mas acho que não há nada que alguém possa fazer.

Não, ele tinha certeza de que não tinha inimigos.

— Quando as pessoas mal percebem que você está vivo, é improvável ter inimigos.

— Sua mãe? Ela tinha algum inimigo?

— Certamente não. Todos gostavam dela e a respeitavam.

Havia uma leve indignação em seu tom.

— E os seus amigos?

E James Bentley disse, ou melhor, murmurou:

— Não tenho amigos...

Mas isso não era bem verdade. Pois Maude Williams era uma amiga.

"Que coisa maravilhosa é a natureza", pensou Hercule Poirot, "que faz com que todo homem, embora superficialmente sem atrativos, seja escolhido por alguma mulher".

Apesar da aparência sensual de Miss Williams, ele tinha uma suspeita astuta de que ela fazia o tipo maternal.

Ela tinha as qualidades que faltavam a James Bentley, a energia, o ímpeto, a recusa em ser derrotada, a determinação para vencer.

Ele suspirou.

Que mentiras monstruosas ele contara naquele dia! Não importa, elas eram necessárias.

— Pois em algum lugar — disse Poirot para si mesmo, entregando-se a uma avalanche de metáforas —, há uma agulha no palheiro, e, entre as onças, há uma a ser cutucada. Quando atiramos flechas para o alto, uma deve cair e acertar o teto de vidro!

Capítulo 7

I

O chalé onde Mrs. McGinty morava ficava a apenas alguns passos do ponto de ônibus. Duas crianças brincavam na soleira da porta. Uma comia uma maçã de aspecto bichado e a outra gritava e batia na porta com uma bandeja de lata. Pareciam muito felizes. Poirot aumentou o barulho batendo com força na porta.

Uma mulher olhou pela esquina da casa. Ela estava com um conjunto colorido e o cabelo despenteado.

— Pare com isso, Ernie — disse ela.

— Não mesmo — respondeu Ernie e continuou.

Poirot abandonou a soleira da porta e dirigiu-se para a esquina da casa.

— Impossível lidar com crianças, não é? — disse a mulher.

Poirot discordava, mas absteve-se de dizê-lo. Deu a volta até a porta dos fundos.

— Mantenho a frente aparafusada, senhor. Entre, por favor.

Poirot passou por uma copa muito suja e entrou em uma cozinha quase mais suja.

— Ela não foi assassinada aqui — disse a mulher. — Na sala de estar.

Poirot piscou levemente.

— É por isso que está aqui, não é? Você é o cavalheiro estrangeiro de Summerhayes?

— Então, você sabe tudo sobre mim? — perguntou Poirot. Ele sorriu. — Sim, é verdade, Mrs...

— Kiddle. Meu marido é estucador. Nós nos mudamos há quatro meses. Morávamos com a mãe do Bert antes de... Algumas pessoas disseram: "Você nunca entraria em uma casa onde houve um assassinato, certo?" Mas o que eu disse foi, uma casa é uma casa, e é melhor do que morar numa sala de estar dos fundos, dormindo em duas cadeiras. Terrível, essa falta de moradias, não é? E de qualquer maneira, nunca fomos incomodados aqui. Sempre dizem que eles andam quando são assassinados, mas ela não! Quer ver onde foi que aconteceu?

Sentindo-se como um turista guiado em uma excursão, Poirot concordou.

Mrs. Kiddle o conduziu a uma pequena sala sobrecarregada com mobília pesada de estilo jacobino. Ao contrário do restante da casa, não dava sinais de ter sido ocupada.

— Ela estava caída no chão, com a parte de trás da cabeça aberta. Mrs. Elliot ficou apavorada. Foi ela quem a encontrou, ela e Larkin, que vem da Cooperativa com o pão. Mas o dinheiro foi tirado lá de cima. Venha e eu vou lhe mostrar onde.

Mrs. Kiddle subiu a escada e entrou em um quarto que continha uma grande cômoda, uma larga cama de latão, algumas cadeiras e uma bela coleção de roupas de bebê, molhadas e secas.

— Estava bem aqui — disse Mrs. Kiddle com orgulho.

Poirot olhou em volta. Era difícil imaginar que esse reduto desenfreado de fecundidade desordenada já fora o domínio bem-cuidado de uma senhora idosa orgulhosa de sua casa. Aqui Mrs. McGinty viveu e dormiu.

— Suponho que esta não seja a mobília dela?

— Oh, não. A sobrinha dela em Cullavon levou tudo.

Não sobrara nada de Mrs. McGinty. Os Kiddle haviam chegado e conquistado. A vida era mais forte do que a morte. Do andar de baixo, o choro alto e feroz de um bebê surgiu.

— O bebê acordou — disse Mrs. Kiddle desnecessariamente. Ela mergulhou escada abaixo e Poirot a seguiu. Não havia nada aqui para ele.

Ele foi até a porta ao lado.

II

— Sim, senhor, fui eu que a encontrei.

Mrs. Elliot era dramática. A casa era arrumada e jeitosa. O único drama nela era o de Mrs. Elliot, uma mulher alta e magra de cabelos escuros, contando seu único momento de vida gloriosa.

— Larkin, o padeiro, veio e bateu na porta. "É Mrs. McGinty", disse ele, "ela não nos ouve. Deve ter passado mal." E de fato pensei que ela poderia. Ela não era uma mulher jovem, de forma alguma. E, se eu não estiver enganada, ela já havia sofrido de palpitações. Achei que pudesse ter tido um derrame. Então, corri, visto que havia apenas os dois homens e, naturalmente, eles não gostariam de entrar no quarto.

Poirot aceitou essa demonstração de decoro com um murmúrio de assentimento.

— Corri escada acima. *Ele* estava lá em cima, pálido como a morte. Não que eu tivesse achado na hora... Bem, é claro, eu não sabia o que tinha acontecido. Bati na porta com força e não houve resposta, então girei a maçaneta e entrei. O lugar inteiro bagunçado, e a tábua no chão. "Roubaram a casa", eu disse. "Mas onde está a pobre alma em pessoa?" E então pensamos em olhar na sala de estar. *E lá estava ela...* No chão com sua pobre cabeça arrebentada. Assassinato! Eu vi imediatamente o que era: assassinato! Não poderia ser outra coisa! Roubo e assassinato! Aqui em Broadhinny. Comecei a gritar! Acabei dando trabalho porque desmaiei. Tiveram que buscar conhaque para mim no Três Patos. E mesmo assim tremi por horas. "Não tire essas conclusões assim, mãe", foi o que o sargento me disse quando chegou. "Não fique desse jeito. Vá para casa e faça uma boa xícara de chá." E foi o que fiz. E quando Elliot voltou para casa: "Ora, o que aconteceu?", ele perguntou, olhando para mim. Eu ainda estava tremendo. Sempre fui sensível desde criança.

Poirot interrompeu habilmente a emocionante narrativa pessoal.

— Sim, sim, pode-se ver isso. E quando foi a última vez que você viu a pobre Mrs. McGinty?

— Deve ter sido no dia anterior, quando ela saiu para o jardim dos fundos para colher um pouco de hortelã. Eu estava apenas alimentando as galinhas.

— Ela falou com você?

— Apenas deu boa tarde, e perguntou se as galinhas estavam botando mais ovos.

— E essa foi a última vez que você a viu? Você não a viu no dia em que ela morreu?

— Não. Mas eu *o* vi — Mrs. Elliot baixou a voz. — Cerca de onze horas da manhã. Vagueando pela estrada. Arrastando os pés como sempre fazia.

Poirot esperou, mas parecia que não havia nada a acrescentar. Ele perguntou:

— Ficou surpresa quando a polícia o prendeu?

— Bem, sim e não... Veja bem, eu sempre o achei um pouco idiota. E, sem dúvida, esses idiotas se tornam desagradáveis, às vezes. Meu tio tinha um menino de mente fraca, e às vezes ele podia ser muito desagradável, foi o que aconteceu quando ele cresceu. Não conhecia sua força. Sim, aquele Bentley era idiota, sim, e não ficaria surpresa se eles o enviassem para o hospício em vez da forca. Ora, olhe o lugar onde ele escondeu o dinheiro. Ninguém esconderia dinheiro

56· AGATHA CHRISTIE ·

em um lugar como aquele, a menos que quisesse que fosse encontrado. Simples assim, era isso que ele era.

— A menos que ele quisesse que fosse encontrado — murmurou Poirot. — Por acaso você perdeu uma machadinha ou um machado?

— Não, senhor. Não perdi. A polícia me perguntou isso. Perguntou a toda a vizinhança. O que ele usou para matá-la permanece em mistério.

III

Hercule Poirot caminhou em direção ao correio.

O assassino queria que o dinheiro fosse encontrado, mas não a arma. O dinheiro apontaria para James Bentley e a arma para... quem?

Ele balançou a cabeça. Havia visitado os outros dois chalés. Os moradores eram menos exuberantes do que Mrs. Kiddle e menos dramáticos do que Mrs. Elliot. Na verdade, eles haviam dito que Mrs. McGinty era uma mulher muito respeitável que se mantinha sozinha, que tinha uma sobrinha em Cullavon, que ninguém, exceto a dita sobrinha, vinha vê-la, que ninguém, pelo que sabiam, desgostava dela ou guardava rancor dela, e perguntaram se era verdade que havia uma petição sendo movida para James Bentley e se eles seriam convidados a assiná-la.

— Não consigo chegar a lugar algum — disse Poirot para si mesmo. — Não há nada, nem o menor vislumbre. Agora entendo o desespero do Superintendente Spence. Mas tem que ser diferente para *mim*. O Superintendente Spence é um policial bom e meticuloso, mas eu sou Hercule Poirot. Para *mim* deve haver iluminação!

A sola de um de seus sapatos de couro envernizado pisou em uma poça e ele estremeceu.

Ele era o grande, o único Hercule Poirot, mas também era um homem muito velho em seus sapatos apertados.

Entrou no correio.

O lado direito era destinado ao envio de correspondência. O lado esquerdo exibia uma rica variedade de mercadorias variadas, incluindo doces, mantimentos, brinquedos, ferragens, artigos de papelaria, cartões de aniversário, lã de tricô e roupas de baixo infantis.

Poirot começou a escolher selos sem pressa.

A mulher que se adiantou para atendê-lo era de meia-idade, com olhos penetrantes e brilhantes.

— Aqui está — disse Poirot para si mesmo —, sem dúvida, o cérebro da aldeia de Broadhinny.

O nome da dócil senhora era Mrs. Sweetiman.

— E doze *pence* — disse Mrs. Sweetiman, extraindo-os habilmente de um grande livro. — Dá quatro xelins e dez *pence* no total. Mais alguma coisa, senhor?

Ela fixou nele um olhar brilhante e ansioso. Pela porta nos fundos, a cabeça de uma garota ouvia tudo. Seus cabelos estavam desgrenhados e ela estava resfriada.

— Sou um estranho por aqui — disse Poirot solenemente.

— Certo, senhor — concordou Mrs. Sweetiman. — Vem de Londres, não é?

— Imagino que saiba meus objetivos aqui tão bem quanto eu — disse Poirot com um leve sorriso.

— Oh, não, senhor, eu realmente não faço ideia — respondeu Mrs. Sweetiman de uma maneira totalmente superficial.

— Mrs. McGinty — disse Poirot.

Mrs. Sweetiman balançou a cabeça.

— Isso foi triste... um negócio chocante.

— Imagino que você a conheceu bem?

— Oh, sim. Bem como qualquer pessoa em Broadhinny, devo dizer. Ela sempre conversava comigo quando vinha aqui para qualquer coisa. Sim, foi uma tragédia terrível. E ainda não resolvida, ou pelo menos ouvi as pessoas dizerem.

— Há uma dúvida, em alguns setores, quanto à culpa de James Bentley.

— Bem — disse Mrs. Sweetiman —, não seria a primeira vez que a polícia pegaria o homem errado, embora eu não diria que eles o fizeram neste caso. Não que eu realmente devesse ter pensado isso dele. Um sujeito tímido e desajeitado, mas você nunca imagina que vá ser perigoso assim. Bom, nunca se sabe, não é?

Poirot arriscou pedir papel de carta.

— Claro, senhor. Basta passar para o outro lado, sim? Mrs. Sweetiman deu a volta para ocupar seu lugar atrás do balcão esquerdo.

— O que é difícil de imaginar é quem poderia ter sido se não Mr. Bentley — comentou ela enquanto se esticava até a prateleira de cima em busca dos papéis timbrados e envelopes. — Temos alguns vagabundos desagradáveis por aqui às vezes e é possível que um deles tenha encontrado uma janela aberta e entrado. Mas ninguém abandonaria o dinheiro, certo? Não depois de matar para pegá-lo, e notas de libras ainda por cima, sem números ou marcações. Aqui está, senhor, azul com envelopes combinando.

Poirot fez sua compra.

— Mrs. McGinty nunca falou sobre ficar nervosa ou com medo de ninguém, não é? — perguntou.

— Não para mim. Ela não era uma mulher medrosa. Às vezes ela ficava até tarde na casa de Mr. Carpenter, no topo da colina. Eles costumam receber pessoas para jantar e se hospedar, e Mrs. McGinty ia lá à noite às vezes para ajudar na limpeza. Ela descia a colina no escuro, algo que eu nunca faria. É muito escuro na descida da colina.

— Você conhece a sobrinha dela, Mrs. Burch?

— Nos falamos de vez em quando. Ela e o marido aparecem aqui às vezes.

— Eles herdaram dinheiro quando Mrs. McGinty morreu.

Os penetrantes olhos escuros olharam para ele severamente.

— Bem, isso é bastante natural, não é, senhor? Não dá para levá-lo com você, e é certo que sua própria carne e sangue devem pegá-lo.

— Oh sim, oh sim, estou totalmente de acordo. Mrs. McGinty gostava da sobrinha?

— Imagino que muito, senhor. Do jeito dela.

— E o marido da sobrinha?

Um olhar evasivo apareceu no rosto de Mrs. Sweetiman.

— Sim, até onde sei.

— Quando você viu Mrs. McGinty pela última vez?

Mrs. Sweetiman ponderou, procurando na memória.

— Agora, deixe-me ver... Quando foi, Edna? — Edna, na porta, fungou inutilmente. — Foi no dia em que ela morreu? Não, foi na véspera... ou no dia antes da véspera? Sim, foi uma segunda-feira. Isso mesmo. Ela foi morta na quarta-feira. Sim, era segunda-feira. Ela veio comprar um tinteiro.

— Ela queria um tinteiro?

— Acho que ela queria escrever uma carta — disse Mrs. Sweetiman alegremente.

— Isso parece provável. E ela estava como de costume, então? Ela não parecia diferente de forma alguma?

— N-não, acho que não.

Edna, fungando, passou pela porta da loja e de repente entrou na conversa.

— Ela estava diferente — afirmou. — Satisfeita com alguma coisa, bem, não muito satisfeita, animada.

— Talvez você esteja certa — disse Mrs. Sweetiman. — Não que eu tenha percebido na hora. Mas agora que você disse, ela estava muito ativa.

— Você se lembra de alguma coisa que ela disse naquele dia?

— Normalmente não lembraria. Mas com ela tendo sido assassinada e a polícia e tudo mais, isso faz as coisas se destacarem. Ela não disse nada sobre James Bentley, disso tenho certeza. Falei um pouco sobre os Carpenter e Mrs. Upward, lugares onde ela trabalhava, você sabe.

— Oh, sim, eu ia perguntar para você exatamente para quem ela trabalhava aqui.

Mrs. Sweetiman respondeu prontamente:

— Segundas e quintas ela ia para Mrs. Summerhayes em Long Meadows. É onde você está hospedado, não é?

— Sim. — Poirot suspirou. — Suponho que não haja outro lugar para ficar.

— Não em Broadhinny. Suponho que você não se sinta muito confortável em Long Meadows. Mrs. Summerhayes é uma boa senhora, mas ela não sabe nada sobre cuidar de uma casa. Essas madames que vêm de países estrangeiros não sabem, mesmo... Sempre havia uma bagunça terrível para limpar, ou era o que Mrs. McGinty costumava dizer. Sim, às segundas-feiras à tarde e às quintas-feiras de manhã, Mrs. Summerhayes, depois às terças de manhã, o Dr. Rendell, e às tardes, Mrs. Upward em Laburnums. Quarta era Mrs. Wetherby em Hunter's Close e sexta-feira Mrs. Selkirk, que agora é Mrs. Carpenter. Mrs. Upward é uma senhora idosa que mora com o filho. Eles têm uma empregada, mas ela já é muito velha, e Mrs. McGinty costumava ir lá uma vez por semana para dar uma boa faxina. Mr. e Mrs. Wetherby nunca parecem manter ajudantes por muito tempo, ela é bastante doente. Mr. e Mrs. Carpenter têm uma bela casa e recebem muitos convidados. Eles são todos pessoas muito boas.

Foi com esse pronunciamento final sobre a população de Broadhinny que Poirot saiu para a rua novamente.

Subiu lentamente a colina em direção a Long Meadows. Tinha fé que todo o conteúdo da lata estufada e as vagens manchadas de sangue tivessem sido comidos no almoço, sem sobras para um jantar especial. Mas possivelmente havia outras latas duvidosas. A vida em Long Meadows certamente tinha seus perigos.

No geral, tinha sido um dia decepcionante. O que aprendera?

Que James Bentley tinha uma amiga. Que nem ele nem Mrs. McGinty tinham inimigos. Que Mrs. McGinty parecia animada dois dias antes de sua morte e comprou um tinteiro...

De repente, Poirot travou os pés... Seria essa uma pequena pista?

Tinha perguntado preguiçosamente o que Mrs. McGinty deveria querer com um tinteiro, e Mrs. Sweetiman respondera, muito seriamente, que achava que ela queria escrever uma carta.

Havia um significado ali — um significado que quase lhe escapara porque para ele, como para a maioria das pessoas, escrever uma carta era uma ocorrência comum no dia a dia.

Mas não era assim para Mrs. McGinty. Para ela, redigir uma carta parecia tão incomum que ela precisou sair para comprar um tinteiro.

Mrs. McGinty, então, dificilmente escrevia cartas. Mrs. Sweetiman, a agente do correio, estava perfeitamente ciente do fato. Mas Mrs. McGinty havia escrito uma carta dois dias antes de sua morte. Para quem e por quê?

Poderia ser bastante insignificante. Ela poderia ter escrito para a sobrinha, para um amigo ausente. Absurdo colocar tanta ênfase em algo simples como um tinteiro.

Mas era tudo o que ele tinha e iria seguir em frente.

Um tinteiro...

Capítulo 8

I

— Uma carta? — Bessie Burch balançou a cabeça. — Não, não recebi nenhuma carta da tia. Por que ela escreveria para mim?

— Pode ter havido algo que ela queria dizer a você — sugeriu Poirot.

— Minha tia não gostava muito de escrever. Ela estava chegando aos 70 anos, você sabe, e quando ela era jovem não havia tanto investimento em educação.

— Mas ela sabia ler e escrever?

— Ah, claro. Não era muito de ler, embora gostasse do *News of the World* e do *Sunday Comet*. Escrever sempre foi um pouco difícil. Se ela tivesse algo para me informar, como nos impedir de ir vê-la ou dizer que não poderia vir até nós, ela normalmente ligaria para Mr. Benson, o farmacêutico da porta ao lado, e ele mandaria a mensagem. Ele é muito disposto. Veja bem, estamos na mesma área, então custa apenas *twopence*. Há uma cabine telefônica no correio em Broadhinny.

Poirot concordou com a cabeça. Ele reconheceu o fato de que *twopence* era melhor do que *twopence* e meio pêni. Já imaginava Mrs. McGinty como uma mulher que gostava de poupar e guardar. Ela gostava muito de dinheiro, pensou ele.

Ele persistiu gentilmente:

— Mas sua tia escrevia para você às vezes, suponho?

— Bem, cartões no Natal.

— E talvez ela tivesse amigos em outras partes da Inglaterra para quem escrevia?

— Não sei sobre isso. Havia uma cunhada que morreu há dois anos e havia uma Mrs. Birdlip, mas essa também se foi.

— Então, se ela escreveu para alguém, provavelmente seria em resposta a uma carta recebida?

Mais uma vez, Bessie Burch parecia em dúvida.

— Não sei quem estaria escrevendo para ela, tenho certeza... Mas, é claro — seu rosto se iluminou —, sempre há o governo.

Poirot concordou que nos dias atuais as comunicações do que Bessie vagamente referiu como "o governo" eram a regra, e não a exceção.

— Geralmente é uma porção de besteiras — disse Mrs. Burch. — Formulários para preencher e muitas perguntas impertinentes que não deveriam ser feitas por nenhuma entidade decente.

— Então Mrs. McGinty pode ter recebido algum comunicado do governo que ela precisou responder?

— Se fosse o caso, ela teria trazido para Joe para que ele pudesse ajudá-la com isso. Esse tipo de coisa a incomodava e ela sempre levava para Joe.

— Você consegue se lembrar se havia alguma carta entre os pertences dela?

— Não poderia dizer com certeza. Não me lembro de nada. Mas a polícia foi a primeira a ver tudo. Demorou um bom tempo para eles me deixarem embalar as coisas dela e levá-las embora.

— O que aconteceu com essas coisas?

— Aquele baú de mogno maciço era dela, e há um guarda-roupa no andar de cima, fora os bons utensílios de cozinha. O resto nós vendemos por falta de espaço.

— Quis dizer as coisas pessoais dela — acrescentou ele.

— Escovas, pentes, fotografias, coisas de banheiro, roupas...

— Ah, sim. Bem, para dizer a verdade, coloquei-as em uma mala que ainda está lá em cima. Não sabia bem o que fazer com elas. Pensei em levar as roupas para o bazar no Natal, mas esqueci. Não parecia certo levá-las para aqueles vendedores de roupas de segunda mão.

— Será que eu posso ver o conteúdo dessa mala?

— Com certeza. Embora eu não ache que você vai encontrar algo capaz de ajudar. A polícia investigou tudo, você sabe.

— Oh, eu sei. Mas, mesmo assim.

Mrs. Burch o conduziu rapidamente a um minúsculo quarto dos fundos, usado, concluiu Poirot, principalmente como quarto de costura. Ela puxou uma mala de debaixo da cama e disse:

— Bem, aqui está e me desculpe por interromper, mas tenho que ver o ensopado.

Poirot lhe deu licença agradecido e ouviu-a descendo as escadas novamente. Puxou a mala em sua direção e a abriu.

Uma lufada de naftalina o saudou.

Com um sentimento de pena, ele revirou o conteúdo, tão eloquente na revelação de uma mulher que estava morta. Um casaco preto comprido e bastante gasto. Dois suéteres de lã. Um casaco e saia. Meias. Nenhuma calcinha (presumivelmente Bessie Burch as havia pegado para seu próprio uso). Dois pares de sapatos embrulhados em jornal. Uma escova e um pente, gastos, mas limpos. Um velho espelho de prata amassado. Uma fotografia em uma moldura de couro de um casal de noivos vestido no estilo de trinta anos atrás — uma foto de Mrs. McGinty e seu marido, provavelmente. Dois postais ilustrados de Margate. Um cachorro de porcelana. Uma receita arrancada de um jornal para fazer geleia de abóbora-d'água. Outro recorte sensacionalista sobre "Discos Voadores". Um terceiro recorte exibia as profecias da Mãe Shipton. Havia também uma Bíblia e um Livro de Orações.

Não havia bolsas ou luvas. Presumivelmente, Bessie Burch as havia guardado ou doado. As roupas aqui, Poirot julgou, seriam pequenas demais para a rechonchuda Bessie. Mrs. McGinty era uma mulher bem magra. Ele desembrulhou um dos pares de sapatos. De boa qualidade e pouco gastos. Decididamente pequenos para Bessie Burch.

Estava prestes a embrulhá-los cuidadosamente de novo quando seu olhar foi atraído pelo título do pedaço de jornal. Era o *Sunday Comet* do dia dezenove de novembro.

Mrs. McGinty foi morta em 22 de novembro.

Este então foi o jornal que ela comprou no domingo anterior à sua morte. Estava em seu quarto e Bessie Burch o usou no devido tempo para embrulhar as coisas de sua tia.

Domingo, dezenove de novembro. E na *segunda-feira* Mrs. McGinty foi ao correio comprar um tinteiro...

Será que isso aconteceu por causa de algo que ela viu no jornal de domingo?

Ele desembrulhou o outro par de sapatos. Tinham sido embrulhados no *News of the World* da mesma data.

Alisou os dois papéis e os levou para uma cadeira onde se sentou para lê-los. E imediatamente fez uma descoberta. Algo havia sido cortado de uma página do *Sunday Comet*. Um pedaço retangular retirado da página do meio. O buraco era grande demais para qualquer um dos recortes encontrados.

Ele examinou os dois jornais, mas não encontrou nada de interessante. Enrolou-os em volta dos sapatos novamente e arrumou a mala com cuidado.

Então desceu.

Mrs. Burch estava ocupada na cozinha.

— Acho que você não encontrou nada — disse ela.

— Infelizmente, não — respondeu ele. Acrescentou em uma voz casual. — Você se lembra se havia um recorte de jornal na bolsa da sua tia?

— Não consigo me lembrar de nenhum. Talvez a polícia tenha levado.

Mas a polícia não o havia levado. Isso Poirot sabia pelas anotações de Spence. O conteúdo da bolsa da mulher morta havia sido listado, nenhum recorte de jornal entre eles.

— *Eh bien* — disse Hercule Poirot para si mesmo. — O próximo passo é fácil. Será a derrocada, ou então, finalmente, meu avanço.

II

Sentado muito quieto, com as pastas empoeiradas de jornal à sua frente, Poirot disse a si mesmo que a pista do tinteiro não o enganara.

O *Sunday Comet* era dado a dramatizações românticas de eventos passados.

O jornal que Poirot estava lendo era o *Sunday Comet* do domingo, dezenove de novembro.

No topo da página do meio estavam estas palavras em letras grandes:

MULHERES VÍTIMAS DE TRAGÉDIAS PASSADAS:
ONDE ESTÃO ESSAS MULHERES AGORA?

Abaixo da legenda havia quatro reproduções muito borradas de fotografias tiradas claramente há muitos anos.

As pessoas não pareciam trágicas. Na verdade, elas eram quase ridículas, uma vez que estavam vestidas com um estilo antiquado — e não há nada mais ridículo que a moda de ontem —, mas em outros trinta anos, mais ou menos, seus encantos reapareceriam, ou pelo menos se tornariam aparentes.

Abaixo de cada foto havia um nome.

Eva Kane, a "outra mulher" no famoso Caso Craig.
Janice Courtland, a "esposa trágica" cujo marido era um demônio em forma humana.
A pequena Lily Gamboll, um trágico produto infantil de nossa época superpovoada.
Vera Blake, esposa inocente de um assassino.

E então surgia a pergunta em negrito novamente:

ONDE ESTÃO ESSAS MULHERES AGORA?

Poirot pestanejou e começou a ler meticulosamente a prosa um tanto romântica que contava as histórias de vida dessas heroínas obscuras e confusas.

Lembrava-se do nome de Eva Kane, pois o Caso Craig tinha sido muito celebrado. Alfred Craig fora escrivão de Parminster, um homenzinho zeloso e pouco interessante, correto e agradável em seu comportamento. Ele teve a infelicidade de se casar com uma esposa enfadonha e temperamental. Mrs. Craig o endividou, intimidou-o, importunou-o e sofreu de doenças nervosas que amigos rudes diziam ser inteiramente imaginárias. Eva Kane era a jovem governanta do berçário da casa. Ela tinha 19 anos, era bonita, indefesa e bastante ingênua. Ela se apaixonou desesperadamente por Craig e ele por ela. Então, um dia, os vizinhos ouviram que Mrs. Craig havia sido "mandada para o exterior" por causa de sua saúde. Essa foi a história de Craig. Ele a levou até Londres de carro durante a primeira etapa da viagem, tarde da noite, e esperou-a partir para o sul da França. Em seguida, ele voltou para Parminster e, em intervalos, mencionou como a saúde de sua esposa não melhorava com os relatos por cartas. Eva Kane ficou para trás para cuidar dele, e as línguas logo começaram a se agitar. Finalmente, Craig recebeu notícia da morte de sua esposa no exterior. Ele foi embora e voltou uma semana depois, com um relato do funeral.

De certa forma, Craig era um homem simples. Cometeu o erro de mencionar onde sua esposa havia morrido, um resort moderadamente conhecido na Riviera Francesa. Só precisava alguém com um parente ou amigo morando lá escrever para eles e descobrir que não houve morte ou funeral de ninguém com aquele nome e, após um período de fofoca, comunicar-se com a polícia.

Os eventos subsequentes podem ser resumidos brevemente. Mrs. Craig não tinha partido para a Riviera. Ela havia sido cortada em pedaços perfeitos e enterrada no porão de Craig. E a autópsia dos restos mortais mostrou envenenamento por um alcaloide vegetal. Craig foi preso e enviado para julgamento. Eva Kane foi originalmente acusada como cúmplice, mas a acusação foi retirada, pois parecia claro que ela havia ignorado completamente o ocorrido. Craig no final fez uma confissão completa e foi condenado e executado.

Eva Kane, que esperava um filho, deixou Parminster e, nas palavras do *Sunday Comet*:

Parentes gentis no Novo Mundo ofereceram-lhe uma casa. Mudando de nome, a lamentável jovem, seduzida em sua juventude confiante por um assassino de sangue frio, deixou estas praias para sempre, para começar uma nova vida e manter para sempre trancado em seu coração e escondido de sua filha o nome do pai.

"Minha filha deve crescer feliz e inocente. Sua vida não será manchada pelo passado cruel. Isso eu jurei. Minhas memórias trágicas devem permanecer só para mim."

Pobre e frágil Eva Kane. Teve de aprender, tão jovem, sobre a vilania e a infâmia do homem. Onde ela está agora? Será que existe, em alguma cidade do Centro-Oeste, uma senhora idosa, quieta e respeitada pelos vizinhos, que talvez tenha olhos tristes... E uma jovem, alegre e animada, com filhos, talvez seus, vem e vê "mamãe", contando-lhe todas as pequenas dificuldades e queixas da vida diária, sem nenhuma ideia dos sofrimentos do passado que sua mãe suportou?

— *Uh, la, la!* — disse Hercule Poirot. E passou para a próxima Vítima Trágica.

Janice Courtland, a "esposa trágica", certamente foi infeliz com seu marido. Ela sofreu durante oito anos suas práticas peculiares, referidas de forma cautelosa a ponto de despertar a curiosidade instantânea. Oito anos de martírio, disse o *Sunday Comet* com firmeza. Então Janice fez um amigo. Um jovem idealista e inexperiente que, horrorizado com a cena entre marido e mulher que testemunhou por acidente, agrediu o marido com tal vigor que este espatifou seu crânio em uma lareira de mármore de quinas afiadas. O júri concluiu que a provocação foi intensa, que o jovem idealista não tinha intenção de matar, e ele foi condenado a cinco anos por homicídio culposo.

A sofredora Janice, horrorizada com toda a publicidade que o caso lhe trouxe, foi para o exterior "para esquecer".

Ela esqueceu?, perguntou o Sunday Comet. Esperamos que sim. Em algum lugar, talvez, esteja uma esposa e mãe feliz a quem aqueles anos de pesadelo suportados em um silêncio sofrido, agora parecem apenas um sonho...

— Ora, ora — disse Hercule Poirot, e passou para Lily Gamboll, o trágico produto infantil de nossa época superpovoada.

Parece que Lily Gamboll foi removida de sua casa superlotada. Uma tia assumiu a responsabilidade pela vida de Lily. Ela queria ir ao cinema, a tia disse "Não". Lily Gamboll pegou a faca de carne que estava convenientemente caída sobre a mesa e desferiu um golpe na tia com ela. A tia, embora autocrática, era pequena e frágil. O golpe a matou. Lily era uma criança bem desenvolvida e musculosa para seus 12 anos. Uma escola autorizada abriu suas portas e Lily havia desaparecido da cena cotidiana.

Agora ela é uma mulher, livre novamente para ocupar seu lugar em nossa civilização. Sua conduta, durante seus anos de confinamento e provação, teria sido exemplar. Isso não mostra que não é a criança, mas o sistema, que devemos culpar? Criada na ignorância, a pequena Lily foi vítima de seu ambiente. Agora, depois de ter expiado seu trágico lapso, ela mora em algum lugar feliz, esperamos, uma boa cidadã e uma boa esposa e mãe. Pobre Lily Gamboll.

Poirot balançou a cabeça. Uma criança de 12 anos que golpeou sua tia com um cortador de carne e a atingiu com força suficiente para matá-la não era, em sua opinião, uma boa criança. Sua solidariedade foi, no caso, com a tia.

Ele passou para Vera Blake.

Vera Blake era claramente uma daquelas mulheres com quem tudo dá errado. Ela havia namorado pela primeira vez um rapaz que se revelou um gângster procurado pela polícia por matar um vigia de banco. Ela então se casou com um comerciante respeitável que acabou por ser um receptor de bens roubados. Seus dois filhos também haviam, no devido tempo, chamado a atenção da polícia. Eles iam com a mãe a lojas de departamento e faziam uma bela fila de furtos em lojas. Finalmente, no entanto, um "bom homem" apareceu em cena. Ele ofereceu à infeliz Vera um lar em um dos Domínios da Comunidade Britânica. Ela e seus filhos deveriam deixar este país decadente.

Dali em diante, uma nova vida os esperava. Por fim, após longos anos de repetidos golpes do destino, os problemas de Vera acabaram.

— Será mesmo? — disse Poirot com ceticismo. — É muito provável que ela descubra que se casou com um trapaceiro de confiança que trabalha nos navios comerciais!

Ele se recostou e estudou as quatro fotos. Eva Kane, com os cabelos cacheados desgrenhados sobre as orelhas e um chapéu enorme, segurava um buquê de rosas perto da orelha como um receptor de telefone. Janice Courtland tinha um chapeuzinho em forma de sino puxado sobre uma das orelhas e um cinto em volta dos quadris. Lily Gamboll era uma criança simples com a boca aberta e ar de quem sofre de adenoides, respiração presa e óculos de lentes muito espessas. Vera Blake era tão tragicamente comum que nenhuma característica ressaltava no preto e branço.

· A MORTE DE MRS. MCGINTY ·

Por alguma razão, Mrs. McGinty retirou esse pedaço, com fotografias e tudo. Por quê? Só para guardar porque as histórias a interessavam? Ele achava que não. Mrs. McGinty guardou poucas coisas durante seus sessenta e tantos anos de vida. Poirot sabia disso pelos relatórios policiais quanto aos pertences dela.

Ela havia rasgado isso no domingo e na segunda-feira comprou um tinteiro, e a inferência foi que ela, que nunca escrevia cartas, estava prestes a escrever uma. Se fosse uma carta comercial, ela provavelmente teria pedido a ajuda de Joe Burch. Portanto, não foram negócios. Foi... o quê?

Os olhos de Poirot examinaram as quatro fotos mais uma vez.

Onde, perguntou o *Sunday Comet, estão essas mulheres agora?*

Uma delas, Poirot pensou, pode ter estado em Broadhinny em novembro passado.

III

Só no dia seguinte Poirot se encontrou a sós com Miss Pamela Horsefall.

Miss Horsefall não podia esperar muito, porque precisava correr para Sheffield, ela explicou.

Era alta, de aparência viril, bebia e fumava muito, e parecia, olhando para ela, altamente improvável que tivesse escrito o artigo do *Sunday Comet*. No entanto, era ela.

— Desembuche logo, desembuche logo — disse Miss Horsefall com impaciência para Poirot. — Eu preciso sair.

— É sobre seu artigo no *Sunday Comet*. Novembro passado. A série sobre Mulheres Trágicas.

— Oh, *aquela* série. Muito ruins, não eram?

Poirot não se pronunciou sobre esse ponto. Ele disse:

— Refiro-me em particular ao artigo sobre Mulheres Associadas ao Crime, publicado em dezenove de novembro. Dizia respeito a Eva Kane, Vera Blake, Janice Courtland e Lily Gamboll.

Miss Horsefall sorriu.

— *Onde estão essas mulheres trágicas agora?* Eu lembro.

— Suponho que às vezes você receba cartas após a publicação desses artigos.

— Pode apostar que sim! Algumas pessoas parecem não ter nada melhor para fazer do que escrever cartas. Alguém "uma vez viu o assassino Craig andando pela rua". Uma outra gostaria de me contar "a história da vida dela, muito mais trágica do que qualquer coisa que eu pudesse imaginar".

— Você recebeu uma carta após o aparecimento desse artigo de uma Mrs. McGinty de Broadhinny?

— Meu caro, por que diabos eu vou saber? Recebo baldes de cartas. Como devo me lembrar de um nome em particular?

— Achei que pudesse se lembrar — disse Poirot — porque poucos dias depois, Mrs. McGinty foi assassinada.

— Agora você disse para que veio. — Miss Horsefall esqueceu-se de estar impaciente para chegar a Sheffield e sentou-se em uma cadeira. — McGinty... McGinty... eu me lembro do nome. Golpeada na cabeça por seu inquilino. Não é um crime muito excitante do ponto de vista do público. Sem apelo sexual. Você disse que a mulher escreveu para mim?

— Ela escreveu para o *Sunday Comet*, eu acho.

— Dá no mesmo. Viria para mim. E com o assassinato e o nome dela sendo notícia com certeza eu deveria me lembrar. — Ela parou. — Olhe aqui, não era de Broadhinny. Era de Broadway.

— Então se lembra?

— Bem, não tenho certeza... Mas o nome... Nome cômico, não é? McGinty! Sim, escrita atroz e semianalfabeta. Se eu tivesse pelo menos percebido que... Mas tenho certeza de que veio de Broadway.

— Você diz que a escrita era ruim — disse Poirot. — Broadway e Broadhinny podem ser confundidos.

— Sim, pode ser. Afinal, não é provável que alguém conheça esses nomes rurais estranhos. McGinty, sim. Definitivamente me lembro. Talvez o assassinato tenha me ajudado a trazer à memória.

— Consegue se lembrar do que ela disse na carta?

— Algo sobre uma fotografia. Ela sabia onde havia uma fotografia como a do jornal e queria saber quanto pagaríamos pela informação.

— E você respondeu?

— Meu caro, não queremos nada desse tipo. Enviamos de volta a resposta padrão. Um agradecimento educado, mas nada a fazer. Mas já que o enviamos para Broadway... suponho que ela nunca nem soube.

— *Ela sabia onde havia uma fotografia...*

Na mente de Poirot, uma lembrança. A voz descuidada de Maureen Summerhayes dizendo: "Claro que ela bisbilhotava um pouco."

Mrs. McGinty havia bisbilhotado. Era honesta, mas gostava de saber das coisas. E as pessoas guardavam coisas tolas e sem sentido do passado. Guardavam por motivos sentimentais, ou simplesmente as esqueciam e não lembravam que elas estavam lá.

Mrs. McGinty tinha visto uma fotografia antiga e mais tarde a reconheceu reproduzida no *Sunday Comet*. E se perguntou se havia algum dinheiro nisso...

Ele se levantou num estalo.

— Obrigado, Miss Horsefall. Você vai me perdoar, mas aquelas notas sobre os casos que você escreveu estavam corretas? Percebo, por exemplo, que o ano do julgamento de Craig está errado. Na verdade, foi um ano depois do que você diz. E no caso Courtland, o nome do marido era Herbert, pelo que me lembro, não Hubert. A tia de Lily Gamboll morava em Buckinghamshire, não em Berkshire.

Miss Horsefall acenou com um cigarro.

— Meu caro homem, não há precisão. A coisa toda foi uma confusão romântica do começo ao fim. Eu apenas investiguei os fatos um pouco e depois soltei um monte de baboseiras.

— O que estou tentando dizer é que mesmo o caráter de suas heroínas não foi, talvez, tão bem representado.

Pamela soltou um relincho como um cavalo.

— Claro que não. O que você acha? Não tenho dúvidas de que Eva Kane era uma vaca, e não uma inocente ferida. E quanto à mulher Courtland, por que ela sofreu em silêncio por oito anos com um pervertido sádico? Porque ele nadava no dinheiro, diferentemente do namorado romântico.

— E a criança trágica, Lily Gamboll?

— Eu não gostaria de tê-la brincando perto de *mim* com uma machadinha de açougueiro.

Poirot pontuou nos dedos:

— Elas deixaram o país, foram para o Novo Mundo, para o exterior, para os "Domínios", para "começar uma vida nova". E não há provas de que elas tenham voltado para o país?

— Nenhuma — concordou Miss Horsefall. — E agora eu realmente devo ir.

Mais tarde naquela noite, Poirot ligou para Spence.

— Estava pensando em você, Poirot. Tem alguma coisa? Nadinha?

— Fiz minhas investigações — disse Poirot severamente.

— Fez?

— E o resultado delas é o seguinte: *As pessoas que moram em Broadhinny são todas muito boas.*

— O que quer dizer com isso, monsieur Poirot?

— Oh, meu amigo, considere. "Pessoas muito boas." Isso já foi, anteriormente, um motivo para assassinato.

Capítulo 9

I

— Pessoas muito boas — murmurou Poirot ao passar pelo portão de Crossways, perto da estação.

Uma placa de latão no batente da porta anunciava que o Dr. Rendell, médico, morava lá.

O Dr. Rendell era um homem grande e alegre de 40 anos. Ele cumprimentou seu convidado com uma cortesia categórica.

— Nossa pacata vila é homenageada — disse ele — pela presença do grande Hercule Poirot.

— Ah — disse Poirot, satisfeito. — Já ouviu falar de mim?

— Claro que ouvimos falar de você. Quem não?

A resposta para isso teria prejudicado a autoestima de Poirot. Ele apenas disse educadamente:

— Tenho a sorte de encontrá-lo em casa.

Na verdade, não tinha a ver com sorte, mas perspicácia. Mas o Dr. Rendell respondeu cordialmente:

— Sim, em tempo de me encontrar. Tenho uma cirurgia daqui a quinze minutos. Agora, o que posso fazer por você? Estou devorado pela curiosidade de saber o que te traz aqui. Uma cura de repouso? Ou temos um crime entre nós?

— No passado, não no presente.

— Passado? Eu não me lembro.

— Mrs. McGinty.

— Claro. Claro. Eu estava esquecendo. Mas não diga que você está preocupado com isso a esta altura?

— Se eu puder mencionar em segredo, trabalho na defesa do caso. Novas provas para interpor um recurso.

O Dr. Rendell disse bruscamente:

— Mas que novas evidências podem existir?

— Infelizmente não tenho autorização para falar...

— Oh, muito bem, por favor, me perdoe.

— Mas me deparei com certas coisas que são, posso dizer, muito curiosas, muito... como posso dizer? Sugestivas? Vim procurá-lo, Dr. Rendell, porque entendo que Mrs. McGinty ocasionalmente trabalhou aqui.

— Oh, sim, sim, ela trabalhou... Que tal uma bebida? Xerez? Uísque? Você prefere xerez? Eu também.

Ele trouxe dois copos e, sentando-se perto de Poirot, continuou:

— Ela costumava vir uma vez por semana para fazer a limpeza extra. Eu tenho uma governanta muito boa, excelente, mas daí a cuidar dos metais e a esfregar o chão da cozinha... Bem, minha Mrs. Scott não consegue se ajoelhar muito bem. Mrs. McGinty era uma excelente empregada.

— Você acha que ela era uma pessoa verdadeira?

— Verdadeira? Bem, essa é uma pergunta estranha. Não sei se posso responder... Não tive oportunidade de saber. Pelo que eu sei, ela foi muito sincera.

— Neste caso, se ela afirmasse alguma coisa sobre alguém, esta afirmação seria provavelmente verídica?

O Dr. Rendell parecia ligeiramente perturbado.

— Oh, eu não gostaria de ir tão longe assim. Realmente sei tão pouco sobre ela. Eu poderia perguntar a Mrs. Scott. Ela saberia melhor.

— Não, não. Seria melhor não fazer isso.

— Você está despertando minha curiosidade — disse o Dr. Rendell com cordialidade. — O que foi que ela andou dizendo? Algo um pouco difamatório, não é? Calúnia, quero dizer.

Poirot apenas balançou a cabeça.

— Você entende, tudo isso está em segredo no momento. Estou apenas no início da minha investigação — disse ele.

O Dr. Rendell disse secamente:

— Você vai ter que se apressar, não vai?

— Você tem razão. O tempo à minha disposição é curto.

— Devo dizer que você me surpreendeu... Todos nós tínhamos certeza de que foi Bentley quem fez isso. Não parecia haver nenhuma dúvida possível.

— Parecia um crime sórdido comum, pouco interessante. É assim que você diria?

— Sim, sim, isso resume tudo muito bem.

— Você conheceu James Bentley?

— Ele veio me ver profissionalmente uma ou duas vezes. Estava preocupado com sua própria saúde. Mimado pela mãe, imagino. Vemos isso com tanta frequência. Temos outro caso em questão aqui.

— Ah, é mesmo?

— Sim. Mrs. Upward. Laura Upward. Adora aquele filho dela. Ela o mantém com rédeas firmes. Ele é um sujeito inteligente, não tanto quanto pensa, cá entre nós, mas ainda assim é definitivamente talentoso. Vai se tornar um escritor teatral, o nosso Robin.

— Estão aqui há muito tempo?

— Três ou quatro anos. Ninguém está em Broadhinny há muito tempo. A vila original era apenas um punhado de chalés, agrupados em torno de Long Meadows. Você está hospedado lá, certo?

— Sim — respondeu Poirot sem exaltação indevida. O Dr. Rendell parecia entretido.

— Uma pensão de fato — disse ele. — Só que aquela jovem não sabe nada sobre como administrar uma pensão. Ela morou na Índia durante toda a sua vida de casada com empregados por todo os lados. Aposto que você está desconfortável. Ninguém fica lá por muito tempo. Quanto ao pobre e velho Summerhayes, ele nunca fará nada com essa façanha de jardinagem que está tentando executar. Bom sujeito, mas incapaz de lidar com o comércio, e se você quiser sobreviver, a vida comercial é imprescindível hoje em dia. Não fique pensando que eu curo os enfermos. Sou apenas um preenchedor de formulários e signatário de receitas médicas. Eu gosto dos Summerhayes, no entanto. Ela é uma criatura encantadora e, embora o Summerhayes tenha um caráter diabólico e temperamental, ele faz parte da velha guarda. É um tipo de primeira classe. Você deveria ter conhecido o velho coronel Summerhayes, uma verdadeira fera, orgulhoso como o diabo.

— Esse era o pai do Major Summerhayes?

— Sim. Não havia muito dinheiro quando o velhote morreu e é claro que algumas obrigações depois da morte apertaram muito aqueles dois, mas eles resolveram manter a velha casa. Não se sabe se devemos admirá-los ou chamá-los de tolos.

Ele olhou para o relógio.

— Não quero segurá-lo — disse Poirot.

— Ainda tenho alguns minutos. Além disso, gostaria que conhecesse minha esposa. Não consigo imaginar onde ela está. Ela ficou imensamente interessada em saber que você estava aqui. Nós dois adoramos criminologia. Lemos muito sobre isso.

— Criminologia, ficção ou jornais de domingo? — perguntou Poirot sorrindo.

— Todos os três.

— Chega a descer ao nível do *Sunday Comet*?

Rendell riu.

— O que seria dos nossos domingos sem ele?

— Eles publicaram alguns artigos interessantes há cerca de cinco meses. Um em particular sobre mulheres que estiveram envolvidas em casos de assassinato e tragédias.

— Sim, lembro-me disso. Muita besteira, no entanto.

— Ah, você acha isso?

— Bem, o Caso Craig, eu só conheço por ter lido a respeito, é claro. Mas um dos outros, o caso Courtland, eu posso garantir que aquela mulher não era inocente em uma vida trágica. Uma ordinária, isto sim. Sei disso porque um tio meu atendeu o marido dela. Ele certamente não era bonito, mas sua esposa não era muito melhor. Ela pegou aquele jovem novato e o incitou ao crime. Então ele foi para a prisão por homicídio culposo e ela foi embora, uma viúva rica, e se casou com outra pessoa.

— O *Sunday Comet* não mencionou isso. Você se lembra de com quem ela se casou?

Rendell balançou a cabeça.

— Acho que nunca ouvi o nome, mas alguém me disse que ela se deu muito bem.

— Quem leu o artigo fica imaginando onde essas quatro mulheres estão agora — ponderou Poirot.

— Eu sei. Alguém pode ter conhecido uma delas em uma festa na semana passada. Aposto que todas mantêm seu passado nas sombras. Você certamente nunca as reconheceria daquelas fotos. Por Deus, elas eram um bando desinteressante.

O relógio soou e Poirot pôs-se de pé.

— Não devo mais detê-lo. O senhor foi muito gentil.

— Não ajudei muito, receio. Os homens nunca sabem muito bem como é a empregada que trabalha por dia. Mas espere um segundo, você precisa conhecer minha esposa. Ela nunca me perdoaria.

Ele guiou Poirot até o vestíbulo, chamando-a em altas vozes.

— Shelagh! Shelagh!

Uma resposta fraca veio de cima.

— Desça aqui. Quero apresentá-la a alguém.

Uma mulher pálida e magra de cabelos claros desceu correndo as escadas.

— Aqui está monsieur Hercule Poirot, Shelagh. O que você acha disso?

— Oh. — Mrs. Rendell pareceu estar assustada demais para falar.

Seus olhos azuis muito claros fitaram Poirot com apreensão.

— Madame — disse Poirot, curvando-se sobre a mão dela como um bom estrangeiro.

— Ouvimos dizer que você estava aqui — disse Shelagh Rendell. — Mas não sabíamos... — Ela se interrompeu. Seus olhos claros foram rapidamente para o rosto de seu marido.

— Ela se baseia no marido em vez de agir por conta própria — disse Poirot para si mesmo.

Ele pronunciou algumas frases floreadas e se despediu.

Ficou com a impressão de um Dr. Rendell amistoso e de uma Mrs. Rendell com a língua presa e apreensiva.

Já era muito para os Rendell, onde Mrs. McGinty costumava trabalhar nas manhãs de terça-feira.

II

Hunter's Close era uma casa vitoriana de construção sólida, com acesso por um longo caminho desordenado coberto de ervas daninhas. Não havia sido considerada originalmente uma casa grande, mas agora era já grande demais para ser convenientemente cuidada.

Poirot perguntou à jovem estrangeira que abriu a porta por Mrs. Wetherby.

Ela encarou-o e disse:

— Não sei. Por favor, entre. Miss Henderson, talvez?

Ela o deixou de pé na entrada. Era, na linguagem de um corretor de imóveis, "completamente mobiliada", com uma boa quantidade de objetos de arte de várias partes do mundo. Nada parecia muito limpo ou bem espanado.

A moça estrangeira logo reapareceu.

— Por favor, venha — disse ela, conduzindo-o até uma salinha gelada com uma escrivaninha grande. No consolo da lareira havia uma cafeteira de cobre grande e de aparência bastante maligna, com um enorme bico em forma de gancho, semelhante a um grande nariz curvo.

A porta se abriu atrás de Poirot e uma garota entrou na sala.

— Minha mãe está deitada — disse ela. — Posso fazer alguma coisa por você?

— Você é Miss Wetherby?

— Henderson. Mr. Wetherby é meu padrasto.

Ela era uma garota simples de cerca de 30 anos, grande e desajeitada. Olhos vigilantes.

— Estava ansioso para ouvir o que você poderia me dizer sobre Mrs. McGinty, que costumava trabalhar aqui.

Ela o encarou.

— Mrs. McGinty? Mas ela está morta.

— Eu sei disso — disse Poirot gentilmente. — No entanto, gostaria de ouvir sobre ela.

— Ah, é para seguro ou algo assim?

— Não. Trata-se de uma nova evidência.

— Nova evidência. Você quer dizer... sobre a morte dela?

— Estou ao lado dos advogados de defesa para trabalhar em um inquérito em nome de James Bentley — disse Poirot.

Olhando para ele, ela perguntou:

— Mas ele não é culpado?

— O júri achou que sim. Mas sabe-se que júris cometem erros.

— Então foi realmente outra pessoa que a matou?

— Pode ter sido.

— Quem? — perguntou ela abruptamente.

— Essa é a questão — disse Poirot suavemente.

— Não compreendo.

— Não? Mas pode me dizer algo sobre Mrs. McGinty, não pode?

Ela disse um tanto relutantemente:

— Suponho que sim... O que quer saber?

— Bem, para começar, o que você achava dela?

— Ora, nada em particular. Ela era como qualquer pessoa.

— Falante ou silenciosa? Curiosa ou reservada? Agradável ou taciturna? Uma mulher amigável ou não muito?

Miss Henderson refletiu.

— Ela trabalhava bem, mas falava muito. Às vezes, ela dizia coisas bem engraçadas... Eu não gostava dela tanto assim.

A porta se abriu e a criada estrangeira disse:

— Miss Deirdre, sua mãe diz: "Por favor, traga-o."

— Minha mãe quer que eu leve este cavalheiro lá em cima para ela?

— Sim, por favor. Obrigada.

Deirdre Henderson olhou para Poirot em dúvida.

— Você pode vir até minha mãe?

— Com certeza.

Deirdre cruzou o corredor e subiu as escadas.

—Estrangeiros cansam a gente—disse ela inconsequentemente.

Como sua mente estava claramente voltada para a empregada e não para o visitante, Poirot não se ofendeu. Ele refletiu que Deirdre Henderson parecia uma jovem bastante simples — simples ao ponto de ser simplória.

O quarto de cima estava cheio de bugigangas. Era o quarto de uma mulher que havia viajado muito e que estava decidida a carregar uma lembrança de todos os lugares. A maioria dos souvenires foi claramente feita para a alegria e exploração dos turistas. Havia muitos sofás, mesas e cadeiras na sala, pouco ar e muitas cortinas — e no meio de tudo isso estava Mrs. Wetherby.

Mrs. Wetherby parecia uma mulher miúda — pateticamente minúscula dentro de um quarto tão grande. Esse era o efeito. Mas ela não era realmente tão pequena como aparentava. Passar-se de pobrezinha inferior poderia dar bons resultados, mesmo para pessoas de estatura mediana.

Ela se reclinava em um sofá confortável e mantinha perto de si alguns livros, um tricô, um copo de suco de laranja e uma caixa de chocolates. Ela disse alegremente:

— Você *deve* me perdoar por não levantar, mas o médico insiste em que eu descanse todos os dias, e todos me repreendem se eu não fizer o que me mandam.

Poirot pegou sua mão estendida e reverenciou-a com um murmúrio honroso.

Atrás dele, Deirdre disse com intransigência:

— Ele quer saber sobre Mrs. McGinty.

A mão da mulher, passiva e delicada, apertou-se como a garra de um pássaro. Não com a delicadeza das porcelanas de Dresden, mais como uma garra predatória e áspera...

Rindo um pouco, Mrs. Wetherby disse:

— Como você é ridícula, Deirdre, querida. Quem é Mrs. McGinty?

— Oh, mamãe. Você se lembra, sim. Ela trabalhou para nós. Você sabe, aquela que foi assassinada.

Mrs. Wetherby fechou os olhos e estremeceu.

— Pare, querida. Foi tudo tão horrível. Fiquei nervosa por semanas. Pobre velha, mas tão estúpida por manter o dinheiro debaixo do chão. Deveria ter colocado no banco. Claro que me lembro de tudo isso, apenas esqueci o nome dela.

Deirdre disse, impassível:

— Ele quer saber sobre ela.

— Sente-se, monsieur Poirot. Estou mordida pela curiosidade. Mrs. Rendell acabou de ligar e disse que tínhamos um criminologista muito famoso aqui, e ela descreveu você. E então, quando aquela idiota da Frieda descreveu um visitante, tive certeza de que era você e mandei um recado para que subisse. Agora me diga, do *que* se trata?

— Como sua filha diz, quero saber sobre Mrs. McGinty. Ela trabalhou aqui. Ela vinha à sua casa, pelo que sei, às quartas-feiras. E foi numa quarta-feira que ela morreu. Então ela esteve aqui naquele dia, não foi?

— Suponho que sim. Sim, suponho que sim. Eu realmente não posso afirmar agora. Já faz muito tempo.

— Sim. Vários meses. E ela não disse nada de especial naquele dia?

— Pessoas dessa classe falam demais — disse Mrs. Wetherby com desgosto. — Nem se ouve, na verdade. E de qualquer maneira, ela não podia dizer que seria roubada e morta naquela noite, certo?

— Há causas e efeitos — falou Poirot.

Mrs. Wetherby franziu a testa.

— Não entendo o que você quer dizer.

— Talvez eu mesmo ainda não esteja enxergando. Trabalhamos na escuridão em direção à luz... Você lê os jornais de domingo, Mrs. Wetherby?

Seus olhos azuis se arregalaram.

— Ah, sim. Claro. Lemos o *Observer* e o *Sunday Times*. Por quê?

— Imaginei. Mrs. McGinty lia o *Sunday Comet* e o *News of the World*.

Ele fez uma pausa, mas ninguém disse nada. Mrs. Wetherby suspirou e semicerrou os olhos. Ela disse:

— Foi tudo muito perturbador. Aquele inquilino horrível dela. Eu não acho que ele poderia estar muito certo da cabeça. Aparentemente, ele também era um homem muito culto. Isso torna tudo pior, não é?

— Será?

— Oh, sim, acho que sim. Um crime tão brutal. Um cortador de carne. Ugh!

— A polícia nunca encontrou a arma — disse Poirot. — Acho que ele jogou em um lago ou algo assim.

— Eles dragaram os lagos — comentou Deirdre. — Eu os vi.

— Querida — a mãe suspirou —, não seja mórbida. Você sabe como odeio pensar em coisas assim. Minha cabeça.

Ferozmente, a garota se voltou para Poirot.

— Você não deveria continuar com isso — disse ela. — É ruim para ela. Ela é sensível ao extremo. Nem consegue ler histórias de detetive.

— Perdoem-me — disse Poirot. Ele se levantou. — Só tenho uma desculpa. Um homem será enforcado em três semanas. Se ele não for o culpado...

Mrs. Wetherby se apoiou no cotovelo. Sua voz estridente.

— Mas é claro que ele fez isso — ela se exaltou. — Claro que sim.

Poirot balançou a cabeça.

— Não tenho tanta certeza.

Ele saiu da sala rapidamente. Enquanto descia as escadas, a garota veio atrás dele. Ela o alcançou no corredor.

— O que você quer dizer? — perguntou ela.

— O que eu disse, mademoiselle.

— Sim, mas... — Então ela travou.

Poirot não disse nada.

Deirdre Henderson disse lentamente:

— Você aborreceu minha mãe. Ela odeia coisas assim... roubos e assassinatos e... e violência.

— Deve, então, ter sido um grande choque para ela quando uma mulher que realmente trabalhava aqui foi morta.

— Oh, sim, sim, foi.

— Ela ficou muito prostrada, não?

— Ela não podia nem ouvir nada sobre isso... Nós, eu, tentamos poupar as coisas dela. Toda a brutalidade do caso.

— E durante a guerra?

— Felizmente, nunca tivemos nenhuma bomba aqui perto.

— Qual foi sua parte na guerra, mademoiselle?

— Oh, eu trabalhei na administração dos veteranos em Kilchester. E dirigi carros para o Serviço Voluntário Feminino. Eu não poderia ter saído de casa, é claro. Mamãe precisava de mim. Ela já não gostava de me ver sair. Foi tudo muito difícil. E então os serviçais... mamãe naturalmente nunca fez nenhum trabalho doméstico, ela não é forte o suficiente.

E foi tão difícil conseguir alguém. É por isso que Mrs. McGinty foi uma bênção. Foi quando ela começou a vir até nós. Ela era uma trabalhadora esplêndida. Mas é claro que nada, em lugar nenhum, é como costumava ser.

— E você se importa tanto com isso, mademoiselle?

— Eu? Oh, não. — Ela pareceu surpresa. — Mas é diferente para a mãe. Ela vive muito no passado.

— Algumas pessoas gostam disso — disse Poirot. Sua memória visual evocou o quarto em que estivera pouco tempo antes. Havia uma gaveta da cômoda meio puxada para fora. Uma gaveta cheia de bugigangas, uma almofada de alfinetes de seda, um leque quebrado, uma cafeteira de prata, algumas revistas velhas. A gaveta cheia demais para ser fechada. Ele disse suavemente: — E elas guardam as memórias dos velhos tempos... o programa de dança, o leque, as fotos de amigos que já se foram, até mesmo os cartões do menu e os programas de teatro porque, olhando para essas coisas, as velhas memórias ganham vida.

— Suponho que seja isso — disse Deirdre. — Eu mesma não consigo entender. Nunca guardo nada.

— Você olha para a frente, não para trás?

Deirdre disse lentamente:

— Não sei se olho para momento algum... Quero dizer, o hoje geralmente já é o bastante, não é?

A porta da frente se abriu e um homem alto, magro e idoso avançou pelo hall. Parou quando viu Poirot.

Ele olhou para Deirdre e suas sobrancelhas se ergueram em interrogatório.

— Este é meu padrasto — disse Deirdre. — Eu... não sei seu nome?

— Eu sou Hercule Poirot — respondeu Poirot com seu ar envergonhado de sempre de anunciar um título real.

Mr. Wetherby não pareceu impressionado.

— Ah — disse ele, e se virou para pendurar o casaco.

— Ele veio perguntar sobre Mrs. McGinty — disse Deirdre.

Mr. Wetherby permaneceu imóvel por um segundo, depois terminou o ajuste do casaco no cabide.

— Isso me parece bastante notável — disse ele. — A mulher morreu há alguns meses e, embora trabalhasse aqui, não temos informações sobre ela ou sua família. Se tivéssemos, já deveríamos ter dado para a polícia.

Havia finalidade em seu tom. Ele consultou seu relógio.

— O almoço, presumo, estará pronto em quinze minutos.

— Receio que saia um pouco tarde hoje.

As sobrancelhas de Mr. Wetherby se ergueram novamente.

— Sério? Por quê? Posso perguntar?

— Frieda tem estado bastante ocupada.

— Minha querida Deirdre, odeio lembrá-la, mas a tarefa de cuidar da casa recai sobre você. Eu deveria receber um pouco mais de pontualidade.

Poirot abriu a porta da frente e saiu. Ele olhou por cima do ombro.

Havia uma antipatia fria no olhar que Mr. Wetherby dirigiu à sua enteada. Havia algo muito parecido com ódio nos olhos que o encararam.

Capítulo 10

Poirot deixou sua terceira visita para depois do almoço. O almoço foi rabada malcozida, batatas aguadas e o que Maureen esperava que fossem panquecas. Elas eram muito peculiares.

Poirot subiu lentamente a colina. Logo, à sua direita, ele chegaria a Laburnums, dois chalés transformados em um só e reformados ao gosto moderno. Lá vivia Mrs. Upward e o tal jovem dramaturgo promissor, Robin Upward.

Poirot parou por um momento no portão para passar a mão no bigode. Ao fazê-lo, um carro desceu contornando lentamente a colina e um miolo de maçã dirigido com força atingiu-o na bochecha.

Assustado, Poirot soltou um grito de protesto. O carro parou e uma cabeça brotou pela janela.

— Sinto muito. Bateu no senhor?

Poirot parou na iminência de responder. Observou o rosto nobre, testa enorme, ondas desordenadas de cabelos grisalhos e a memória reverberou como um acorde. Os caroços da maçã também ajudaram-no a resgatar a lembrança.

— Mas com certeza é Mrs. Oliver — exclamou ele.

Era aquela célebre escritora de romances policiais.

— Ora, é monsieur Poirot — exclamou a autora, tentando sair do carro. Era um automóvel pequeno e Mrs. Oliver era uma mulher grande. Poirot apressou-se em ajudar.

Murmurando com uma voz explicativa: "Estou cansada após a longa viagem", Mrs. Oliver de repente apareceu na estrada, como se fosse uma erupção vulcânica.

Grandes quantidades de maçãs rolaram alegremente colina abaixo.

— O saco rasgou — explicou Mrs. Oliver.

Ela removeu alguns pedacinhos de maçã perdidos por seu busto saliente e então se sacudiu como um grande cachorro Terra Nova. Uma última maçã, escondida nos recessos de sua pessoa, juntou-se aos seus irmãos e irmãs.

— É uma pena que a sacola tenha rasgado — disse Mrs. Oliver. — Elas eram maçãs Cox. Mesmo assim, suponho que haverá muitas maçãs aqui no campo. Ou não? Talvez eles mandem todas embora. As coisas estão tão estranhas hoje em dia, eu acho... Bem, como está, monsieur Poirot? O senhor não mora aqui, não é mesmo? Não, tenho certeza que não. Então suponho que seja assassinato? Tomara que não seja da minha anfitriã.

— Quem é ela?

— Lá dentro — disse Mrs. Oliver, acenando com a cabeça. — Isto é, se é ali uma casa que chamam de Laburnums, a meio caminho da colina, à esquerda de quem passa pela igreja. Sim, deve ser ali. Como é ela?

— A senhora não a conhece?

— Não, eu vim profissionalmente, por assim dizer. Um livro meu está sendo dramatizado por Robin Upward. Devemos meio que nos reunir por causa disso.

— Minhas felicitações, madame.

— Não é bem por aí — disse Mrs. Oliver. — Até agora foi pura *agonia*. Não sei por que me envolvi nisso. Meus livros me trazem dinheiro suficiente, se bem que os sanguessugas ficam com a maior parte, e se eu ganhasse mais, eles pegariam mais, então não vou me esgotar por isso. Mas você não tem ideia da agonia que é ter seus personagens capturados e obrigados a dizer coisas que nunca teriam dito e a fazer coisas que nunca teriam feito. E se você protesta, tudo o que dizem é que é "bom teatro". Isso é tudo em que Robin Upward pensa. Todo mundo diz que ele é muito inteligente. Se ele é tão inteligente, não vejo por que ele não escreve sua própria peça e deixa meu pobre infeliz finlandês em paz. Ele nem é mais um finlandês. Ele se tornou um membro do Movimento de Resistência Norueguês. — Ela passou as mãos pelos cabelos. — O que eu fiz com meu chapéu?

Poirot olhou para dentro do carro.

— Eu acho, madame, que você deve ter sentado nele.

— Parece que sim, — concordou Mrs. Oliver, examinando os destroços. — Oh, bem — ela continuou alegremente —, nunca gostei muito dele. Mas pensei que teria de ir à igreja no domingo e, embora o arcebispo tenha dito que não fosse necessário, ainda acho que o clero mais antiquado espera que usemos chapéus. Mas me fale sobre seu assassinato ou o que quer que seja. Você se lembra do *nosso* assassinato?

— Muito bem.

— Bastante divertido, não foi? Não o assassinato por si só, disso eu não gostei nem um pouco. Mas o que veio depois. Quem é desta vez?

— Uma pessoa não tão pitoresca quanto Mr. Shaitana. Uma velha faxineira que foi roubada e assassinada há cinco meses. Você deve ter lido sobre o caso. Mrs. McGinty. Um jovem foi condenado e sentenciado à morte.

— E ele não fez isso, mas você sabe quem fez, e vai provar — disse Mrs. Oliver rapidamente. — Esplêndido.

— Você está indo rápido demais — comentou Poirot com um suspiro. — Ainda não sei quem fez, e a partir daí será um longo caminho para provar isso.

— Os homens são tão lentos — disse Mrs. Oliver depreciativamente. — Eu logo direi quem foi. Alguém aqui embaixo, suponho? Dê-me um ou dois dias para olhar em volta e localizarei o assassino. A intuição de uma mulher, é disso que você precisa. Eu estava certa sobre o caso Shaitana, não estava?

Poirot galantemente evitou lembrar Mrs. Oliver de suas rápidas mudanças de suspeitas naquela ocasião.

— Vocês, homens — disse Mrs. Oliver com indulgência.

— Agora, se uma mulher fosse a chefe da Scotland Yard...

Ela deixou o assunto pairar no ar enquanto uma voz os saudou da porta do chalé.

— Olá — disse a voz, um tenor suave e agradável. — É Mrs. Oliver?

— Eis-me aqui — falou Mrs. Oliver. Para Poirot, ela murmurou: — Não se preocupe. Serei muito discreta.

— Não, não, madame. Não quero que você seja discreta. *Pelo contrário.*

Robin Upward desceu pela alameda, através do portão. Ele estava sem chapéu e usava calças velhas de flanela cinza e um indecoroso casaco esporte. Se não fosse por uma tendência para uma barriguinha, ele seria um rapaz atraente.

— Ariadne, minha preciosa! — ele exclamou e a abraçou calorosamente.

Ele se afastou, as mãos nos ombros dela.

— Minha querida, tive uma ideia maravilhosa para o segundo ato.

— Teve? — perguntou Mrs. Oliver sem entusiasmo. — Este é monsieur Hercule Poirot.

— Esplêndido — disse Robin. — Você tem alguma bagagem?

— Sim, na parte de trás.

Robin puxou algumas malas.

— Isso é tão chato — disse ele. — Nós não temos empregados adequados. Apenas a velha Janet. E temos que poupá-la o tempo todo. É um incômodo, você não acha? Como suas malas estão pesadas. Está carregando bombas nelas?

Ele cambaleou pelo caminho, gritando por cima do ombro:

— Entre e tome uma bebida.

— Ele está se referindo a você — disse Mrs. Oliver, retirando do banco da frente sua bolsa, um livro e um par de sa-

92 · AGATHA CHRISTIE ·

patos velhos. — Você realmente acabou de dizer que prefere que eu seja *indiscreta*?

— Quanto mais indiscreta, melhor.

— Eu, pessoalmente, não agiria assim — disse Mrs. Oliver, —, mas é *seu* caso. Vou ajudar em tudo que puder.

Robin reapareceu na porta da frente.

— Entrem, entrem — chamou ele. — Veremos sobre o carro mais tarde. Madre está morrendo de vontade de conhecê-la.

Mrs. Oliver seguiu em frente e Hercule Poirot a seguiu.

O interior do Laburnums era encantador. Poirot calculou que uma grande soma de dinheiro fora gasta com ele, mas o resultado foi uma cara e charmosa simplicidade. Cada pequeno pedaço de carvalho era uma peça genuína.

Em uma cadeira de rodas junto à lareira da sala, Laura Upward deu um sorriso de boas-vindas. Ela era uma mulher de aparência vigorosa, de sessenta e poucos anos, com cabelos grisalhos e queixo determinado.

— Estou muito feliz em conhecê-la, Mrs. Oliver — disse ela. — Imagino que você odeie pessoas falando com você sobre seus livros, mas eles têm sido um grande consolo para mim por anos, e especialmente desde que me tornei deficiente física.

— Isso é muito feliz da sua parte — respondeu Mrs. Oliver, parecendo desconfortável e torcendo as mãos como uma colegial. — Oh, este é o monsieur Poirot, um velho amigo meu. Nos encontramos por acaso aqui fora. Na verdade, eu o acertei com um miolo de maçã. Como Guilherme Tell, mas o contrário.

— Como vai, monsieur Poirot? Robin.

— Sim, Madre?

— Pegue algumas bebidas. Onde estão os cigarros?

— Sobre aquela mesa.

— Você também é escritor, monsieur Poirot? — perguntou Mrs. Upward.

— Oh, não. Ele é um detetive — disse Mrs. Oliver. — Tipo o Sherlock Holmes... Chapéus Deerstalker, violinos e tudo mais. E ele veio aqui para desvendar um crime.

Houve um leve tilintar de vidro quebrado.

— Robin, tenha cuidado — disse Mrs. Upward bruscamente. Para Poirot, ela falou: — Isso é muito interessante, monsieur Poirot.

— Então Maureen Summerhayes estava certa — exclamou Robin. — Ela me contou uma longa besteira sobre haver um detetive no local. Parecia achar isso terrivelmente engraçado. Mas é realmente muito sério, não é?

— Claro que é sério — disse Mrs. Oliver. — Você tem um criminoso por perto.

— Sim, mas olhe aqui, quem foi assassinado? Ou é alguém que foi desenterrado e está tudo em segredo?

— Não é nenhum segredo — disse Poirot. — Vocês já conhecem o crime há tempos.

— Mrs. Mc... alguma coisa, uma faxineira... no outono passado — disse Mrs. Oliver.

— Oh! — Robin Upward parecia desapontado. — Mas isso já passou.

— De forma alguma — disse Mrs. Oliver. — Eles prenderam o homem errado e ele será enforcado se o monsieur Poirot não encontrar o verdadeiro assassino a tempo. É tudo assustadoramente emocionante!

Robin distribuiu as bebidas.

— *White Lady* para a senhora, Madre.

— Obrigada, meu querido menino.

Poirot franziu a testa ligeiramente. Robin entregou as bebidas para Mrs. Oliver e para ele.

— Bem — disse Robin —, um brinde ao crime. — Ele bebeu. — Ela trabalhava aqui.

— Mrs. McGinty? — perguntou Mrs. Oliver.

— Sim. Não trabalhava, Madre?

— Quando você diz trabalhar aqui, quer dizer que ela vinha um dia por semana.

— E algumas tardes de vez em quando.

— Como ela era? — perguntou Mrs. Oliver.

— Muito respeitável — disse Robin. — E irritantemente organizada. Ela tinha um jeito horrível de arrumar tudo e colocar as coisas nas gavetas, de forma que você simplesmente não conseguia adivinhar onde estavam.

Mrs. Upward disse com um certo humor sombrio:

— Se alguém não arrumasse as coisas pelo menos uma vez por semana, você nem seria capaz de se locomover nesta pequena casa.

— Eu sei, Madre, eu sei. Mas se as coisas não forem deixadas onde eu as coloco, simplesmente não consigo trabalhar. Minhas anotações ficam todas desordenadas.

— É irritante ser tão inútil quanto eu — disse Mrs. Upward. — Temos uma criada antiga muito fiel, mas ela só consegue fazer o básico na cozinha.

— O que é que a senhora tem? — perguntou Mrs. Oliver. — Artrite?

— Algo assim. Precisarei de uma enfermeira permanente em breve, infelizmente. Que chatice. Gosto de ser independente.

— Vamos, querida — disse Robin. — Não se preocupe.

Ele deu um tapinha no braço dela. Ela sorriu para ele com uma ternura repentina.

— Robin é tão bom quanto uma filha para mim — disse ela. — Ele faz tudo e pensa em tudo. Ninguém poderia ser mais atencioso.

Eles sorriram um para o outro. Hercule Poirot levantou-se.

— Que pena! — disse ele. — Tenho que ir. Tenho outra visita para fazer e, em seguida, um trem para pegar. Madame, agradeço sua hospitalidade. Mr. Upward, desejo todo o sucesso à peça.

— E todo o sucesso para você com seu crime — disse Mrs. Oliver.

— Isso é realmente sério, monsieur Poirot? — perguntou Robin Upward. — Ou é um só um trote?

— Claro que não é um trote — disse Mrs. Oliver. — É terrível e sério. Ele não vai me dizer quem é o assassino, mas ele sabe, não é?

— Não, não, madame. — O protesto de Poirot não foi suficientemente convincente. — Já te disse isso, não, não sei.

— Isso é o que você diz, mas acho que realmente sabe... Mas você é tão assustadoramente reservado, não é?

Mrs. Upward disse bruscamente:

— Isso é realmente verdade? Não é uma piada?

— Não é uma piada, madame — disse Poirot. Ele se curvou e partiu.

Enquanto descia o caminho, ele ouviu a voz clara de tenor de Robin Upward:

— Mas Ariadne, querida — disse ele —, está tudo muito bem, mas com aquele bigode e tudo mais, *como* alguém pode levá-lo a sério? Você tem certeza de que ele é *bom* mesmo?

Poirot sorriu para si mesmo. Muito bom!

Prestes a cruzar a rua estreita, ele saltou para trás bem a tempo.

A camioneta dos Summerhayes, balançando e sacudindo, passou correndo por ele. Summerhayes dirigia.

— Desculpe — falou ele. — Tenho que pegar o trem. — E vagamente à distância: — Covent Garden...

Poirot também pretendia pegar o trem local para Kilchester, onde havia combinado uma conferência com o Superintendente Spence.

Antes de pegá-lo, teve tempo para apenas uma última visita.

Foi até o topo da colina, atravessou os portões e subiu um caminho bem-cuidado até uma casa moderna de concreto fosco com um telhado quadrado e muitas janelas. Esta era a casa de Mr. e Mrs. Carpenter. Guy Carpenter era sócio da grande Empresa Carpenter de Engenharia — um homem muito rico que recentemente se dedicava à política. Ele e sua esposa estavam casados há pouco tempo.

A porta da frente da casa dos Carpenter não foi aberta por uma criada estrangeira ou por alguma doméstica idosa e fiel. Um mordomo imperturbável abriu-a e não quis deixar Hercule Poirot entrar. Em sua opinião, Hercule Poirot era o tipo de pessoa que tocava e aguardava do lado de fora. Ele claramente suspeitava que Hercule Poirot tinha ido vender alguma coisa.

— Mr. e Mrs. Carpenter não estão em casa.

— Talvez, então, eu deva esperar?

— Não sei dizer quando eles voltarão. — Ele fechou a porta.

Poirot não desceu o caminho. Em vez disso, contornou a esquina da casa e quase colidiu com uma jovem alta com um casaco de *vison*.

— Olá — disse ela. — Que diabos você quer?

Poirot ergueu o chapéu com galanteria.

— Estava esperando ver Mr. ou Mrs. Carpenter — disse ele. — Tive o prazer de encontrar Mrs. Carpenter?

— Pois eu sou Mrs. Carpenter — disse ela indelicadamente, mas havia uma leve sugestão de apaziguamento por trás de suas maneiras.

— Meu nome é Hercule Poirot.

Nenhuma reação. "Não apenas este grande, este único nome era desconhecido para ela, como ela também", pensou ele, "nem mesmo identificou-o como o hóspede atual de Maureen Summerhayes. Ali, os boatos da aldeia não entravam. Um fato pequeno, mas significativo, talvez."

— Sim?

— Procuro ver Mr. ou Mrs. Carpenter, mas a senhora, madame, será a melhor para meu propósito. Pois preciso falar sobre questões domésticas.

— Já temos um aspirador de pó — disse Mrs. Carpenter, desconfiada.

Poirot riu.

— Não, não, você me entendeu mal. São apenas algumas perguntas que devo fazer sobre um assunto doméstico.

— Oh, você quer dizer um desses questionários domésticos. Acho absolutamente idiota... — Ela se interrompeu. — Talvez seja melhor você entrar.

Poirot sorriu levemente. Ela acabara de se impedir de proferir um comentário depreciativo. Com as atividades políticas do marido, foi indicada cautela antes de criticar as atividades do governo.

Assim, ela o precedeu no vestíbulo e através de uma sala de tamanho regular que dava para um jardim extremamente bem-cuidado. Era uma sala de aparência moderna, com um conjunto de sofá e duas poltronas estofados em brocado, três ou quatro cópias de cadeiras Chippendale, uma cômoda e uma escrivaninha. Nenhuma moderação nas despesas, as melhores firmas tinham sido contratadas e não havia o menor sinal de um gosto individual. "A noiva", pensou Poirot, "tinha sido o quê? Indiferente? Cuidadosa?"

Ele avaliou-a quando ela se virou. Uma jovem grã-fina e bonita. Cabelo loiro platinado, maquiagem cuidadosamente aplicada, mas algo mais — grandes olhos de um azul-ferrete, o olhar congelante —, lindos olhos afogados.

— Sente-se — disse ela, agora graciosamente, mas disfarçando o tédio.

Ele sentou e disse:

— Você é muito amável, madame. Minhas perguntas se relacionam com a falecida Mrs. McGinty, morta em novembro passado.

— Mrs. McGinty? Eu não sei o que quer dizer.

Ela o encarava. Seus olhos duros e desconfiados.

— Você se lembra de Mrs. McGinty?

— Não. Sei nada sobre ela.

— Lembra-se do assassinato dela? Ou assassinatos são tão comuns aqui que você nem nota?

— Oh, o *assassinato*? Sim, claro. Eu tinha esquecido qual era o nome da senhora.

— Ainda que ela trabalhasse para você nesta casa?

— Ela não trabalhava. Eu não morava aqui na época. Mr. Carpenter e eu nos casamos há apenas três meses.

— Mas ela trabalhou para você. Nas manhãs de sexta-feira, se não me engano. Na época, você era Mrs. Selkirk e morava em Rose Cottage.

Ela disse amuada:

— Se você tem as respostas para tudo, não vejo por que precisa fazer perguntas. Enfim, do que se trata?

— Estou fazendo uma investigação sobre as circunstâncias do assassinato.

— Por quê? Para quê? De qualquer forma, por que veio até mim?

— Porque você pode saber de algo que me ajudaria.

— Não sei de nada. Por que eu deveria? Ela era apenas uma velha empregada estúpida. Guardava dinheiro debaixo do chão e alguém a roubou e assassinou por isso. Tudo muito nojento e bestial. Como as coisas que você lê nos jornais de domingo.

Poirot foi rápido em não deixar passar.

— Como os jornais de domingo, sim. Como o *Sunday Comet*. Você talvez leia o *Sunday Comet*?

Ela deu um pulo e caminhou, desajeitadamente, em direção às janelas francesas abertas. Ela foi tão incerta que colidiu com a moldura da janela. Poirot lembrou-se de uma linda mariposa grande, tremulando às cegas contra a sombra de um abajur.

— Guy, Guy! — chamou ela.

A voz de um homem um pouco longe respondeu:

— Eve?

— Venha aqui rapidamente.

Um homem alto de cerca de 35 anos apareceu. Ele acelerou o passo e cruzou o terraço até a janela. Eve Carpenter disse com veemência:

— Há um homem aqui, um estrangeiro. Ele está me perguntando todo tipo de coisa sobre aquele horrível assassinato no ano passado. Uma velha faxineira, você se lembra? Você sabe que eu odeio coisas assim.

Guy Carpenter franziu a testa e entrou na sala pela janela. Ele tinha um rosto comprido como um cavalo, era pálido e parecia um tanto arrogante. Seus modos eram pomposos.

Hercule Poirot o achou pouco atraente.

— Posso perguntar do que se trata tudo isso? — perguntou ele. — Está incomodando minha esposa?

Hercule Poirot estendeu as mãos.

— A última coisa que eu desejaria é irritar uma senhora tão charmosa. Eu esperava apenas que, tendo a falecida mulher trabalhado para ela, ela pudesse me ajudar nas investigações que estou fazendo.

— Mas... o que são essas investigações?

— Sim, pergunte-lhe isso — instou sua esposa.

— Uma nova investigação está sendo feita sobre as circunstâncias da morte de Mrs. McGinty.

— Bobagem, o caso acabou.

— Não, não, você está errado. Não acabou.

— Uma nova investigação, você disse? — Guy Carpenter franziu a testa. Disse desconfiado: — Pela polícia? Mentira. Você não tem nada a ver com a polícia.

— Está correto. Meu trabalho é independente.

— É a imprensa — interrompeu Eve Carpenter. — Algum jornal horrível de domingo. Ele disse isso.

Um brilho de cautela surgiu nos olhos de Guy Carpenter. Em sua posição, ele não estava ansioso para hostilizar a imprensa. Ele disse, de forma mais amigável:

— Minha esposa é muito sensível. Assassinatos e coisas assim a aborrecem. Tenho certeza de que não será necessário incomodá-la. Ela mal conhecia essa mulher.

Eve disse com veemência:

— Ela era apenas uma velha empregada estúpida. Eu disse isso a ele — falou. Depois acrescentou: — E ela era uma mentirosa terrível também.

— Ah, isso é interessante. — Poirot virou o rosto radiante de um para o outro. — Então ela contava mentiras. Isso pode nos dar uma pista muito valiosa.

— Não vejo como — disse Eve mal-humorada.

— Ajuda a estabelecer o motivo — disse Poirot. — Essa é a linha que estou seguindo.

— Ela teve suas economias roubadas — falou Carpenter rispidamente. — Esse foi o motivo do crime.

— Ah — disse Poirot suavemente. — Será mesmo? — Ele se levantou como um ator que acabara de dizer uma fala reveladora. — Lamento ter causado alguma dor à senhora — disse educadamente. — Esses casos são sempre bastante desagradáveis.

— O caso é muito angustiante — comentou Carpenter rapidamente. — Naturalmente, minha esposa não gostou de ser lembrada disso. Lamento não poder ajudá-lo com qualquer informação.

— Oh, mas você ajudou.

— Perdão?

Poirot disse suavemente:

— *Mrs. McGinty contava mentiras.* Um fato valioso. Que mentiras, exatamente, ela contou, madame?

Ele esperou educadamente que Eve Carpenter falasse. Ela disse finalmente:

— Oh, nada em particular. Quer dizer, eu não consigo me lembrar.

Consciente, talvez, de que os dois homens a olhavam com expectativa, ela disse:

— Coisas estúpidas sobre pessoas. Coisas que não podiam ser verdade.

Ainda houve um silêncio, então Poirot disse:

— Entendo, ela tinha uma língua perigosa.

Eve Carpenter fez um movimento rápido.

— Oh, não, eu não quis dizer tanto assim. Ela era apenas uma fofoqueira, só isso.

— Só uma fofoqueira — disse Poirot suavemente. Ele fez um gesto de despedida.

Guy Carpenter o acompanhou até o corredor.

— Este seu jornal... este jornal de domingo... qual é?

— O jornal que mencionei à senhora — respondeu Poirot com cuidado — foi o *Sunday Comet*.

Ele fez uma pausa. Guy Carpenter repetiu pensativamente:

— O *Sunday Comet*. Infelizmente, não o leio com muita frequência.

— Tem artigos interessantes às vezes. E ilustrações também.

Antes que a pausa pudesse ser muito longa, ele fez uma reverência e disse rapidamente:

— *Au revoir*, Mr. Carpenter. Lamento se eu... o perturbei.

Do lado de fora do portão, ele olhou para trás, para a casa.

— Será... — disse ele. — Será que...?

Capítulo 11

O Superintendente Spence sentou-se em frente a Hercule Poirot e suspirou.

— Não estou dizendo que você não conseguiu nada, monsieur Poirot — disse ele lentamente. — Pessoalmente, acho que sim. Mas é frágil. É terrivelmente frágil!

Poirot concordou com a cabeça.

— Por si só, não vai funcionar. Deve haver mais.

— Meu sargento ou eu deveríamos ter visto aquele jornal.

— Não, não, você não pode se culpar. O crime foi tão óbvio. Roubo com violência. O quarto saqueado, o dinheiro faltando. Por que deveria haver significado para você em um jornal rasgado no meio de toda a confusão?

Spence repetiu obstinadamente:

— Eu deveria ter visto isso. E o tinteiro.

— Ouvi falar disso por um mero acaso.

— No entanto, fez algum sentido para você. Por quê?

— Só por causa daquela frase casual sobre escrever uma carta. Você e eu, Spence, escrevemos tantas cartas, para nós é uma coisa natural.

O Superintendente Spence suspirou. Em seguida, colocou sobre a mesa quatro fotos.

— Estas são as fotos que você me pediu para arranjar, as fotos originais que o *Sunday Comet* usou. Estão só um pouco mais nítidas do que as reproduções. Mas, juro pela minha palavra, elas não têm muito o que dizer. Velhas, desbotadas... e com mulheres, o penteado faz diferença. Em nenhuma delas há uma evidência sequer de uma orelha ou de um perfil. Este chapeuzinho e este cabelo artificial e estas rosas! Sem chance.

— Você concorda comigo que podemos descartar Vera Blake?

— Acho que sim. Se Vera Blake estivesse em Broadhinny, todos saberiam. Narrar a triste história de sua vida parece ter sido sua especialidade.

— O que pode me dizer sobre as outras?

— As informações que consegui até agora são as seguintes: Eva Kane deixou o país depois que Craig foi condenado. E posso lhe dizer o nome que ela escolheu. Foi Hope. Simbólico, talvez?

Poirot murmurou:

— Sim, sim, a abordagem romântica. "A bela Evelyn Hope está morta." O verso de um de seus poetas. Ouso dizer que ela pensou nisso. A propósito, o nome dela era Evelyn?

— Sim, acredito que era. Mas todo mundo a conhecia como Eva. E, a propósito, monsieur Poirot, agora que tocamos no assunto, a opinião da polícia sobre Eva Kane não se enquadra neste artigo aqui. Muito longe disso.

Poirot sorriu.

— O que a polícia pensa... não são as evidências. Mas é geralmente um guia seguro. O que a polícia achou de Eva Kane?

— Que ela não era de forma alguma a vítima inocente que o público pensava dela. Eu era muito jovem na época e me lembro de ouvi-lo discutido por Traill, meu antigo chefe e inspetor, que estava encarregado do caso. Traill acreditava (sem evidências, veja bem) que a bela ideia de tirar Mrs. Craig do caminho foi ideia de Eva Kane, e que ela não apenas pensou nisso, mas também o fez. Craig chegou em casa um dia e descobriu que sua amiguinha havia pegado um atalho. Ela pensou que tudo se passaria por morte natural, ouso dizer. Mas Craig sabia melhor. Ele pegou o fôlego, jogou o corpo no porão e elaborou o plano de fazer com que Mrs. Craig morresse no exterior. Então, quando a coisa toda foi divulgada, ele estava frenético em suas afirmações de que tinha feito isso sozinho, de que Eva Kane não sabia nada a respeito. Bem — o Superintendente Spence encolheu os ombros —, ninguém poderia provar mais nada. O material estava na casa. Qualquer um deles poderia ter usado. A linda Eva Kane era toda inocência e horror. Atuou muito bem, uma pequena atriz inteligente. O Inspetor Traill tinha suas dúvidas, mas não havia nada em que se basear. Estou te contando isso por desencargo. Não há evidência.

— Mas sugere a possibilidade de que pelo menos uma dessas "mulheres trágicas" fosse mais do que uma mulher trágica, uma assassina, e que, se o incentivo fosse forte o suficiente, ela poderia matar novamente... E agora a próxima, Janice Courtland, o que você pode me dizer sobre ela?

— Sondei os arquivos. Bastante desagradáveis. Se enforcamos Edith Thompson, certamente deveríamos ter enforcado Janice Courtland. Um casal desagradável, ela e o marido, nenhuma diferença entre eles, e ela trabalhou naquele jovem até que o tivesse rendido. Mas o tempo todo, veja bem, havia um homem rico em segundo plano, e era para se casar com ele que ela queria tirar seu marido do caminho.

— Ela se casou com ele?

Spence balançou a cabeça.

— Não tenho ideia.

— Ela foi para o exterior. E depois?

Spence balançou a cabeça.

— Ela era uma mulher livre. Não foi acusada de nada. Se ela se casou ou o que aconteceu com ela, não sabemos.

— Alguém pode encontrá-la em um coquetel qualquer dia — disse Poirot, pensando na observação do Dr. Rendell.

— Exatamente.

Poirot desviou o olhar para a última fotografia.

— E a criança? Lily Gamboll?

— Muito jovem para ser acusada de assassinato. Ela foi enviada para uma escola autorizada. Boas notas lá. Aprendeu taquigrafia e datilografia e conseguiu um emprego sob liberdade condicional. Fez bem. Ouvi falar dela pela última vez na Irlanda. Acho que poderíamos eliminá-la, monsieur Poirot, assim como Vera Blake. Afinal, ela se saiu bem, e as pessoas não culpam uma criança de 12 anos por fazer algo em um acesso de raiva. Que tal eliminá-la?

— Eu poderia — disse Poirot —, se não fosse pela machadinha. É inegável que Lily Gamboll usou uma machadinha de cortar carne em sua tia, e o desconhecido assassino de Mrs. McGinty usou algo parecido.

— Talvez você esteja certo. Agora, monsieur Poirot, vamos ver o seu lado das coisas. Ninguém tentou acabar com você, fico feliz em ver.

— N-não — disse Poirot, com uma hesitação momentânea.

— Não me importo de dizer que fiquei preocupado com você uma ou duas vezes desde aquela noite em Londres. Agora, quais são as possibilidades entre os residentes de Broadhinny?

Poirot abriu seu caderninho.

— Eva Kane, se ela ainda estivesse viva, estaria agora se aproximando dos 70. Sua filha, cujo *Sunday Comet* pinta como um quadro maduro e comovente, estaria agora na casa dos 30. Lily Gamboll também teria mais ou menos essa idade. Janice Courtland agora estaria quase com 50 anos.

Spence concordou com a cabeça.

— Então, chegamos aos residentes de Broadhinny, com referência especial àqueles para quem Mrs. McGinty trabalhou.

— Essa última é uma suposição justa, eu acho.

— Sim, é complicado pelo fato de que Mrs. McGinty fazia trabalhos estranhos ocasionais aqui e ali, mas vamos presumir por enquanto que ela viu tudo o que viu, provavelmente uma fotografia, em uma de suas "casas" regulares.

— Certo.

— Então, no que diz respeito à idade, isso nos dá possibilidades. Primeiramente os Wetherby, onde Mrs. McGinty trabalhou no dia de sua morte. Mrs. Wetherby tem a idade certa para Eva Kane e ela tem uma filha com a idade certa para ser filha de Eva Kane — uma filha que dizem ser de um casamento anterior.

— E quanto às fotos?

— *Mon cher*, não há uma identificação positiva possível. Muito tempo se passou, muita água, como você diz, fluiu por debaixo da ponte. Só podemos dizer o seguinte: Mrs. Wetherby foi, decididamente, uma mulher bonita. Ela tem todos os maneirismos de uma. Ela parece frágil e indefesa demais para cometer um assassinato, mas isto, eu sei, foi a crença popular sobre Eva Kane. Quanta força física real teria sido necessária para matar Mrs. McGinty? É difícil dizer sem saber exatamente qual arma foi usada, seu cabo, a facilidade com que poderia ser balançada, o gume da lâmina etc.

— Sim, sim. Por que nunca conseguimos descobrir isso? Mas continue.

— As únicas outras observações que tenho a fazer sobre a família Wetherby são que Mr. Wetherby poderia se tornar, e imagino que se torne, muito desagradável, se quiser. A filha é fanaticamente devota à mãe. Odeia o padrasto. Não faço observações sobre esses fatos. Eu os apresento, apenas para consideração. A filha pode matar para evitar que o passado da mãe chegue aos ouvidos do padrasto. A mãe pode matar pelo mesmo motivo. O pai pode matar para evitar o "escândalo". Mais assassinatos foram cometidos por respeitabilidade do que se poderia acreditar ser possível! Os Wetherby são "boas pessoas".

Spence assentiu.

— Se, eu digo se, há algo nesta pista do *Sunday Comet*, então os Wetherby são claramente a melhor aposta — disse ele.

— Exatamente. A única outra pessoa em Broadhinny que se encaixaria na idade de Eva Kane é Mrs. Upward. Há dois argumentos em favor de Mrs. Upward, como Eva Kane, ter matado Mrs. McGinty. Em primeiro lugar, ela sofre de artrite e passa a maior parte do tempo em uma cadeira de rodas.

— Em um livro — disse Spence com inveja — esse negócio de cadeira de rodas seria falso, mas na vida real provavelmente está tudo certo.

— Em segundo lugar — continuou Poirot —, Mrs. Upward parece ter uma disposição dogmática e enérgica, mais inclinada a intimidar do que a persuadir, o que não bate com os relatos de nossa jovem Eva. Por outro lado, as características das pessoas se desenvolvem e a autoafirmação é uma qualidade que muitas vezes vem com a idade.

— Isso é verdade — admitiu Spence. — Mrs. Upward, a não impossível, mas improvável. Agora as outras possibilidades. Janice Courtland?

— Acho que pode ser descartada. Não há ninguém em Broadhinny com a idade certa.

— A menos que uma das mulheres mais jovens seja Janice Courtland com o rosto retocado. Deixa pra lá, é só uma piadinha...

— Há três mulheres de trinta e poucos anos. Existe Deirdre Henderson. Há a esposa do Dr. Rendell e Mrs. Carpenter. Ou seja, qualquer uma dessas poderia ser Lily Gamboll ou, alternativamente, filha de Eva Kane, pelo que a idade vai.

— E no que diz respeito às possibilidades? — Poirot suspirou.

— A filha de Eva Kane pode ser alta ou baixa, morena ou loira, não temos um guia de como ela é. Consideramos Deirdre Henderson nesse papel. Agora, para os outros dois. Em primeiro lugar, vou dizer-lhe o seguinte: Mrs. Rendell tem medo de alguma coisa.

— De você?

— Acho que sim.

— Isso pode ser significativo — disse Spence lentamente. — Você está sugerindo que Mrs. Rendell pode ser filha de Eva Kane ou Lily Gamboll. Ela é loira ou morena?

— Loira.

— Lily Gamboll era uma criança loira.

— Mrs. Carpenter também é loira. Uma jovem maquiada da maneira mais refinada. Quer ela seja realmente bonita ou não, ela tem olhos muito notáveis. Lindos olhos azuis-escuros bem grandes.

— Vamos, Poirot... — Spence balançou a cabeça para o amigo.

— Sabe o que ela me pareceu quando correu pela sala para chamar o marido? Eu me lembrei de uma linda e esvoaçante mariposa. Ela esbarrou nos móveis e andou com as mãos para a frente como se fosse cega.

Spence olhou para ele com indulgência.

— Um romântico, é isso que você é, monsieur Poirot — disse ele. — Você e suas lindas mariposas esvoaçantes e olhos azuis bem grandes.

— De maneira alguma — rebateu Poirot. — Meu amigo Hastings, *ele* era romântico e sentimental, eu nunca! Sou extremamente prático. O que estou dizendo é que se as reivindicações de beleza de uma garota dependem principalmente da beleza de seus olhos, então, não importa o quão míope ela seja, ela tirará os óculos e aprenderá a tatear o caminho, mesmo que os contornos estejam borrados e a distância seja difícil de julgar.

E gentilmente, com o dedo indicador, bateu na fotografia da criança Lily Gamboll nos óculos grossos e desfigurantes.

— Então é isso que você acha? Lily Gamboll?

— Não, eu falo apenas do que pode ser. Na época em que Mrs. McGinty morreu, Mrs. Carpenter ainda não era Mrs. Carpenter. Ela era uma jovem viúva de guerra, em situação difícil, vivendo em uma casinha para operários. Estava noiva de um homem rico da vizinhança, um homem com ambições políticas e um grande senso de sua própria importância. Se Guy Carpenter tivesse descoberto que estava prestes a se casar, digamos, com uma criança de baixa origem que obtivera notoriedade batendo na cabeça de sua tia com um facão, ou, alternativamente, com a filha de Craig, um dos mais notórios criminosos do século, proeminentemente colocado em sua Câmara dos Horrores, bem, pergunto-me se ele teria ido até o fim. Talvez, se ele amasse a garota, sim! Mas ele não é exatamente esse tipo de homem. Eu o classificaria como egoísta, ambicioso e um homem muito bom por sua reputação. Acho que se a jovem Mrs. Selkirk estava ansiosa para conseguir o casamento, ela ficaria muito, muito ansiosa para que nenhum indício de uma natureza infeliz chegasse aos ouvidos de seu noivo.

— Já entendi, acha que é ela, não é?

— Repito, *mon cher*, não sei. Apenas examino as possibilidades. Mrs. Carpenter estava na defensiva quanto a minha pessoa, vigilante, alarmada.

— Isso parece ruim.

— Uma vez eu me hospedei com alguns amigos no campo e eles saíram para caçar. Sabe como é? A pessoa sai andando com cachorros e armas, e os cachorros, eles levantam a caça, que voa para a floresta, alto no ar e você *bang-bang*! É o que nós estamos fazendo agora. Mas não é somente um passarinho que nós levantamos, há outros passarinhos à espera. Pássaros que talvez não tenham nada com isto. Mas estes pássaros não estão sabendo de nada. Devemos ter certeza, *cher ami*, de qual é o nosso passarinho. Durante a viuvez de Mrs. Carpenter, pode ter havido indiscrições, nada muito pior do que isso, mas ainda assim inconveniente. Certamente deve haver algum motivo pelo qual ela me disse rapidamente que Mrs. McGinty era uma mentirosa!

O Superintendente Spence coçou o nariz.

— Vamos falar às claras, Poirot. O que você *realmente* acha?

— O que eu acho não importa. Eu preciso *saber*. E por enquanto os cães acabaram de entrar no esconderijo.

— Se pudéssemos ter alguma coisa definitiva — murmurou Spencer. — Uma circunstância realmente suspeita. Do jeito que está, é tudo teoria, e teoria bastante rebuscada. É tudo muito frágil, você sabe, como eu disse. Alguém realmente *mata* pelos motivos que estamos considerando?

— Depende — disse Poirot. — Depende de muitas circunstâncias familiares que não conhecemos. Mas a paixão pela respeitabilidade é muito forte. Estes não são artistas ou boêmios. Pessoas muito boas moram em Broadhinny. A mulher do correio disse isso. E pessoas boas gostam de preservar a gentileza. Anos felizes de casamento, talvez, nenhuma suspeita de que você já foi uma figura notória em um dos julgamentos de assassinato mais sensacionalistas, nenhuma suspeita de que seu filho seja filho de um assassino famoso. Poderia-se dizer "Prefiro morrer a que meu marido saiba!" ou "Prefiro morrer a deixar minha filha descobrir quem ela é!". E então você refletiria que seria melhor, talvez, se Mrs. McGinty morresse...

Spence disse baixinho:

— Então você acha que são os Wetherby.

— Não. Eles se encaixam melhor, talvez, mas isso é tudo. No caráter real, Mrs. Upward é uma assassina *mais provável* do que Mrs. Wetherby. Ela tem determinação e força de vontade, e ela adora o filho. Para evitar que ele descobrisse o que aconteceu antes de ela se casar com seu pai e se estabelecer em uma respeitável felicidade conjugal, acho que ela poderia ir longe.

— Isso o incomodaria a tal ponto?

— Pessoalmente, acho que não. O jovem Robin tem um ponto de vista cético moderno, é totalmente egoísta e, em todo caso, é menos devotado, devo dizer, à mãe do que ela a ele. Ele não é outro James Bentley.

— Supondo que Mrs. Upward *fosse* Eva Kane, seu filho Robin não mataria Mrs. McGinty para evitar que o fato fosse revelado?

— Nem por um momento, devo dizer. Ele provavelmente tentaria ganhar dinheiro em cima disso. Usaria o fato para publicidade de suas peças! Não consigo imaginar Robin Upward cometendo um assassinato por respeitabilidade, ou devoção, ou na verdade por qualquer coisa além de um bom e sólido ganho para Robin Upward.

Spence suspirou.

— É um campo amplo — disse ele. — Podemos obter algo sobre a história passada dessas pessoas. Mas vai levar tempo. A guerra complicou as coisas. Registros destruídos, oportunidades infinitas para pessoas que desejam cobrir seus rastros por meio de carteiras de identidade de outras pessoas, etc., especialmente após "incidentes" em que ninguém poderia identificar os cadáveres! Se pudéssemos nos concentrar em apenas *uma*, mas você tem tantas possibilidades, monsieur Poirot.

— Podemos ser capazes de eliminá-las em breve.

Poirot deixou o escritório do superintendente com menos alegria no coração do que demonstrara em suas maneiras. Estava obcecado como Spence, pela urgência do tempo. Se ele pudesse ter pelo menos mais *tempo*...

E além disso, permanecia a provocante dúvida: as bases que ele e Spence construíram eram realmente sólidas? Supondo, afinal, que James Bentley *fosse* culpado...

Ele não cedeu a essa dúvida, mas isso o preocupou. Repetidamente, repassou em sua mente a conversa com James Bentley. Pensou nisso enquanto esperava a chegada do trem na plataforma em Kilchester. Era dia de mercado e a plataforma estava lotada. Mais multidões se apinhavam pelas barreiras.

Poirot inclinou-se para olhar. Sim, o trem finalmente estava chegando. Antes que pudesse se endireitar, ele sentiu um empurrão repentino, forte e proposital, na parte inferior de suas costas. Foi tão violento e inesperado que ele foi pego completamente desprevenido. Em um segundo ele teria caído na linha sob o trem que se aproximava, mas um homem ao lado dele na plataforma o agarrou a tempo, puxando-o de volta.

— Ora, o que aconteceu com você? — perguntou um sargento do exército grande e corpulento. — Está passando mal? Homem, você estava a ponto de ser massacrado pelo trem.

— Obrigado. Obrigado mil vezes.

A multidão já estava se aglomerando ao redor deles, entrando no trem, outros saindo.

— Tudo bem agora? Vou ajudá-lo a entrar.

Abalado, Poirot sentou-se.

Era inútil dizer "fui empurrado", mas era o que tinha acontecido. Até aquela noite ele havia andado conscientemente em guarda, alerta para o perigo. Mas depois de falar com Spence, após o interrogatório zombeteiro sobre algum possível atentado contra sua vida, ele insensivelmente considerara o perigo como findado ou improvável de se materializar.

Mas como estava errado! Dentre os que entrevistou em Broadhinny, obtivera um resultado em uma das conversas. Alguém estava amedrontado. Alguém tentara pôr fim à perigosa ressuscitação de um caso encerrado.

De uma cabine telefônica na estação de Broadhinny, Poirot ligou para o Superintendente Spence.

— É você, *mon ami*? Atenda, por favor. Tenho novidades para você. Notícias esplêndidas. *Alguém tentou me matar...*

Ele ouviu com satisfação a torrente de comentários do outro lado da linha.

— Não, não estou ferido. Mas foi muito próximo... Sim, debaixo de um trem. Não, não vi quem fez isso. Mas fique tranquilo, meu amigo, *vou descobrir*. Agora sabemos que estamos no caminho certo.

Capítulo 12

I

O homem que testava o medidor elétrico passou o dia com o mordomo de Guy Carpenter a observá-lo.

— A eletricidade vai operar em uma nova base — explicou ele. — Tarifa mínima gradual de acordo com os moradores.

O mordomo observou-o com ceticismo.

— O que o senhor quer dizer é que vai custar mais como todo o restante.

— Depende. Ações justas para todos, é o que eu digo. O senhor foi à reunião em Kilchester ontem à noite?

— Não.

— Disseram que seu chefe, Mr. Carpenter, falou muito bem. Acha que ele vai entrar?

— Ficou por pouco da última vez, creio.

— Sim. A maioria é 125, algo assim. Você o leva a essas reuniões ou ele mesmo dirige?

— Ele costuma dirigir sozinho. Gosta de dirigir. Ele tem um Rolls Bentley.

— Faz bem a si mesmo. Mrs. Carpenter também dirige?

— Dirige muito rápido, na minha opinião.

— Mulheres costumam fazê-lo. Ela estava na reunião ontem à noite também? Ou ela não se interessa por política?

O mordomo superior sorriu.

— Finge se interessar. No entanto, ela não aguentou a noite passada. Teve uma dor de cabeça ou algo assim e saiu no meio dos discursos.

— Ah! — O eletricista olhou para as caixas de fusíveis. — Quase pronto agora — comentou.

Ele fez mais algumas perguntas aleatórias ao coletar suas ferramentas e se preparar para partir. Caminhou rapidamente pelo caminho, mas dobrando a esquina do portão, parou e fez uma anotação em seu bloco.

C. dirigiu para casa sozinho na noite passada. Chegou em casa às 22h30 (aprox.). Pode ter sido na hora indicada na Estação Central de Kilchester. Mrs. C. saiu da reunião mais cedo. Chegou em casa apenas dez minutos antes de C. Disse ter voltado de trem.

Foi a segunda anotação no livro do eletricista. A primeira dizia:

O Dr. R. foi chamado para um atendimento ontem à noite. Direção de Kilchester. Pode ter estado na Estação Central de Kilchester no horário indicado. Mrs. R. sozinha a noite toda em casa (?). Depois de levar-lhe café, Mrs. Scott, governanta, não a viu novamente naquela noite. Tem um carro pequeno.

II

Em Laburnums, a colaboração estava em andamento.

Robin Upward dizia seriamente:

— Consegue perceber o quão maravilhosa essa frase é? E se realmente tivermos uma sensação de antagonismo sexual entre o rapaz e a garota, vamos arrebentar a boca do balão!

Infelizmente, Mrs. Oliver passou as mãos pelos cabelos grisalhos sacudidos pelo vento, fazendo-os parecerem vítimas não de um vento, mas de um tornado.

— Você entende o que quero dizer, não é, Ariadne querida?

— Oh, entendo o que você *quer dizer* — disse Mrs. Oliver sombriamente.

— Mas o mais importante é que você se sinta feliz com essa escolha.

Ninguém, exceto alguém muito determinado em se autoenganar, poderia pensar que Mrs. Oliver parecia feliz.

Robin continuou alegremente:

— O que eu sinto é que aqui está aquele jovem maravilhoso, descendo de paraquedas...

Mrs. Oliver interrompeu:

— Ele tem 60 anos.

— Ah, *não*!

— Tem, sim.

— Eu não o *vejo* assim. Trinta e cinco, nem um dia mais velho.

— Mas eu tenho escrito livros sobre ele há trinta anos, e ele tinha pelo menos 35 anos no primeiro.

— Mas, querida, se ele tem 60 anos, você não pode ter a tensão entre ele e a garota... qual é o nome dela mesmo? Ingrid. Quero dizer, isso o tornaria apenas um velho desagradável!

— Certamente.

— Então ele *deve* ter 35 anos, percebe? — disse Robin triunfante.

— Então ele não pode ser Sven Hjerson. Basta fazer dele um jovem norueguês que faz parte do Movimento de Resistência.

— Mas, querida Ariadne, o *ponto principal* da peça é Sven Hjerson. Você tem um público enorme que simplesmente adora Sven Hjerson e que se reunirá para ver Sven Hjerson. Ele é *bilheteria*, querida!

— Mas as pessoas que leem meus livros sabem como ele é! Você não pode inventar um jovem inteiramente novo no

Movimento de Resistência Norueguês e apenas *chamá-lo* de Sven Hjerson.

— Ariadne, querida, eu *expliquei* tudo isso. Não é um *livro*, querida, é uma *peça*. E precisamos de glamour! E se conseguirmos essa tensão, esse antagonismo entre Sven Hjerson e essa... qual é o nome dela? Karen, você sabe, um contra o outro e ainda assim terrivelmente atraídos...

— Sven Hjerson nunca se importou com mulheres — disse Mrs. Oliver friamente.

— Mas você *não pode* fazer dele um *fresco*, querida. Não neste tipo de peça. Quero dizer, o texto não é um romance com uma linda paisagem de fundo ou *essas coisas*. Aqui estamos trabalhando com emoções, assassinatos e diversão ao ar livre.

A menção ao ar livre surtiu efeito.

— Acho que vou sair — disse Mrs. Oliver abruptamente. — Preciso de ar. Preciso *muito* de ar.

— Devo ir com você? — perguntou Robin com ternura.

— Não, prefiro ir sozinha.

— Como você quiser, querida. Talvez esteja certa. É melhor eu ir preparar uma gemada para Madre. A pobrezinha está se sentindo um pouquinho excluída das coisas. Ela gosta de atenção, sabe. E você vai pensar sobre aquela cena no porão, não é? Tudo está indo maravilhosamente bem. Vai ser o maior sucesso. Tenho *certeza*!

Mrs. Oliver suspirou.

— Mas o principal — continuou Robin — é que você se sinta feliz!

Lançando um olhar frio para ele, Mrs. Oliver jogou sobre os ombros largos uma vistosa capa militar comprada na Itália e saiu para Broadhinny.

Ela esqueceria seus problemas, decidiu, voltando sua mente para a elucidação do crime real. Hercule Poirot precisava de ajuda. Ela daria uma olhada nos habitantes de Broadhinny, exercitaria sua intuição feminina, sempre eficiente, e diria a

Poirot quem era o assassino. Então, ele só precisaria obter as evidências necessárias.

Mrs. Oliver começou sua busca descendo a colina até o correio e depois comprando um quilo de maçãs. Durante a compra, ela manteve uma conversa amigável com Mrs. Sweetiman.

Concordando que tempo estava muito quente para a época do ano, Mrs. Oliver comentou que estava hospedada com Mrs. Upward em Laburnums.

— Sim, eu sei. Você é a dama londrina que escreve os livros de assassinato? Eu tenho três deles aqui nas edições Penguin.

Mrs. Oliver deu uma olhadela na coleção. Estava ligeiramente sufocada por galochas de criança.

— *O caso do segundo peixe dourado* — refletiu ela —, esse é muito bom. *Foi o gato que morreu...* foi nesse que escrevi que uma zarabatana tinha trinta centímetros de comprimento e tem realmente um metro e oitenta. Ridículo que uma zarabatana tenha esse tamanho, mas alguém me escreveu de um museu para me dizer isso. Às vezes acho que há pessoas que só leem livros na esperança de encontrar erros. Qual é o terceiro? Oh! *Morte de uma debutante*, esse é uma bobagem terrível! Escrevi que sulfonal é solúvel em água, mas não é. E o caso é impossível do início ao fim. Pelo menos oito pessoas morrem antes que Sven Hjerson tenha uma inspiração súbita.

— Eles são muito populares — disse Mrs. Sweetiman, indiferente à autocrítica interessante. — Você não acreditaria! Eu li nenhum, porque realmente não tenho tempo para ler.

— Vocês vivenciaram um assassinato por aqui, não foi? — perguntou Mrs. Oliver.

— Sim, em novembro passado. Quase na porta ao lado, como você poderia dizer.

— Ouvi dizer que há um detetive investigando.

— Ah, você está falando do cavalheiro estrangeiro de Long Meadows? Ele esteve aqui ontem e...

Mrs. Sweetiman interrompeu-se quando outra cliente entrou para comprar selos.

Ela disparou para a lateral que funcionava como a agência de correio.

— Bom dia, Miss Henderson. Hoje está quente para a época do ano.

— Sim, está.

Mrs. Oliver olhou fixamente para as costas da garota alta. Ela tinha um cão Sealyham consigo.

— Significa que as árvores frutíferas vão ser podadas mais tarde! — disse Mrs. Sweetiman, com satisfação melancólica.

— Como está Mrs. Wetherby?

— Muito bem, obrigada. Ela não tem saído muito. Tem soprado um vento leste muito forte ultimamente.

— Está passando um filme muito bom em Kilchester esta semana, Miss Henderson. Você devia ir.

— Pensei em ir ontem à noite, mas não me dei o trabalho.

— Na semana que vem é um com Betty Grable. Estou em falta de selos de cinco xelins. Será que dois de dois xelins e seis *pence* servem?

Quando a menina saiu, Mrs. Oliver disse:

— Mrs. Wetherby é aposentada, não é?

— Pode ser — respondeu Mrs. Sweetiman com acidez. — *Algumas* de nós não têm tempo de ficar deitadas.

— Concordo — disse Mrs. Oliver. — Eu digo a Mrs. Upward que se ela fizesse mais esforço para usar as pernas, seria melhor para ela.

Mrs. Sweetiman pareceu entretida.

— Ela se move quando quer, pelo que ouvi dizer.

— É verdade?

Mrs. Oliver considerou a fonte da informação.

— Janet? — arriscou.

— Janet Groom resmunga um pouco — disse Mrs. Sweetiman. — E não é de se admirar, não é? Miss Groom também não é tão jovem e sofre de um reumatismo cruel com o vento leste. Mas é "arquitite", ou como quer que a chamem, quando é grã-fino que tem, com cadeira de rodas e tudo. Bem, eu não arriscaria perder o uso das minhas pernas jamais. Mas hoje em dia, mesmo que você tenha uma frieira, você corre ao médico para conseguir dinheiro do Sistema Nacional de Saúde. Este negócio de saúde está até demais. Nunca fez bem a ninguém ficar pensando em como a gente está doente.

— Acho que você está certa — disse Mrs. Oliver.

Ela pegou suas maçãs e saiu em busca de Deirdre Henderson. Isso não era difícil, já que o Sealyham era um cão velho e gordo e vagamente examinava tufos de grama com cheiros agradáveis.

Os cães, considerou Mrs. Oliver, eram sempre um meio de apresentação.

— Que gracinha! — exclamou ela.

A grande jovem de rosto simples parecia satisfeita.

— Ele é muito lindo — disse ela. — Não é, Ben?

Ben ergueu os olhos, deu uma leve sacudida em seu corpo parecido com uma salsicha, retomou a inspeção nasal de um tufo de cardos, aprovou-o e passou a registrar sua aprovação da maneira usual.

— Ele é bravo? — perguntou Mrs. Oliver. — Sealyhams costumam ser.

— Sim, bastante. É por isso que o mantenho na coleira.

— Foi o que eu pensei.

Ambas as mulheres observaram o Sealyham.

Então Deirdre Henderson disse com uma espécie de pressa:

— Você é... você é Ariadne Oliver, não é?

— Sim. Estou com os Upward.

— Eu sei. Robin nos disse que você viria. Devo dizer o quanto gosto de seus livros.

Mrs. Oliver, como sempre, ficou roxa de vergonha.

— Oh — murmurou infeliz. — Fico muito agradecida — acrescentou ela.

— Não li tantos quanto gostaria, porque recebemos livros enviados do Times Book Club e mamãe não gosta de histórias de detetive. Ela é bastante sensível e eles a mantêm acordada à noite. Mas eu os adoro.

120

— Vocês tiveram um crime de verdade aqui, não foi? — perguntou Mrs. Oliver. — Qual casa era? Um desses chalés?

— Aquele ali.

Deirdre Henderson falou com a voz um tanto embargada.

Mrs. Oliver dirigiu seu olhar para a antiga residência de Mrs. McGinty, cuja porta da frente estava ocupada no momento por dois desagradáveis meninos Kiddle, que torturavam alegremente um gato. Quando Mrs. Oliver deu um passo à frente para protestar, o gato escapou com a habilidade das garras.

O Kiddle mais velho, que havia sido severamente arranhado, soltou um uivo.

— Bem-feito — disse Mrs. Oliver, acrescentando a Deirdre Henderson: — Não parece uma casa onde houve um assassinato, não é?

— Não mesmo.

Ambas as mulheres pareciam estar de acordo sobre isso. Mrs. Oliver continuou:

— Uma velha faxineira, não era? E alguém a roubou?

— O inquilino dela. Ela guardava dinheiro debaixo do chão.

— Entendo.

Deirdre Henderson disse de repente:

— Mas talvez não fosse ele, afinal. Há um homenzinho engraçado aqui, um estrangeiro. O nome dele é Hercule Poirot...

— Hercule Poirot? Oh, sim, eu sei tudo sobre ele.

— Ele é realmente um detetive?

— Minha querida, ele é incrivelmente célebre. Extremamente inteligente.

— Então talvez ele descubra que não foi ele, afinal.

— Quem?

— O... o inquilino. James Bentley. Oh, eu realmente espero que ele saia dessa.

— Sério? Por quê?

— Porque não quero que seja ele. Nunca quis que fosse ele.

Mrs. Oliver olhou para ela com curiosidade, assustada com a paixão em sua voz.

— Você o conhecia?

— Não — disse Deirdre lentamente —, eu não o *conhecia*. Mas uma vez Ben ficou com a pata presa em uma armadilha e ele me ajudou a libertá-lo. E conversamos um pouco...

— Como ele era?

— Terrivelmente solitário. A mãe tinha acabado de morrer. Ele gostava muito dela.

— E você gosta muito da sua? — questionou Mrs. Oliver com veemência.

— Sim. Isso me fez entender. Entender o que ele sentiu, quero dizer. Minha mãe e eu temos uma à outra, entende?

— Compreendo.

— Pensei que Robin me disse que você tinha um padrasto.

— Oh, sim, eu tenho um padrasto — disse Deirdre amargamente.

— Não é o mesmo que ter um pai — disse Mrs. Oliver vagamente. — Você se lembra do seu?

— Não, ele morreu antes de eu nascer. Minha mãe se casou com Mr. Wetherby quando eu tinha 4 anos. Eu... eu sempre o odiei. E mamãe... — Ela fez uma pausa antes de continuar. — Mamãe teve uma vida muito triste. Ela não recebeu solidariedade ou compreensão. Meu padrasto é um homem muito insensível, duro e frio.

Mrs. Oliver acenou com a cabeça e murmurou:

— Esse James Bentley não parece um criminoso.

— Nunca pensei que a polícia fosse prendê-lo. Tenho certeza de que deve ter sido algum vagabundo. Existem uns horríveis ao longo desta estrada às vezes. Deve ter sido um deles.

Mrs. Oliver disse consoladora:

— Talvez Hercule Poirot descubra a verdade.

— Sim, talvez...

Ela se virou de repente em frente ao portão de Hunter's Close.

Mrs. Oliver olhou para ela por um ou dois minutos, depois tirou um caderninho de sua bolsa, escrevendo:

"*Não* é Deirdre Henderson", e sublinhou o *não* tão firmemente que o lápis quebrou.

III

No meio da colina, ela encontrou Robin Upward descendo com uma bela jovem de cabelos platinados.

Robin os apresentou.

— Esta é a maravilhosa Ariadne Oliver, Eve — disse ele.

— Minha querida, não sei *como* ela consegue parecer tão benevolente, não é? Não parece nem um pouco estar afundada no crime. Esta é Eve Carpenter. O marido dela será nosso próximo Membro. O presente, Sir George Cartwright, está bem gagá, pobre homem. Ele pula pra cima das mocinhas por trás das portas.

— Robin, você não devia inventar mentiras tão terríveis. Vai desacreditar o Partido.

— Bem, por que *eu* deveria me importar? O Partido não é meu. Eu sou um liberal. Esse é o único partido ao qual é possível pertencer hoje em dia, muito pequeno e seleto, e sem chance de se eleger. Eu adoro causas perdidas.

Ele acrescentou a Mrs. Oliver:

— Eve quer que a gente beba juntos esta noite. Uma festinha para você, Ariadne. Você sabe, todos querem conhecer a celebridade. Estamos todos tão emocionados com sua presença. Será que a cena do seu próximo assassinato pode ser aqui em Broadhinny?

— Oh, sim, Mrs. Oliver — disse Eve Carpenter.

— Você pode facilmente trazer Sven Hjerson aqui — disse Robin. — Ele pode ser como Hercule Poirot, se hospedando na Summerhayes. Estamos indo para lá agora porque eu disse a Eve, Hercule Poirot é uma celebridade na linha dele tanto quanto você na sua, e ela disse que foi um tanto rude com ele ontem, então ela vai convidá-lo para a festa também. Mas, falando sério, querida, faça seu próximo crime acontecer em Broadhinny. Todos nós ficaríamos tão emocionados.

— Oh, sim, Mrs. Oliver. Seria muito divertido — disse Eve Carpenter.

— Quem devemos ter como assassino e quem como vítima? — questionou Robin.

— Quem é sua atual faxineira? — perguntou Mrs. Oliver.

— Oh, minha querida, não *esse* tipo de assassinato. Tão chato. Não, eu acho que a Eve seria uma boa vítima. Estrangulada, talvez, com suas próprias meias de náilon. Não, isso já foi escrito.

— Acho melhor *você* ser assassinado, Robin — disse Eve.

— O dramaturgo esfaqueado em uma casa de campo.

— Não decidimos sobre um assassino ainda — comentou Robin. — E minha mamãe? Usando sua cadeira de rodas para que não houvesse pegadas. Eu acho que isso seria ótimo.

— Ela não iria querer esfaquear você, Robin.

Robin considerou.

— Não, talvez não. Na verdade, eu estava pensando que ela poderia estrangular você. Acho que ela não hesitaria nem um instante.

— Mas eu quero que *você* seja a vítima. E a pessoa que te mata pode ser a Deirdre Henderson. A garota comum reprimida que ninguém percebe.

— Aí está, Ariadne — disse Robin. — Todo o enredo de seu próximo romance apresentado a você. Tudo o que você precisa fazer é trabalhar em algumas pistas falsas e, é claro, escrever de fato. Oh, meu Deus, que cães terríveis a Maureen tem.

Eles haviam dobrado no portão de Long Meadows, e dois cães de caça irlandeses avançaram, latindo.

Maureen Summerhayes saiu para o pátio do estábulo com um balde na mão.

— Venha, Flyn. Venha aqui, Cormic. Olá. Só estou limpando o chiqueiro de Piggy.

— Sabemos disso, querida — disse Robin. — Podemos sentir seu cheiro daqui. Como está Piggy?

— Tivemos um susto terrível com ele ontem. Ele estava deitado e não queria tomar o café da manhã. Johnnie e eu lemos todas as doenças no Livro dos Porcos e não conseguimos dormir tamanha a preocupação com ele, mas hoje de manhã ele estava bem e alegre e, do nada, atacou Johnnie quando ele foi levar sua comida. Fez com que ele caísse de costas, para dizer a verdade. Johnnie teve que tomar um belo banho.

— Que vida emocionante você e Johnnie levam — disse Robin.

Eve perguntou:

— Você e Johnnie tomariam uns drinques conosco esta noite, Maureen?

— Adoraríamos.

— Para conhecer Mrs. Oliver — disse Robin —, mas na verdade você pode conhecê-la agora. Aqui está ela.

— É você mesmo? — perguntou Maureen. — Que emocionante. Você e Robin estão fazendo uma peça juntos, não é?

— Está fluindo esplendidamente — disse Robin. — A propósito, Ariadne, tive uma ideia inteligente depois que você saiu esta manhã. Sobre o elenco.

— Oh, o elenco — disse Mrs. Oliver com uma voz aliviada.

— Conheço a pessoa certa para interpretar Eric. Cecil Leech. Ele está se apresentando no Pequeno Teatro de Repertório em Cullenquay. Correremos para ver a peça uma noite dessas.

— Queremos o seu figurão — disse Eve a Maureen. — Ele está aí? Quero convidá-lo para hoje à noite.

— Nós podemos levá-lo — disse Maureen.

— Acho melhor perguntar a ele eu mesma. Na verdade, fui um pouco rude com ele ontem.

— Oh! Bem, ele está por aí — disse Maureen vagamente.

— No jardim, eu acho. Cormic! Flyn! Aqueles malditos cachorros. — Ela largou o balde com um estrépito e correu na direção do lago dos patos, de onde surgiu um grasnido furioso.

Capítulo 13

Mrs. Oliver, com o copo na mão, abordou Hercule Poirot no final da festa dos Carpenter. Até aquele momento, cada um deles havia sido o centro de um círculo de admiração. Agora que uma boa dose de gim havia sido consumida e a festa estava indo bem, havia uma tendência de velhos amigos se reunirem para falar dos escândalos locais, e os dois visitantes puderam conversar um com o outro.

— Venha para o terraço — disse Mrs. Oliver, em um sussurro conspirador.

Ao mesmo tempo, ela enfiou em sua mão um pequeno pedaço de papel.

Juntos, eles saíram pelas janelas francesas e caminharam ao longo do terraço. Poirot desdobrou o pedaço de papel.

— Dr. Rendell — ele leu.

Ele olhou interrogativamente para Mrs. Oliver. Ela balançou a cabeça vigorosamente, um longo cacho de cabelo grisalho caindo em seu rosto enquanto ela o fazia.

— Ele é o assassino — disse Mrs. Oliver.

— Você acha? Por quê?

— Simplesmente sei — respondeu Mrs. Oliver. — Ele faz o tipo. Cordial, amigável e tudo mais.

— Talvez.

Poirot não parecia convencido.

— Mas qual você diria que foi o motivo dele?

— Conduta não profissional — disse Mrs. Oliver. — E Mrs. McGinty sabia disso. Mas seja qual for o motivo, você pode ter certeza de que foi ele. Eu olhei todos os outros, e ele é o culpado.

Em resposta, Poirot comentou em tom de conversa:

— Ontem à noite, alguém tentou me empurrar para a linha ferroviária na estação de Kilchester.

— Meu Deus. Tentaram matá-lo, você quer dizer?

— Não tenho dúvidas de que essa foi a intenção.

— E o Dr. Rendell tinha saído para uma consulta, eu sei que tinha.

— Eu soube... sim... que o Dr. Rendell tinha saído para uma consulta.

— Então está tudo resolvido — disse Mrs. Oliver com satisfação.

— Não exatamente — disse Poirot. — Tanto Mr. Carpenter quanto Mrs. Carpenter estiveram em Kilchester ontem à noite e voltaram para casa separados. Mrs. Rendell pode ter ficado em casa a noite toda ouvindo rádio ou não, ninguém pode dizer. Miss Henderson costuma ir ao cinema em Kilchester.

— Ela não foi ontem à noite. Estava em casa. Ela me disse isso.

— Não pode acreditar em tudo o que dizem — disse Poirot em tom de reprovação. — Parentes permanecem unidos. Por outro lado, a criada estrangeira, Frieda, foi ao cinema ontem à noite, então não pode nos dizer quem estava ou não em casa lá em Hunter's Close. Como vê, não é fácil eliminar as coisas.

— Acho que posso pôr a mão no fogo por meus anfitriões — disse Mrs. Oliver. — Que horas você disse que isso aconteceu?

— Às 21h35 exatamente.

— Então, de qualquer forma, Laburnums tem um atestado de saúde limpo. Das vinte horas às 22h30, Robin, sua mãe e eu estávamos jogando pôquer com paciência.

— Pensei que possivelmente você e ele estivessem juntos trabalhando na colaboração?

— Deixando Mamãe para pular em uma bicicleta a motor escondida no meio dos arbustos? — Mrs. Oliver riu. — Não, Mamãe estava sob nossos olhos. — Ela suspirou quando pensamentos mais tristes surgiram. — Colaboração — disse ela amargamente. — A coisa toda é um pesadelo! O que é que você acharia se eu pusesse um bigodão preto no Superintendente Battle e dissesse que era você?

Poirot piscou um pouco.

— Mas é um pesadelo, essa sugestão!

— Agora você sabe o que eu sofro.

— Eu também sofro — disse Poirot. — A culinária de madame Summerhayes está além de qualquer descrição. Aquilo não é cozinhar. E as correntes de ar, os ventos frios, os estômagos sensíveis dos gatos, os pelos longos dos cachorros, as pernas quebradas das cadeiras, a cama terrível, terrível em que eu durmo. — Ele fechou os olhos ao se lembrar das agonias. — A água morna no banheiro, os buracos no carpete da escada e o café. Não há palavras capazes de descrever para você o líquido que elas servem como café. É uma afronta ao estômago.

— Caramba — disse Mrs. Oliver. — Apesar disso, ela é simpática.

— Mrs. Summerhayes? Ela é encantadora. Muito charmosa. Isso torna tudo muito mais difícil.

— Lá vem ela agora — disse Mrs. Oliver.

Maureen Summerhayes se aproximava deles. Havia uma expressão de êxtase em seu rosto sardento. Ela carregava um copo na mão. Sorriu para os dois com afeto.

— Acho que estou um pouquinho alta — anunciou ela. — Que qualidade de gim deliciosa! Eu amo festas! Não costumamos ter algo assim em Broadhinny. Tudo isso é porque vocês dois são muito celebrados. Eu gostaria de poder escrever livros. O problema comigo é que não consigo fazer *nada* direito.

— Você é uma boa esposa e mãe, madame — disse Poirot com afeição.

Os olhos de Maureen se abriram. Olhos castanhos atraentes em um rosto pequeno e sardento. Mrs. Oliver se perguntou quantos anos ela teria. Não muito mais do que 30, ela adivinhou.

— Sou? — disse Maureen. — Eu me questiono. Amo demais a todos eles, mas isso é o suficiente?

Poirot tossiu.

— Se você não me achar presunçoso, madame, a esposa que realmente ama o marido deve cuidar muito bem de sua barriga. É importante, a barriga.

Maureen parecia ligeiramente ofendida.

— Johnnie tem uma barriga maravilhosa — disse ela indignada. — Absolutamente plana. Praticamente nem tem barriga.

— Eu estava me referindo ao que é colocado dentro dela.

— Você quer dizer minha comida — disse Maureen. — Eu nunca acho que importa muito o que se come.

Poirot resmungou.

— Ou o que alguém veste — disse Maureen com ar sonhador. — Ou o que se faz. Não acho que as *coisas* importem realmente.

Ela ficou em silêncio por um momento ou dois, seus olhos alcoolicamente turvos, como se estivesse olhando para longe.

— Uma mulher escreveu para o jornal outro dia — disse ela de repente. — Uma carta realmente estúpida. Perguntava o que era melhor fazer: deixar seu filho ser adotado por alguém que pudesse dar a ele todas as vantagens, *todas as vantagens*, foi o que ela disse, e ela queria dizer uma boa educação, roupas e ambientes confortáveis, ou mantê-lo mesmo sem poder dar-lhe vantagens de qualquer tipo. Acho isso tão estúpido. Se você puder dar a uma criança o suficiente de comer, nada mais importa.

Ela olhou para o copo vazio como se fosse um cristal.

— Eu que sei — disse ela. — Fui uma criança adotada. Minha mãe se separou de mim e eu tive todas as vantagens, como eles chamam. E sempre doía, sempre, sempre, saber que você não era realmente desejada, que sua mãe poderia abandoná-la.

— Foi um sacrifício para o seu bem, talvez — disse Poirot. Seus olhos claros encontraram os dele.

— Não acho que isso seja verdade. É a maneira que eles colocam para si mesmos. Mas ao que isso se resume é que eles podem, realmente, continuar sem você... E isso dói. Eu não desistiria dos meus filhos nem por todas as vantagens do mundo!

— Acho que você está certa — comentou Mrs. Oliver.

— E eu também concordo — anunciou Poirot.

— Então está tudo bem — disse Maureen alegremente. — O que estamos discutindo?

Robin, que veio ao longo do terraço para se juntar a eles, disse:

— Sim, sobre o que estão discutindo?

— Adoção — disse Maureen. — Não gosto de saber que fui adotada, e você?

— Bem, é muito melhor do que ser órfão, não acha, querida? Acho que devemos ir agora, não é, Ariadne?

Os convidados partiram em bando. O Dr. Rendell já tivera de sair às pressas. Eles desceram a colina juntos conversando alegremente com aquela hilaridade extra que uma série de coquetéis induz.

Quando chegaram ao portão de Laburnums, Robin insistiu que todos deveriam entrar.

— Só para contar para a Madre tudo sobre a festa. Tão entediante para ela, pobrezinha, não poder comparecer por causa da perna. Mas ela odeia ser deixada de fora das coisas.

Eles surgiram alegremente e Mrs. Upward pareceu satisfeita em vê-los.

— Quem mais estava lá? — perguntou ela. — Os Wetherby?

— Não, Mrs. Wetherby não se sentia bem o suficiente, e a garota Henderson não viria sem ela.

— Ela é realmente patética, não é? — disse Shelagh Rendell.

— Acho quase patológico, não é? — disse Robin.

— É aquela mãe dela — comentou Maureen. — Algumas mães realmente quase comem suas crias, não é?

De repente, ela corou quando encontrou os olhos questionadores de Mrs. Upward.

— Eu devoro você, Robin? — perguntou Mrs. Upward.

— Madre! Claro que não!

Para encobrir sua confusão, Maureen apressadamente mergulhou em um relato de suas experiências de procriação de cães de caça irlandeses. A conversa tornou-se técnica.

Mrs. Upward disse decisivamente:

— Você não pode fugir da hereditariedade, tanto nas pessoas quanto nos cachorros.

Shelagh Rendell murmurou:

— Você não acha que é o ambiente?

Mrs. Upward a interrompeu.

— Não, minha querida, eu não. O ambiente pode dar um verniz, não mais. É o que está no sangue das pessoas que conta.

Os olhos de Hercule Poirot pousaram curiosamente no rosto corado de Shelagh Rendell. Ela disse com o que parecia uma paixão desnecessária:

— Mas isso é cruel, injusto.

— A vida é injusta — disse Mrs. Upward.

A voz lenta e preguiçosa de Johnnie Summerhayes juntou-se.

— Concordo com Mrs. Upward. O sangue conta. Sempre acreditei.

— Você quer dizer que as coisas são transmitidas. Até a terceira ou quarta geração — disse Mrs. Oliver, mais parecendo com uma pergunta.

Maureen Summerhayes disse de repente em sua doce voz aguda:

— Mas essa citação prevalece: "E mostre misericórdia a milhares."

Mais uma vez, todos pareceram um pouco constrangidos, talvez com a nota séria que havia se insinuado na conversa.

Eles se distraíram lembrando-se de Poirot.

— Conte-nos tudo sobre Mrs. McGinty, monsieur Poirot. Por que o inquilino enfadonho não a matou?

— Ele vivia falando sozinho, sabe? — disse Robin. — Andando pelas estradas. Eu frequentemente o encontrava. E, de fato, ele parecia assustador e esquisito.

— Você deve ter algum motivo para pensar que ele não a matou, monsieur Poirot. Conte-nos.

Poirot sorriu para eles e torceu o bigode.

— Se ele não a matou, quem o fez?

— Sim, quem foi?

— Não constranja o homem — disse Mrs. Upward secamente. — Ele provavelmente suspeita de um de nós.

— Um de nós? Oooooh!

Os olhos de Poirot encontraram os de Mrs. Upward. Neles, encontrou algo mais do que diversão... Talvez um tom de desafio?

— Ele suspeita de um de nós — disse Robin, encantado. — Agora então, Maureen — ele imitou os gestos de um detetive intimidador —, onde você estava na noite de... Que noite foi mesmo?

— Vinte e dois de novembro — respondeu Poirot.

— Na noite do dia 22?

— Oh, Deus, eu não sei — disse Maureen.

— Ninguém poderia saber depois de todo esse tempo — disse Mrs. Rendell.

— Bem, eu posso — disse Robin. — Porque eu estava fazendo um programa de rádio naquela noite. Fui de automóvel até Coalport para fazer uma palestra sobre Aspectos do Teatro. Eu me lembro porque debati a respeito da personagem faxineira em *The Silver Box*, de Galsworthy, por muito tempo, e no dia seguinte Mrs. McGinty fora morta e fiquei imaginando se a faxineira da peça tinha sido igual a ela.

— Isso mesmo — disse Shelagh Rendell de repente. — E eu me lembro agora porque você disse que sua mãe ficaria sozinha pois era a noite de folga de Janet e eu vim pra cá depois do jantar para lhe fazer companhia. Infelizmente, não consegui fazê-la me ouvir.

— Deixe-me pensar — disse Mrs. Upward. — Oh! Sim, claro. Fui para a cama com dor de cabeça e meu quarto fica de frente para o jardim dos fundos.

— E no dia seguinte — disse Shelagh —, quando soube que Mrs. McGinty havia sido morta, pensei: "Oh! Eu posso ter passado pelo assassino no escuro", porque no início todos nós pensamos que devia ser algum vagabundo que invadiu.

— Bem, eu ainda não lembro o que estava fazendo — disse Maureen. — Mas me lembro da manhã seguinte. Foi o padeiro que nos disse: "A velha Mrs. McGinty foi liquidada." E lá estava eu, me perguntando por que ela não apareceu como de costume.

Ela estremeceu.

— É horrível, não é? — disse ela.

Mrs. Upward ainda observava Poirot.

Ele pensou consigo mesmo: "Ela é uma mulher muito inteligente e cruel. E egoísta também. Em tudo o que fizesse, ela não teria escrúpulos ou remorso..."

Uma voz fina falava de forma insistente, queixosa.

— Você não tem *nenhuma* pista, monsieur Poirot?

Era Shelagh Rendell.

O rosto comprido e escuro de Johnnie Summerhayes se iluminou com entusiasmo.

— Pistas, isso mesmo — disse ele. — É disso que gosto nas histórias de detetive. Pistas que significam tudo para o detetive e nada para a gente. Até que no final você se pergunta como pôde não perceber. Você não pode nos dar uma pequena pista, monsieur Poirot?

Rostos sorridentes e suplicantes se voltaram para ele. Uma brincadeira para todos (ou talvez não para um deles?). Mas o crime não era um jogo, assassinato era perigoso. Você nunca sabe...

Com um movimento brusco repentino, Poirot tirou quatro fotos do bolso.

— Querem uma pista? — disse ele. — *Voilà!*

E com um gesto dramático ele as lançou sobre a mesa.

· A MORTE DE MRS. MCGINTY ·

133

Eles se agruparam em volta, curvando-se e proferindo teorias.

— *Vejam!*

— Que molambas terríveis!

— Olhem só para essas rosas. *Rosas, rosas por todos os lados!*

— Minha querida, esse *chapéu!*

— Que criança assustadora!

— Mas quem são elas?

— A moda não é ridícula?

— Esta mulher deve ter sido muito bonita.

— Mas por que são pistas?

— Quem são elas?

Poirot olhou lentamente para o círculo de rostos ao redor. Não viu nada além do que esperava ver.

— Vocês não reconhecem nenhuma delas?

— Reconhecer?

— Não se lembram, devo dizer, de ter visto qualquer uma dessas fotos antes? Mas sim... Mrs. Upward? Reconheceu algo, não é?

Mrs. Upward hesitou.

— Sim, eu acho.

— Em qual delas?

Seu dedo indicador estendeu-se e pousou no rosto da criança de óculos, Lily Gamboll.

— Quando foi que viu esta fotografia?

— Recentemente... Agora, onde... Não, não consigo me lembrar. Mas tenho certeza de que vi uma fotografia assim.

Ela se sentou carrancuda, as sobrancelhas franzidas.

Ela saiu de sua abstração quando Mrs. Rendell veio até ela.

— Adeus, Mrs. Upward. Espero que um dia você venha tomar chá comigo, se quiser.

— Obrigada, minha querida. Se Robin me ajudar a subir o morro.

— Claro, Madre. Eu desenvolvi músculos fortes de tanto empurrar aquela cadeira. Você se lembra do dia em que fomos visitar os Wetherby e estava tão enlameado...

— Ah! — disse Mrs. Upward de repente.

— O que é, Madre?

— Nada. Continue.

— Fazendo você subir a colina novamente. Primeiro a cadeira escorregou e depois foi a minha vez. Achei que nunca voltaríamos para casa.

Rindo, eles se despediram e partiram. "O álcool", pensou Poirot, "certamente afrouxa a língua."

Tinha sido sábio ou tolo ao exibir aquelas fotografias? Ou isso também teria sido resultado do álcool?

Ele não tinha certeza.

Mas, murmurando uma desculpa, se virou.

Ele empurrou o portão e caminhou até a casa. Pela janela aberta à sua esquerda, ouviu o murmúrio de duas vozes. Eram as vozes de Robin e de Mrs. Oliver. Muito pouco de Mrs. Oliver e muito de Robin. Poirot empurrou a porta e entrou pela direita, adentrando o quarto de onde havia saído alguns momentos antes. Mrs. Upward estava sentada diante do fogo. Havia uma expressão bastante sombria em seu rosto. Ela tinha estado tão profundamente em pensamentos que sua entrada a assustou.

Ao som da pequena tosse apologética que ele deu, ela ergueu os olhos bruscamente, com um sobressalto.

— Oh — disse ela. — É você. Você me assustou.

— Sinto muito, madame. Achou que fosse outra pessoa? Quem?

Ela não respondeu, apenas disse:

— Você deixou algo para trás?

— O que eu temia ter deixado era o perigo.

— Perigo?

— Perigo, talvez, para você. Porque você reconheceu uma dessas fotos agora há pouco.

— Eu não diria ter reconhecido. Todas as fotos antigas são exatamente iguais.

— Ouça, madame. Mrs. McGinty também, ou assim acredito, reconheceu uma dessas fotos. E ela está morta.

Com um brilho inesperado de humor nos olhos, Mrs. Upward disse:

— *Mrs. McGinty está morta. Como foi que ela morreu? Esticando o pescoço assim como eu.* É isso que você quer dizer?

— Sim. Se souber de alguma coisa, qualquer coisa, diga-me agora. Será mais seguro assim.

— Meu caro, não é tão simples assim. Não tenho certeza se sei de alguma coisa. Certamente nada tão definitivo quanto um fato. Lembranças vagas são coisas muito complicadas. Seria preciso ter alguma ideia de como, onde e quando, se você entende o que quero dizer.

— Mas me parece que você já tem essa ideia.

— Há mais do que isso. Existem vários fatores a serem levados em consideração. Agora não adianta você me apressar, monsieur Poirot. Não sou o tipo de pessoa que toma decisões precipitadas. Eu tenho minha própria opinião e levo um tempo para me decidir. Quando tomo uma decisão, eu ajo. Mas não até que eu esteja pronta.

— Em muitos aspectos, você é uma mulher misteriosa, madame.

— Talvez, até certo ponto. Conhecimento é poder. Poder deve ser usado apenas para os fins certos. Você vai me desculpar por dizer que talvez você não aprecie o padrão de nossa vida no campo inglês.

— Está me dizendo, em outras palavras: "Você é apenas um maldito estrangeiro."

Mrs. Upward sorriu ligeiramente.

— Eu não seria tão rude.

— Se não quiser falar comigo, há o Superintendente Spence.

— Meu caro monsieur Poirot. Não a polícia. Não neste estágio.

Ele encolheu os ombros.

— Bom, eu avisei — disse ele.

Pois tinha certeza de que, a essa altura, Mrs. Upward se lembrava muito bem exatamente de quando e onde vira a foto de Lily Gamboll.

Capítulo 14

I

— Decididamente — disse Hercule Poirot a si mesmo na manhã seguinte — a primavera chegou.

Suas apreensões da noite anterior pareciam singularmente infundadas.

Mrs. Upward era uma mulher sensata que sabia cuidar bem de si mesma.

No entanto, de uma forma curiosa, ela o intrigou. Ele não entendeu absolutamente suas reações. Obviamente ela não queria que ele fizesse isso. Ela reconheceu a fotografia de Lily Gamboll e estava determinada a jogar uma partida sozinha.

Poirot, percorrendo um caminho ajardinado enquanto perseguia essas reflexões, foi surpreendido por uma voz atrás dele.

— Monsieur Poirot.

Mrs. Rendell tinha se aproximado tão silenciosamente que ele não a ouviu. Desde o dia anterior, ele se sentia extremamente nervoso.

— *Pardon*, madame. Você me assustou.

Mrs. Rendell sorriu mecanicamente. Se ele estava nervoso, Mrs. Rendell, pensou ele, estava ainda mais. Contraíra uma das pálpebras enquanto esfregava as mãos.

— Eu... espero não estar interrompendo. Talvez você esteja ocupado.

— Não, não estou ocupado. O dia está bom. Gosto da sensação de primavera. É bom estar ao ar livre. Na casa de Mrs. Summerhayes há sempre, mas sempre, uma corrente.

— Corrente...?

— Como chamamos o vento na Inglaterra.

— Ah, sim. Suponho que sim.

— As janelas não ficam fechadas e as portas se abrem o tempo todo.

— É uma casa em ruínas. E, claro, os Summerhayes estão tão mal que não podem se dar ao luxo de consertar muita coisa. Se eu fosse eles, esqueceria esse negócio. Sei que está na família deles há centenas de anos, mas hoje em dia você simplesmente não consegue se apegar às coisas apenas pelo sentimento.

— Não, não somos sentimentais hoje em dia.

Houve um silêncio. Com o canto do olho, Poirot observou aquelas mãos brancas e nervosas. Ele esperou que ela tomasse a iniciativa. Quando ela falou, foi abruptamente.

— Suponho — disse ela — que quando você está, bem, investigando algo, você sempre precise de um pretexto?

Poirot considerou a pergunta. Embora não tivesse a encarado, ele estava perfeitamente ciente de seu olhar ansioso de soslaio fixo nele.

— Como se diz, madame — respondeu ele sem se comprometer. — É uma conveniência.

— Para explicar o motivo da sua presença, fazendo perguntas.

— Pode ser providencial.

— Por que... por que está realmente aqui em Broadhinny, monsieur Poirot?

Ele lançou um olhar ligeiramente surpreso para ela.

— Mas, minha querida senhora, eu já disse. Para investigar a morte de Mrs. McGinty.

Mrs. Rendell disse bruscamente:

— Eu sei que é o que o senhor diz. Mas é ridículo.

Poirot ergueu as sobrancelhas.

— A senhora acha?

— Claro que é. Ninguém acredita nisso.

— E, no entanto, garanto à senhora, é um fato simples.

Seus olhos azuis pálidos piscaram e ela desviou o olhar.

— O senhor não vai me dizer.

— Dizer o quê, madame?

De novo ela mudou de assunto abruptamente, ao que parecia.

— Eu queria perguntar-lhe sobre cartas anônimas.

— Sim — disse Poirot num tom encorajador quando ela parou.

— Elas são realmente sempre mentirosas, não são?

— Às vezes — disse Poirot com cautela.

— Normalmente — ela persistiu.

— Não sei se iria tão longe a ponto de dizer isso.

Shelagh Rendell disse com veemência:

— Elas são sempre covardes, traiçoeiras e maldosas!

— Tudo isso, sim, eu concordaria.

— E o senhor nunca acreditaria no que foi dito em uma, não é?

— Essa é uma pergunta muito difícil — disse Poirot gravemente.

— Eu não acreditaria em nada desse tipo. — E acrescentou com veemência: — Eu sei por que você está aqui. E não é verdade, eu lhe digo, não é verdade.

Ela se virou bruscamente e foi embora.

Hercule Poirot ergueu as sobrancelhas de um modo interessado.

— E agora? — perguntou ele a si mesmo. — Será que estou recebendo informações falsas de propósito? Será que estão me contando uma história da carochinha?

Era tudo muito confuso, ele achava.

Mrs. Rendell confessou acreditar que ele estava aqui por um motivo diferente de investigar a morte de Mrs. McGinty. Ela sugeriu que isso era apenas um pretexto.

Ela realmente acreditava nisso? Ou será, como ele acabara de pensar, que ela estava querendo que ele tomasse o bonde errado?

O que é que as cartas anônimas têm a ver com isso?

Seria Mrs. Rendell o original da fotografia que Mrs. Upward disse ter "visto recentemente"?

Em outras palavras, era Mrs. Rendell Lily Gamboll? Lily Gamboll, um membro reabilitado na sociedade, cuja última menção fora em Eire. Teria o Dr. Rendell conhecido e se casado com sua esposa lá, sem saber da real história dela? Lily Gamboll fora treinada como estenógrafa. Seu caminho e o do médico poderiam facilmente ter se cruzado.

Poirot balançou a cabeça e suspirou.

Tudo era perfeitamente possível. Mas ele precisava ter certeza.

Um vento frio soprou repentinamente e o sol se pôs. Poirot estremeceu e voltou para casa.

Sim, ele precisava ter certeza. Se pudesse encontrar a arma real do assassinato...

E naquele momento, com uma estranha sensação de certeza, ele *viu*.

II

Depois, ele se perguntou se, subconscientemente, tinha visto e notado muito antes. Estava lá, presumivelmente, desde que ele viera para Long Meadows...

Lá no topo da estante de livros abarrotada perto da janela. Ele pensou: "Por que eu nunca percebi isso antes?"

Ele o pegou, pesou em suas mãos, examinou-o, equilibrou-o, ergueu-o para golpear...

Maureen entrou pela porta com sua pressa habitual, dois cães a acompanhando. Sua voz, leve e amigável, disse:

— Olá. Está brincando com o cortador de açúcar?

— É isso que é? Um cortador de açúcar?

— Sim. Um cortador ou martelo de açúcar, não sei qual é exatamente o termo certo. É bastante divertido, não é? Tão infantil com o passarinho no topo.

Poirot girou o instrumento nas mãos com cuidado. Feito de latão bem-ornamentado, tinha o formato de uma enxó, pesado, com uma lâmina afiada. Cravejado aqui e ali com pedras coloridas, azul-claro e vermelho. No topo, um passarinho frívolo com olhos turquesa.

— Coisa adorável para matar alguém, não? — disse Maureen em tom de conversa.

Ela tomou o objeto da mão dele e desferiu um golpe assassino no espaço vazio.

— Assustadoramente fácil — disse ela. — Como era mesmo aquele pedacinho de Idílios do Rei? *"Assim como Mark, disse ele, e abriu-lhe a cabeça!"* É possível rachar a cabeça de qualquer pessoa com isso, não?

Poirot olhou para ela. Seu rosto sardento estava sereno e alegre.

— Eu já avisei a Johnnie o que acontecerá com ele se eu ficar farta dele — disse ela. — Eu chamo isso de melhor amigo da esposa!

Ela riu, largou o martelo de açúcar e voltou-se para a porta.

— Por que vim aqui? — meditou. — Não consigo me lembrar... Droga! É melhor eu ir ver se aquela sobremesa precisa de mais água na panela.

A voz de Poirot a parou antes que ela chegasse à porta.

— Você trouxe isso da Índia, talvez?

— Oh, não — disse Maureen. — Consegui no T e C do Natal.

— T e C? — Poirot ficou intrigado.

— Traga e Compre — explicou Maureen com desenvoltura. — Na paróquia. Você leva coisas que não quer e, com elas, consegue comprar algo. Algo não muito assustador, se você conseguir encontrar. Claro que praticamente nunca há nada que você realmente queira. Eu peguei isso e aquela cafeteira. Gosto do bico da cafeteira e gostei do passarinho no martelo.

A cafeteira era pequena, de cobre batido. Tinha um grande bico curvo que fazia Poirot se lembrar de alguma coisa.

— Acho que essas peças vêm de Bagdá — disse Maureen. — Pelo menos acho que foi isso que os Wetherby disseram. Ou pode ter sido da Pérsia.

— Foi da casa dos Wetherby, então?

— Sim. Eles têm uma enorme quantidade de porcarias. Eu *tenho* que ir. A sobremesa.

Ela saiu. A porta bateu. Poirot pegou o cortador de açúcar novamente e o levou até a janela.

Havia fracas descolorações na borda, muito fracas. Poirot acenou com a cabeça.

Hesitou por um momento, depois carregou o martelo de açúcar para fora da sala e subiu para o quarto. Lá, ele o embalou cuidadosamente em uma caixa, embrulhou-a com capricho em papel e barbante e, descendo as escadas novamente, saiu do recinto.

Não achou que alguém notaria o desaparecimento do cortador de açúcar. Não era uma casa arrumada.

III

Em Laburnums, a colaboração seguia seu curso difícil.

— Mas eu realmente não acho certo torná-lo vegetariano, querida — opunha-se Robin. — Muito modesto. E definitivamente nada glamoroso.

— Não posso evitar — disse Mrs. Oliver obstinadamente. — Ele *sempre* foi vegetariano. Ele usa uma pequena máquina para ralar cenouras e nabos crus.

— Mas, minha preciosa Ariadne, *por quê*?

— Como vou saber? — disse Mrs. Oliver, irritada. — Como posso saber por que pensei nesse homem revoltante? Eu devo ter ficado louca! Por que um finlandês quando não sei nada sobre a Finlândia? Por que vegetariano? Por que todos os maneirismos idiotas que ele tem? Essas coisas simplesmente *acontecem*. Você tenta algo, as pessoas parecem gostar e então você continua, e antes que saiba onde está, você tem alguém como o enlouquecedor Sven Hjerson amarrado a você para o resto da vida. E as pessoas até escrevem e dizem o quanto você deve gostar dele. Gostar dele? Se eu conhecesse aquele finlandês ossudo, magro e comedor de vegetais na vida real, eu faria um assassinato melhor do que qualquer um dos que já inventei.

Robin Upward olhou para ela com reverência.

— Sabe, Ariadne. Pode ser uma ideia maravilhosa. Um verdadeiro Sven Hjerson... e é *você* quem o mata. Você pode escrever um livro épico para ser publicado após sua morte.

— Sem chance! — disse Mrs. Oliver. — E quanto ao dinheiro? Qualquer dinheiro a ser ganho com crimes, eu o quero agora.

— Sim, sim. Não poderia estar mais de acordo com você.

O atormentado dramaturgo caminhou para cima e para baixo.

— Esta criatura chamada Ingrid está ficando bastante cansativa — disse ele. — E depois da cena do porão, que realmente vai ser maravilhosa, não vejo como vamos evitar que a próxima cena seja um anticlímax.

Mrs. Oliver ficou em silêncio. As cenas, ela sentiu, eram a dor de cabeça de Robin Upward.

Robin lançou um olhar insatisfeito para ela.

Naquela manhã, em uma de suas frequentes mudanças de humor, Mrs. Oliver não gostara de seu penteado sacudido pelo vento. Com um pincel umedecido em água, ela grudou os cachos cinzentos perto do crânio. Com a testa alta, seus óculos enormes e seu ar severo, ela se parecia para Robin cada vez mais com uma professora de escola que admirava na sua juventude. Ele estava achando cada vez mais difícil tratá-la como querida, e até vacilava com "Ariadne".

Ele disse, irritado:

— Sabe, não me sinto nem um pouco com vontade hoje. Todo aquele gim de ontem, talvez. Vamos dar uma pausa no trabalho e entrar na questão do elenco. Se pudermos pegar Denis Callory, é claro que será maravilhoso, mas ele está preso aos filmes no momento. E Jean Bellews para Ingrid seria o ideal. Ela já demonstrou querer, o que é muito bom. Eric, como eu disse, tive uma ideia inteligente para Eric. Iremos para o Pequeno Repertório esta noite, certo? E você vai me dizer o que acha de Cecil para o papel.

Mrs. Oliver concordou esperançosamente com este projeto e Robin foi telefonar.

— Pronto — disse ele voltando. — Está tudo pronto.

IV

A bela manhã não cumpriu sua promessa. As nuvens haviam se acumulado e a ameaça de chuva oprimia o dia. Enquanto Poirot caminhava por entre os densos arbustos até a porta da frente de Hunter's Close, ele decidiu que não gostaria de viver neste vale oco no sopé da colina. A própria casa fora fechada por árvores e suas paredes, sufocadas por heras. Precisava, pensou ele, de um machado de lenhador.

(O *machado*. O cortador de açúcar?)

Ele tocou a campainha e, não obtendo resposta, tentou novamente.

Foi Deirdre Henderson quem abriu a porta para ele.

Ela pareceu surpresa.

— Oh, é você — disse ela.

— Posso entrar e falar com a senhora? Eu...

— Bem, sim, suponho que sim.

Ela o conduziu até a pequena sala de estar escura onde ele havia esperado antes. No consolo da lareira, ele reconheceu o irmão grande do bulezinho de café da prateleira de Maureen. Seu bico espichado parecia dominar a pequena sala ocidental com um toque de ferocidade oriental.

— Receio que estejamos bastante chateados hoje — disse Deirdre em tom apologético. — Nossa ajudante, a garota alemã, está partindo. Ela está aqui há apenas um mês. Na verdade, parece que ela aceitou este posto para se mudar para este país porque havia alguém com quem ela queria se casar. E agora que deu tudo certo, vai partir imediatamente esta noite.

Poirot estalou a língua.

— Muito imprudente.

— É, não é? Meu padrasto diz que não é legal. Mas mesmo que não seja, se ela simplesmente for embora e se casar, não vejo o que se possa fazer a respeito. Nós nem saberíamos que ela estava indo, se eu não a tivesse encontrado arrumando as roupas. Ela teria simplesmente saído de casa sem dizer uma palavra.

— Infelizmente, é uma época em que as pessoas não têm consideração.

— Pois é — disse Deirdre, meio no modo automático. — Suponho.

Ela esfregou a testa com as costas da mão.

— Estou cansada — comentou ela. — Eu estou muito cansada.

— Sim — disse Poirot gentilmente. — Acho que você pode estar muito cansada.

— O que você queria, monsieur Poirot?

— Eu queria te perguntar sobre um cortador de açúcar.

— Um cortador de açúcar?

Seu rosto estava em branco, impassível.

— Um instrumento de latão com um pássaro e incrustado com pedras azuis, vermelhas e verdes — Poirot enunciou a descrição cuidadosamente.

— Oh, sim, eu sei.

Sua voz não demonstrou interesse ou animação.

— Estou certo em dizer que veio desta casa?

— Sim. Minha mãe comprou em um bazar em Bagdá. É uma das coisas que levamos para a venda na paróquia.

— O Traga e Compre, certo?

— Sim. Temos muitos deles aqui. É difícil fazer as pessoas darem dinheiro, mas geralmente há algo que você pode juntar e enviar.

— Então estava aqui, nesta casa, até o Natal, e então você mandou para o Traga e Compre? É isso mesmo?

Deirdre franziu a testa.

— Não para o Traga e Compre do Natal. Para o anterior. O do Festival da Colheita.

— O Festival da Colheita... Isso seria... quando? Outubro? Setembro?

— Final de setembro.

O pequeno cômodo estava quieto. Poirot olhou para a garota e ela encarou-o. Seu rosto estava suave, inexpressivo, desinteressado. Atrás da parede vazia de sua apatia, ele tentou adivinhar o que estava acontecendo. Nada, talvez. Talvez ela estivesse, como ela disse, apenas cansada...

Ele disse, baixinho, com urgência:

— Você tem certeza de que foi no Festival da Colheita? Não foi no Natal?

— Tenho certeza.

Seus olhos firmes, sem piscar.

Hercule Poirot esperou. Mais um pouco...

Mas o que ele aguardava não se revelou.

Então ele disse formalmente:

— Não devo prendê-la mais, mademoiselle.

Ela acompanhou-o até a porta da frente, e ele desceu pelo caminho novamente.

Duas afirmações divergentes. Declarações que não poderiam ser reconciliadas.

Quem estava certa? Maureen Summerhayes ou Deirdre Henderson?

146   · AGATHA CHRISTIE ·

Se o cortador de açúcar tivesse sido usado como ele acreditava, a questão era vital. O Festival da Colheita foi no final de setembro. Entre setembro e o Natal, em 22 de novembro, Mrs. McGinty foi morta. De quem era o cortador de açúcar na época? Ele foi até a agência de correio. Mrs. Sweetiman fora sempre prestativa e dava o melhor de si. Ela havia estado nos dois bazares, disse. Ela sempre comparecia. Dá para conseguir coisas boas lá. Ela também ajudava na organização de antemão. Embora a maioria das pessoas levasse objetos na hora e não os enviasse com antecedência.

Um martelo feito de latão, mais parecido com um machado, com pedras coloridas e um passarinho? Não, ela não conseguia se lembrar bem. Havia tantas coisas e tanta confusão e algumas coisas foram agarradas de imediato. Bem, talvez ela se lembrasse de algo assim, custava cinco xelins antes, e com um bule de cobre, mas o bule tinha um buraco no fundo, impossível de usar, servia apenas como enfeite. Mas ela não conseguia se lembrar quando foi... algum tempo atrás. Pode ter sido no Natal, pode ter sido antes. Ela não tinha notado...

Ela aceitou o pacote de Poirot. Registrado? Sim.

Copiou o endereço; ele percebeu apenas um lampejo agudo de interesse em seus olhos castanhos penetrantes quando ela lhe entregou o recibo.

Hercule Poirot subiu lentamente a colina, pensando consigo mesmo.

Das duas, Maureen Summerhayes, desmiolada, alegre, imprecisa, era a mais provável de estar errada. Colheita ou Natal, para ela dava tudo no mesmo.

Deirdre Henderson, lenta, desajeitada, tinha muito mais probabilidade de ser precisa na identificação de horas e datas.

No entanto, permanecia aquela pergunta irritante.

Por que, depois de suas perguntas, ela não perguntou *por que ele queria saber*? Certamente uma pergunta natural, quase inevitável?

Mas Deirdre Henderson não o fez.

· A MORTE DE MRS. MCGINTY ·

Capítulo 15

I

— Alguém ligou para você — disse Maureen da cozinha quando Poirot entrou na casa.

— Ligou? Quem era? — Ele ficou um pouco surpreso.

— Não sei, mas anotei o número na agenda.

— Obrigado, madame.

Ele foi até a escrivaninha na sala de jantar. Entre a pilha de papéis, encontrou a agenda perto do telefone e as palavras "Kilchester 350".

Levantando o receptor do telefone, ele discou o número. Imediatamente, uma voz de mulher disse:

— Breather e Scuttle.

Poirot deu um palpite rápido.

— Posso falar com Miss Maude Williams?

Houve um intervalo de momento e, em seguida, uma voz de contralto disse:

— Miss Williams falando.

— Aqui é Hercule Poirot. Acho que você me ligou.

— Sim, sim, liguei. É sobre a propriedade que você estava perguntando outro dia.

— A propriedade? — Por um momento Poirot ficou intrigado. Então percebeu que a conversa de Maude estava sendo ouvida. Provavelmente ela havia telefonado para ele antes, quando estava sozinha no escritório.

— Compreendo, eu acho. É o caso de James Bentley e de Mrs. McGinty.

— Isso mesmo. Podemos fazer algo nesse sentido pelo senhor?

— Você quer ajudar, mas não tem como falar agora?

— Isso mesmo.

— Eu entendo. Ouça com atenção. Você realmente quer ajudar James Bentley?

— Sim.

— Você renunciaria ao seu cargo atual?

Não houve hesitação:

— Sim.

— Você estaria disposta a assumir um cargo doméstico? Possivelmente com pessoas não muito agradáveis?

— Sim.

— Você poderia sair logo daí? Amanhã, por exemplo?

— Oh, sim, monsieur Poirot. Acho que isso poderia ser resolvido.

— Você entende o que eu quero que faça. Você seria uma empregada doméstica... para morar. Sabe cozinhar?

Uma leve diversão tingiu a voz.

— Muito bem.

— *Bon Dieu*, que raridade! Agora ouça, estou entrando em Kilchester imediatamente. Eu vou te encontrar no mesmo café onde a conheci antes, na hora do almoço.

— Sim, com certeza.

Poirot desligou.

"Uma jovem admirável", refletiu ele. "Perspicaz, sabe o que quer. Talvez, até mesmo, saiba cozinhar..."

Com alguma dificuldade, ele desencavou o catálogo de telefones local debaixo de um tratado sobre criação de porcos e procurou o número dos Wetherby.

A voz que respondeu foi a de Mrs. Wetherby.

— Alô? Alô? É o monsieur Poirot. Lembra de mim, madame?

— Acho que não.

— Monsieur Hercule Poirot.

— Oh, sim, claro, me perdoe. Tive uma chateação doméstica hoje...

— É exatamente por esse motivo que telefonei para você. Estou desolado ao saber de suas dificuldades.

— Tão ingratas essas garotas estrangeiras. A passagem dela pra cá foi paga e tudo mais. Eu odeio ingratidão.

— Sim, sim. Eu realmente me solidarizo com isso. É monstruoso e é por isso que me apresso em dizer que tenho, talvez, uma solução. Por mero acaso, conheço uma jovem que deseja um cargo doméstico. Temo que não esteja totalmente treinada.

— Oh, não existe treinamento hoje em dia. Será que ela cozinha? Muitas não sabem.

— Sim, sim, ela cozinha. Devo então mandá-la para você pelo menos para um julgamento? O nome dela é Maude Williams.

— Oh, por favor, monsieur Poirot. É muito gentil de sua parte. Qualquer coisa seria melhor do que nada. Meu marido é meticuloso e fica muito irritado com a querida Deirdre quando a casa não vai bem. Não se pode esperar que os homens entendam como tudo é difícil hoje em dia, eu...

Houve uma interrupção. Mrs. Wetherby falou com alguém que entrava na sala e, embora tivesse colocado a mão sobre o fone, Poirot pôde ouvir suas palavras ligeiramente abafadas.

— É aquele sujeito detetive. Conhece alguém que vai substituir Frieda. Não, não é estrangeira, inglesa, graças a Deus. Muito gentil da parte dele, realmente, ele parece bastante preocupado comigo. Oh, querida, não faça objeções. Que *importa*? Você conhece o jeito absurdo de Roger agir. Bem, eu acho que é muito gentil e não acho que ela seja tão horrível.

Terminados os apartes, Mrs. Wetherby falou com a maior gentileza.

— Muito obrigada, monsieur Poirot. Estamos muito gratos.

Poirot recolocou o fone no gancho e olhou para o relógio. Então foi para a cozinha.

— Madame, não irei almoçar. Preciso ir para Kilchester.

— Graças a Deus — disse Maureen. — Não cheguei naquela sobremesa a tempo. Ela ferveu até secar. Acho que está tudo bem. Apenas um pouco chamuscada, talvez. Para o caso de ter um gosto desagradável, pensei em abrir uma garrafa daquelas framboesas que coloquei em conservas no verão passado. Parecem um pouco mofadas por cima, mas dizem hoje em dia que isso não importa. É realmente muito bom para a saúde, praticamente penicilina.

Poirot saiu da casa feliz porque sobremesa chamuscada e quase penicilina não seriam sua porção do dia. Era melhor, muito melhor, comer macarrão com creme e ameixas no Gato Azul do que as improvisações de Maureen Summerhayes.

II

Em Laburnums, um leve atrito havia se levantado.

— Claro, Robin, você parece nunca se lembrar de nada quando está trabalhando em uma peça.

Robin estava contrito.

— Madre, sinto muitíssimo. Esqueci completamente que era a noite de folga de Janet.

— Não interessa — disse Mrs. Upward friamente.

— Claro que interessa. Vou telefonar para o Repertório e direi para marcar para amanhã à noite.

— Você não vai fazer nada disso. Você combinou de ir hoje à noite e irá.

— Mas realmente...

— Está resolvido.

— Quer que eu peça a Janet para trocar a folga?

— É claro que *não*. Ela odeia ter seus planos desarrumados.

— Tenho certeza de que ela não se importaria. Se eu for falar com ela...

— Você não vai fazer nada disso, Robin. Por favor, não incomode a Janet. E não fale mais sobre isso. Não gosto de sentir que sou uma velha cansativa, estragando o prazer dos outros.

— Minha querida Madre...

— Já basta. Vá e divirta-se. Eu sei a quem vou pedir para me fazer companhia.

— Quem?

— É segredo — disse Mrs. Upward, seu bom humor restaurado. — Agora pare de se preocupar, Robin.

— Vou ligar para Shelagh Rendell e...

— Eu mesma faço meu próprio telefonema, obrigada. Está tudo resolvido. Faça o café antes de ir e deixe-o na cafeteira pronto para ligar. Ah, e você também pode colocar uma xícara extra, caso eu tenha uma visita.

Capítulo 16

Sentado para almoçar no Gato Azul, Poirot terminou de delinear suas instruções para Maude Williams.

— Então você entende o que precisa procurar?

Maude Williams assentiu.

— Acertou as coisas com seu escritório?

Ela riu.

— Minha tia está gravemente doente! Mandei um telegrama para mim mesma.

— Ótimo. Tenho mais uma coisa a dizer. Em algum lugar, naquela aldeia, temos um assassino à solta. Isso não é uma coisa muito segura de se ter.

— Está me deixando avisada?

— Sim.

— Posso cuidar de mim mesma — disse Maude Williams.

— Isso poderia entrar para a lista das Famosas Últimas Palavras — disse Hercule Poirot.

Ela riu de novo, uma risada franca e divertida. Uma ou duas cabeças nas mesas próximas se viraram para olhar para ela.

Poirot percebeu que a avaliava com cuidado. Uma jovem forte e confiante, cheia de vitalidade, tensa e ansiosa para tentar uma tarefa perigosa. Por quê? Ele pensou novamente em James Bentley, sua voz gentil e derrotada, sua apatia sem vida. A natureza era realmente curiosa e interessante.

Maude disse:

— Você está me *pedindo* para fazer isso, não é? Por que então de repente tentar me desencorajar?

— Porque se alguém oferece uma missão, deve ser exato sobre o que ela envolve.

— Não acho que corro perigo — disse Maude com segurança.

— Acho que não no momento. Você é desconhecida em Broadhinny?

Maude considerou.

— S-sim, acredito que sim.

— Já esteve lá?

— Uma ou duas vezes, pela empresa, é claro. Apenas uma vez recentemente, há cerca de cinco meses.

— Quem você viu? Aonde você foi?

— Fui ver uma senhora, Mrs. Carstairs ou Carlisle, não consigo lembrar o nome dela com certeza. Ela estava comprando uma pequena propriedade perto daqui, e eu fui vê-la com alguns papéis e algumas perguntas e um relatório do superintendente que conseguimos para ela. Ela estava na pensão onde você está.

— Long Meadows?

— Isso. Casa de aparência desconfortável com muitos cachorros.

Poirot concordou com a cabeça.

— Você viu Mrs. Summerhayes ou o Major Summerhayes?

— Eu vi Mrs. Summerhayes, suponho que sim. Ela me levou até o quarto. A gata velha estava de cama.

— Será que Mrs. Summerhayes se lembra de você?

— Acho que não. Mesmo se ela lembrasse, não importaria, não é? Afinal, uma pessoa muda de emprego com bastante frequência nos dias de hoje. Mas acho que ela nem olhou para mim. Não é do tipo que repara em ninguém.

Havia uma leve amargura na voz de Maude Williams.

— Você viu mais alguém em Broadhinny?

Maude disse meio sem jeito:

— Bem, vi Mr. Bentley.

— Ah, Mr. Bentley. Por acidente.

Maude se contorceu um pouco na cadeira.

— Não, na verdade, enviei a ele um postal lhe dizendo que eu iria naquele dia. Perguntei a ele se me encontraria de fato. Não que houvesse algum lugar para ir. Buraquinho morto. Nenhum café ou cinema ou qualquer coisa. Na verdade, acabamos nos falando no ponto de ônibus. Enquanto esperava meu ônibus de volta.

— Isso foi antes da morte de Mrs. McGinty?

— Sim. Mas não muito antes. Porque foi apenas alguns dias depois que saiu em todos os jornais.

— Mr. Bentley falou com você sobre a senhoria dele?

— Acho que não.

— E você não falou com mais ninguém em Broadhinny?

— Bem, apenas com Mr. Robin Upward. Eu o ouvi falar no rádio. Eu o vi saindo de seu chalé e o reconheci pelas fotos. Pedi um autógrafo a ele.

— E ele autografou?

— Oh, sim, ele foi muito bacana. Eu não estava com meu livro, mas consegui uma folha de papel e ele autografou na mesma hora com uma caneta-tinteiro.

— Você conhece alguma das outras pessoas em Broadhinny de vista?

— Bem, eu conheço os Carpenter, é claro. Eles sempre estão em Kilchester. Eles têm um carro lindo e ela usa roupas lindas. Ela abriu um bazar há cerca de um mês. Dizem que ele será nosso próximo Membro do Parlamento.

Poirot concordou com a cabeça. Em seguida, tirou do bolso o envelope que sempre carregava consigo. Ele espalhou as quatro fotos sobre a mesa.

— Você reconhece alguma dessas... Qual é o problema?

— Era Mr. Scuttle. Saiu pela porta. Espero que ele não tenha visto você comigo. Pode parecer um pouco estranho. As pessoas estão falando sobre você, sabe. Dizendo que você foi mandado de Paris, da Surtê ou algum nome assim.

— Eu sou belga, não francês, mas não importa.

— Qual o lance com essas fotos? — Ela se abaixou, estudando-as de perto. — Meio antiquadas, não?

— A mais velha tem 30 anos.

— Parecem muito bobas, roupas de antigamente. Fazem as mulheres parecerem tão idiotas.

— Você já viu alguma delas antes?

— Você quer dizer se eu reconheço alguma dessas mulheres ou se eu já vi essas fotos antes?

— Qualquer coisa.

— Acho que já vi essa. — Seu dedo pousou em Janice Courtland com seu chapeuzinho em forma de sino. — Em um jornal ou outro, mas não lembro quando. Essa garota também parece um pouco familiar. Mas não lembro quando as vi; algum tempo atrás.

— Todas essas fotos apareceram no *Sunday Comet* no domingo antes da morte de Mrs. McGinty.

Maude olhou para ele com severidade.

— E elas têm algo a ver com isso? É por isso que você quer que eu...

Ela não terminou a frase.

— Sim — respondeu Hercule Poirot. — Por isso.

Ele tirou outra coisa do bolso e mostrou a ela. O recorte do *Sunday Comet.*

— É melhor você ler isso — disse ele.

Ela leu com atenção. Sua cabeça dourada e brilhante se curvou sobre o pedaço frágil de jornal.

Então ela ergueu os olhos.

— Então é isso que elas são? E ler isso lhe deu ideias?

— Você não poderia expressar isso de forma mais justa.

— Mesmo assim, eu não vejo... — Ela ficou em silêncio por um momento, pensando. Poirot não falou. Por mais satisfeito que pudesse estar com suas próprias ideias, ele sempre estava pronto para ouvir as ideias de outras pessoas também.

— Acha que uma dessas pessoas está em Broadhinny?

— Pode ser, não é?

— Claro. Qualquer um pode estar em qualquer lugar... — ela continuou, colocando o dedo no rosto bonito e afetado de Eva Kane: — Ela estaria bem velha agora, mais ou menos a idade de Mrs. Upward.

— Por aí.

— O que eu estava pensando era... O tipo de mulher que ela era... Deve haver várias pessoas que gostariam de vê-la sofrer.

— Esse é um ponto de vista — disse Poirot lentamente.

— Sim, é um ponto de vista. — Ele acrescentou: — Você se lembra do Caso Craig?

— Quem não lembra? — disse Maude Williams. — Ora, ele está no Museu de Cera de Madame Tussauds! Eu era criança na época, mas os jornais estão sempre trazendo-o à tona e comparando-o com outros casos. Eu não suponho que algum dia será esquecido, certo?

Poirot ergueu bruscamente a cabeça.

Ele se perguntou o que trouxe aquela nota súbita de amargura em sua voz.

Capítulo 17

Sentindo-se completamente perplexa, Mrs. Oliver estava se esforçando para se encolher no canto de um minúsculo camarim de teatro. Não sendo uma figura que pudesse se encolher, ela apenas conseguia sobressair. Jovens brilhantes, removendo a tinta graxa com toalhas, rodeavam-na e, a intervalos, empurravam-lhe cerveja morna.

Mrs. Upward, seu bom humor completamente restaurado, acelerou sua partida com votos de boa sorte, Robin tinha sido assíduo em fazer todos os arranjos para seu conforto antes da partida, correndo algumas vezes depois que eles estavam no carro para ver se tudo estava como deveria estar.

Na última ocasião, ele voltou sorrindo.

— Madre estava apenas desligando o telefone, e a velha maldosa ainda não me disse para quem estava ligando. Mas aposto que sei.

— Eu também sei — disse Mrs. Oliver.

— Bem, quem você diria?

— Hercule Poirot.

— Sim, esse é meu palpite também. Ela vai sondá-lo, Madre gosta de ter seus segredinhos, não é? Agora, querida, sobre a peça esta noite. É muito importante que você me diga honestamente o que pensa de Cecil, e se ele é sua ideia de Eric...

Inútil dizer, Cecil Leech não era absolutamente a ideia que Mrs. Oliver fazia de Eric. Ninguém, francamente, podia ser mais diferente. Da peça em si ela gostara, mas aquela provação de "dar uma volta pelos bastidores" tinha mesmo os seus horrores costumeiros.

Robin, é claro, estava à vontade. Ele encostara Cecil (pelo menos Mrs. Oliver pensava que fosse Cecil) contra a parede e estava falando pelos cotovelos. Mrs. Oliver ficara horrorizada com Cecil e preferiu mil vezes alguém chamado Michael, que estava falando afavelmente com ela no momento. Michael, pelo menos, não esperava reciprocidade — para falar a verdade, Michael parecia preferir o monólogo. Alguém chamado Peter fez incursões ocasionais na conversa, mas, no geral, tudo se resumiu a um fluxo de malícia divertida da parte de Michael.

— Foi um amor da parte do Robin — dizia ele. — Temos insistido para que ele venha e assista ao show. Mas é claro que ele está completamente sob o domínio daquela mulher terrível, não é? O próprio "dama de companhia". E realmente Robin é brilhante, você não acha? Muito brilhante. Ele não deve ser sacrificado em um altar matriarcal. Mulheres podem ser horríveis, não podem? Sabe o que ela fez com o pobre Alex Roscoff? Estava completamente apaixonada por quase um ano e então descobriu que ele não era muito bem um emigrante russo. Claro que ele estava contando a ela algumas histórias da carochinha, mas bastante divertidas, e todos nós sabíamos que não era verdade, mas afinal por que alguém deveria se importar? E então, quando ela descobriu que ele era apenas o filho de um pequeno alfaiate do East End, ela o largou, minha querida. Quer dizer, eu odeio gente esnobe. Realmente, Alex estava grato por se afastar dela. Ele disse que às vezes ela podia ser bastante assustadora, um pouco esquisita da cabeça, ele pensou. Suas fúrias! Robin, querido, estamos falando sobre sua maravilhosa Madre. Uma pena que ela não pôde vir esta noite.

Mas é maravilhoso ter Mrs. Oliver conosco. Todos aqueles crimes deliciosos.

Um homem idoso com uma voz grave agarrou a mão de Mrs. Oliver e segurou-a com um aperto quente e pegajoso.

— Como posso lhe agradecer? — disse ele em tom de profunda melancolia. — Você salvou minha vida muitas vezes.

Então todos eles saíram para o ar fresco da noite e foram até o Pony's Head, onde havia mais bebidas e mais conversa de palco.

No momento em que Mrs. Oliver e Robin voltavam para casa, Mrs. Oliver estava bastante exausta. Ela se recostou e fechou os olhos. Robin, por outro lado, falava sem parar.

— ... e você acha que pode ser uma ideia, não é? — Ele finalmente terminou.

— O quê?

Mrs. Oliver abriu os olhos.

Ela havia se perdido em um sonho nostálgico de casa. Paredes cobertas de pássaros exóticos e folhagens. Sua mesa de trabalho, seu datilógrafo, café preto, maçãs por toda parte... Que felicidade, que felicidade gloriosa e solitária! Que erro para um autor emergir de sua fortaleza secreta. Os autores eram criaturas tímidas e impassíveis, compensando sua falta de aptidão social ao inventarem seus próprios companheiros e conversas.

— Receio que esteja cansada — disse Robin.

— Não tanto. A verdade é que não sou muito boa em lidar com pessoas.

— Eu adoro as pessoas. Você não? — perguntou Robin, feliz.

— Não — disse Mrs. Oliver com firmeza.

— Mas deveria. Olhe só para todas as pessoas em seus livros.

— É diferente. Eu acho que as árvores são muito melhores do que as pessoas, mais sossegadas.

— Eu preciso de pessoas — disse Robin, afirmando um fato óbvio. — Elas me estimulam.

Ele parou no portão de Laburnums.

— Entre — disse ele. — Vou guardar o carro.

Mrs. Oliver saltou com a dificuldade de costume e subiu o caminho.

— A porta não está trancada — avisou Robin.

Não estava. Mrs. Oliver empurrou a porta e entrou. Não havia luzes acesas, o que lhe pareceu bastante desagradável por parte da anfitriã. Ou talvez fosse economia? Os ricos costumavam ser econômicos. Havia um cheiro de perfume no corredor, algo bastante exótico e caro. Por um momento, Mrs. Oliver se perguntou se estava na casa certa, então ela encontrou o interruptor de luz e o pressionou.

A luz brilhou no corredor quadrado com vigas de carvalho. A porta da sala de estar estava entreaberta e ela avistou um pé e uma perna. Afinal, Mrs. Upward não tinha ido para a cama. Ela devia ter adormecido na cadeira e, como não havia luzes acesas, devia estar dormindo há muito tempo.

Mrs. Oliver foi até a porta e acendeu as luzes da sala.

— Estamos de volta — ela começou e depois parou.

Sua mão subiu para a garganta, onde sentiu um nó apertado, uma vontade de gritar mesmo sem conseguir.

Sua voz saiu em um sussurro:

— Robin, Robin...

Demorou algum tempo até que ela o ouviu subindo a trilha, assobiando, e então ela se virou rapidamente e correu para encontrá-lo no corredor.

— Não entre aqui, não entre. Sua mãe... ela... ela está morta... Eu acho... que ela foi assassinada.

Capítulo 18

I

— Um trabalho bem-feito — disse o Superintendente Spence. Seu rosto vermelho de camponês lembrava raiva. Ele olhou para onde Hercule Poirot se sentava, ouvindo gravemente.

— Bem-feito e feio — disse ele. — Ela foi estrangulada — continuou ele. — Lenço de seda. Um de seus próprios lenços de seda, um que ela estava usando naquele dia. Apenas passado em volta do pescoço com as pontas cruzadas... e puxado. Limpo, rápido e eficiente. Os tugues faziam assim na Índia. A vítima não luta ou grita, pressão na artéria carótida.

— Conhecimento especial?

— Talvez, mas não necessariamente. Se você estava pensando em fazer isso, poderia ler sobre o assunto. Não há dificuldade prática. Especialmente com a vítima bastante insuspeita.

Poirot concordou com a cabeça.

— Algum conhecido dela.

— Sim. Tomaram café juntos, uma xícara em frente a ela e outra em frente à... visita. As impressões digitais foram limpas da xícara da convidada com muito cuidado, mas batom é mais difícil, ainda havia leves traços de batom.

— Uma mulher, então?

— Você esperava uma mulher, não esperava?

— Oh, sim. Sim, isso foi indicado.

Spence continuou:

— Mrs. Upward reconheceu uma daquelas fotos, a fotografia de Lily Gamboll. Então, está relacionado ao assassinato de McGinty.

— Sim — disse Poirot. — Está ligado ao assassinato de McGinty.

Ele se lembrou da expressão ligeiramente divertida de Mrs. Upward enquanto ela dissera:

Mrs. McGinty está morta. Como foi que ela morreu? Esticando o pescoço assim como eu!

Spence dizia:

— Ela aproveitou uma boa oportunidade. O filho e Mrs. Oliver estavam indo para o teatro. Ela ligou para a pessoa em questão e pediu que ela fosse visitá-la. É assim que você descobre? Ela estava brincando de detetive.

— Algo parecido. Curiosidade. Ela manteve seu conhecimento para si mesma, mas queria descobrir mais. Ela não percebeu que o que estava fazendo poderia ser perigoso. — Poirot suspirou. — Tantas pessoas pensam no crime como um jogo. Não é um jogo. Eu disse isso a ela. Mas ela não quis ouvir.

— Não, nós sabemos disso. Bem, isso se encaixa muito bem. Quando o jovem Robin saiu com Mrs. Oliver e voltou correndo para casa, sua mãe acabara de telefonar para alguém. Ela não diria a quem. Quis bancar a misteriosa. Robin e Mrs. Oliver acharam que poderia ter sido *você*.

— Quem me dera — disse Hercule Poirot. — Você não tem ideia de para quem ela telefonou?

— Absolutamente nenhuma. É tudo automático aqui, você sabe.

— A empregada não poderia ajudar de forma alguma?

— Não. Ela chegou por volta das 22h30. Ela tem a chave da porta dos fundos. Foi direto para seu próprio quarto, que dá para a cozinha, e foi para a cama. A casa estava às escuras e ela presumiu que Mrs. Upward tivesse ido para a cama e que os outros ainda não haviam retornado.

Spence adicionou:

— Ela também é surda e um tanto rabugenta. Percebe muito pouco o que está acontecendo, e imagino que trabalhe o menos possível com o máximo de resmungos possível.

— Então ela não é antiga aqui?

— Ah, não! Ela está com os Upward há apenas alguns anos.

Um policial enfiou a cabeça pela porta.

— Há uma jovem para vê-lo, senhor — disse ele. — Diz que há algo que talvez você deva saber. Sobre a noite passada.

— Sobre a noite passada? Mande-a entrar.

Deirdre Henderson entrou. Aparentava a palidez e tensão de sempre, um tanto estranha.

— Pensei que talvez fosse melhor vir — disse ela. — Se eu não estiver interrompendo ou algo assim — acrescentou, desculpando-se.

— De forma alguma, Miss Henderson.

Spence se levantou e empurrou uma cadeira. Ela sentou-se diretamente em um jeito desajeitado de uma colegial.

— Algo sobre a noite passada? — disse Spence encorajadoramente. — Sobre Mrs. Upward, você quer dizer?

— Sim, é verdade, não é, que ela foi assassinada? Quer dizer, o carteiro disse isso e o padeiro também. Minha mãe disse que é claro que não podia ser verdade... — Ela parou.

— Receio que sua mãe não esteja certa. É verdade. Agora, você queria fazer um... nos dizer algo?

Deirdre acenou com a cabeça.

— Sim — disse ela. — O senhor vê, *eu* estive lá.

Um outro ar perpassou as maneiras de Spence. Foi, talvez, ainda mais suave, mas com uma dureza oficial subjacente.

— Você esteve lá — disse ele. — Em Laburnums. Em que momento?

— Não sei exatamente — disse Deirdre. — Entre 20h30 e 21 horas, suponho. Provavelmente quase 21 horas. Depois do jantar, pelo menos. Veja, ela telefonou para mim.

— Mrs. Upward telefonou para você?

— Sim. Disse que Robin e Mrs. Oliver estavam indo ao teatro em Cullenquay e que ela ficaria sozinha e que eu deveria tomar um café com ela.

— E você foi?

— Sim.

— E você... tomou café com ela?

Deirdre balançou a cabeça.

— Não, cheguei lá e bati. Mas não houve resposta. Então abri a porta e fui para o corredor. Estava bastante escuro e eu vi de fora que não havia luz na sala de estar. Então, fiquei confusa. Chamei Mrs. Upward uma ou duas vezes, mas ninguém respondeu. Então pensei que deveria haver algum engano.

— Que erro você achou que poderia ter havido?

— Pensei que talvez ela tivesse ido ao teatro com eles, afinal.

— Sem lhe avisar?

— Isso parecia estranho.

— Você não conseguiu pensar em nenhuma outra explicação?

— Bem, pensei que talvez Frieda pudesse ter se confundido com a mensagem original. Ela entende errado as coisas às vezes. É estrangeira. Ela também estava animada ontem à noite porque estava indo embora.

— O que você fez, Miss Henderson?

— Fui embora.

— De volta para casa?

— Sim, bom, fui dar uma caminhada primeiro. Foi muito bom.

Spence ficou em silêncio por um ou dois momentos, olhando para ela. Ele estava olhando, Poirot notou, para a boca dela. Logo depois, levantou-se e disse rapidamente:

— Bem, obrigado, Miss Henderson. Você estava certa em vir e nos contar isso. Estamos muito gratos a você.

Ele se levantou e apertou a mão dela.

— Achei que deveria — disse Deirdre. — Mamãe não queria que eu viesse.

— Ela não queria?

— Mas pensei que seria melhor.

— Teve razão.

Ele a acompanhou e voltou.

Ele se sentou, tamborilou na mesa e olhou para Poirot.

— Sem batom — disse ele. — Ou seria só porque ainda está de manhã?

— Não, não é apenas porque é de manhã. Ela nunca usa.

— Isso é estranho, hoje em dia, não é?

— Ela é uma moça esquisita, subdesenvolvida.

— E não usa perfume, pelo que pude sentir. Aquela Mrs. Oliver disse que havia um cheiro distinto de perfume. Um cheiro caro na casa ontem à noite, foi o que ela disse. Robin Upward confirma isso. Não era nenhum perfume que sua mãe usava.

— Essa garota não usaria perfume, eu acho — comentou Poirot.

— Concordo — disse Spence. — Parece um pouco com uma capitã de hóquei de uma escola feminina antiquada, mas ela deve ter quase 30 anos, devo dizer.

— Exatamente isso.

— Desenvolvimento interrompido, você diria?

Poirot considerou. Então ele disse que não era tão simples assim.

— Não se encaixa — disse Spence, franzindo a testa. — Sem batom, sem perfume. E como ela tem uma mãe perfeitamente boa, e a mãe de Lily Gamboll foi morta em uma briga de bêbados em Cardiff quando Lily Gamboll tinha 9 anos, não vejo como ela pode ser Lily Gamboll. *Mas...* Mrs. Upward telefonou para ela ir lá ontem à noite, não há como escapar disso. — Ele esfregou o nariz. — Não é muito simples de entender.

— E quanto às evidências médicas?

— Nada ajuda muito. Tudo o que o médico da polícia vai dizer com certeza é que ela provavelmente estava morta por volta das 21h30.

— Então ela poderia estar morta quando Deirdre Henderson foi a Laburnums?

— Provavelmente estava, se a garota estiver falando a verdade. Ou ela está falando a verdade, ou então está muito comprometida. A mãe não queria que ela viesse até nós, disse ela. Tem alguma coisa aí?

Poirot considerou.

— Não particularmente. É o que a mãe diria. Ela é o tipo que evita coisas desagradáveis, sabe?

Spence suspirou.

— Então, temos Deirdre Henderson no local. Ou então alguém que chegou lá antes de Deirdre Henderson. Uma mulher. Uma mulher que usava batom e perfume caro.

Poirot murmurou:

— Você vai investigar...

Spence interrompeu-o.

— Estou investigando! Por enquanto, com muito tato. Não queremos alarmar ninguém. O que Eve Carpenter estava fazendo ontem à noite? O que Shelagh Rendell estava fazendo ontem à noite? Aposto dez contra um que elas estavam em casa. Carpenter, eu sei, teve uma reunião política.

— Eve — disse Poirot pensativamente. — A moda nos nomes muda, não é? Quase nunca, hoje em dia, você ouve falar de uma Eva. Desapareceu. Mas Eve é popular.

— Ela pode pagar por um perfume caro — disse Spence, seguindo sua própria linha de pensamento.

Ele suspirou.

— Precisamos saber mais sobre a história dela. É tão conveniente ser uma viúva de guerra. Você pode aparecer em qualquer lugar parecendo patética e lamentando por algum jovem e corajoso aviador. Ninguém vai querer fazer muitas perguntas.

Ele se voltou para outro assunto.

— Aquele martelo de açúcar ou sei lá o que que você mandou... acho que acertou no alvo. É a arma usada no assassinato de McGinty. O médico concorda que é exatamente adequado para o tipo de golpe. E havia sangue nele. Foi lavado, é claro, mas eles não percebem hoje em dia que uma quantidade microscópica de sangue vai dar uma reação com os reagentes mais recentes. Sim, é sangue humano, certo. E isso novamente está ligado aos Wetherby e à garota Henderson. Ou não?

— Deirdre Henderson foi bastante definitiva que o martelo de açúcar foi para o Traga e Compre do Festival da Colheita.

— E Mrs. Summerhayes estava igualmente certa de que foi no do Natal?

— Mrs. Summerhayes nunca tem certeza de nada — disse Poirot sombriamente. — Ela é uma pessoa encantadora, mas não tem ordem ou método em sua composição. Mas vou lhe dizer uma coisa... Eu, que já morei em Long Meadows, as portas e as janelas estão sempre abertas. Qualquer um poderia entrar, pegar algo e depois colocar de volta e nem o Major Summerhayes nem Mrs. Summerhayes notariam. Se não estiver lá um dia, ela pensa que seu marido o levou para trinchar um coelho ou para cortar lenha... e ele, ele pensaria que ela o havia levado para picar carne de cachorro. Nessa casa, ninguém usa os implementos certos. Eles apenas agarram o que está à mão e o deixam no lugar errado. E ninguém se lembra de nada. Se eu fosse viver assim, ficaria em um estado contínuo de ansiedade, mas eles... eles não parecem se importar.

Spence suspirou.

— Bem, há uma coisa boa em tudo isso: eles não vão executar James Bentley até que este negócio esteja todo esclarecido. Encaminhamos uma carta ao gabinete do Ministro do Interior. Isso nos dá o que estávamos querendo: tempo.

— Eu acho — disse Poirot — que gostaria de ver Bentley novamente, agora que sabemos um pouco mais.

II

Houve pouca mudança em James Bentley. Ele estava, talvez, um pouco mais magro, suas mãos mais inquietas. No mais, ele era a mesma criatura quieta e desesperada.

Hercule Poirot falou com cuidado. Havia algumas evidências novas. A polícia estava reabrindo o caso. Havia, portanto, esperança...

Mas James Bentley não foi atraído pela esperança. Ele disse:

— Não vai dar certo. O que mais eles podem descobrir?

— Seus amigos — disse Hercule Poirot —, estão trabalhando muito duro.

— Meus amigos? — Ele encolheu os ombros. — Eu não tenho amigos.

— Você não deveria dizer isso. Você tem, no mínimo, dois amigos.

— Dois amigos? Eu gostaria de saber quem eles são.

Seu tom não expressava nenhum desejo pela informação, apenas uma descrença cansada.

— Primeiro, há o Superintendente Spence.

— Spence? Spence? O superintendente da polícia que elaborou o caso contra mim? Isso é quase engraçado.

— Não é engraçado. É uma sorte. Spence é um policial muito astuto e meticuloso. Ele gosta de ter certeza de que encontrou o homem certo.

— Ele tem certeza disso.

— Estranhamente, ele não tem. É por isso que, como eu disse, ele é seu amigo.

— Que tipo de amigo!

Hercule Poirot esperou. Mesmo James Bentley, ele pensou, devia ter alguns atributos humanos. Mesmo James Bentley não poderia ser completamente destituído da curiosidade humana comum.

E era verdade, porque James Bentley não demorou a perguntar:

— Bem, quem é o outro?

— A outra é Maude Williams.

Bentley não pareceu reagir.

— Maude Williams? Quem é ela?

— Ela trabalhava no escritório da Breather & Scuttle.

— Oh, aquela Miss Williams.

— *Precisément*, aquela Miss Williams.

— Mas o que isso tem a ver com ela?

Houve momentos em que Hercule Poirot achava a personalidade de James Bentley tão irritante que desejava sinceramente poder acreditar que ele fosse o culpado do assassinato de Mrs. McGinty. Infelizmente, quanto mais Bentley o irritava, mais ele entendia a maneira de pensar de Spence. Ele achava cada vez mais difícil imaginar Bentley matando alguém. A atitude de James Bentley em relação ao assassinato teria sido, Poirot tinha certeza, que não seria muito bom de qualquer maneira. Se a arrogância, como Spence insistia, era uma característica dos assassinos, Bentley certamente não era um assassino.

Contendo-se, Poirot disse:

— Miss Williams se interessa por esse caso. Ela está convencida de que você é inocente.

— Não vejo o que ela pode saber sobre isso.

— Ela *conhece* você.

James Bentley piscou. Ele disse, a contragosto:

— Suponho que sim, de certa forma, mas não muito bem.

— Vocês trabalharam juntos no escritório, não é? Vocês, às vezes, faziam refeições juntos?

— Bem, sim, uma ou duas vezes. O Café Gato Azul é muito conveniente... Do outro lado da rua.

— Você nunca saiu para passear com ela?

— Na verdade, sim, uma vez. Subimos as colinas.

Hercule Poirot explodiu.

— *Ma foi*! É um crime que procuro arrancar de você? Fazer companhia a uma menina bonita não é natural? Não é agradável? Você não pode estar satisfeito consigo mesmo sobre isso?

— Não vejo por quê — disse James Bentley.

— Na sua idade, é natural e certo desfrutar da companhia de garotas.

— Eu não conheço muitas garotas.

— *Ça se voit*! Mas você deveria ter vergonha disso, não presunção! Você conheceu Miss Williams. Trabalhou e conversou com ela e às vezes fazia refeições com ela, e uma vez foi dar um passeio nas colinas. E quando eu a menciono, você nem lembra o nome dela!

James Bentley enrubesceu.

— Bem, pra você ver, eu nunca tive muito a ver com meninas. E ela não é bem o que você chamaria de uma dama, não é? Oh, muito gentil e tal, mas não posso deixar de sentir que mamãe a teria achado comum.

— Importa o que *você* pensa.

Novamente James Bentley enrubesceu.

— O cabelo dela — disse ele. — E o tipo de roupa que ela usa... Mamãe, é claro, era antiquada.

Ele se interrompeu.

— Mas você achava Miss Williams... como devo dizer... simpática?

— Ela sempre foi muito gentil — respondeu James Bentley lentamente. — Mas ela não, realmente, *entende*. A mãe dela morreu quando ela era apenas uma criança, sabe.

— E então você perdeu seu emprego — prosseguiu Poirot. — Não conseguia outro. Miss Williams encontrou você uma vez em Broadhinny, estou certo?

James Bentley parecia angustiado.

— Sim, sim. Ela estava vindo a negócios e me mandou um cartão-postal. Me pediu para encontrá-la. Não consigo imaginar por quê. Não é como se eu a conhecesse muito bem.

— Mas você a encontrou?

— Sim. Eu não queria ser rude.

— E você a levou ao cinema ou para jantar?

James Bentley parecia escandalizado.

— Ah, não. Nada desse tipo. Nós... er... acabamos conversando enquanto ela esperava o ônibus.

— Ah, como deve ter sido divertido para a pobre garota!

James Bentley disse bruscamente:

— Eu não tinha um tostão. Que tal se lembrar disso? Eu não tinha grana.

— Claro. Isso foi alguns dias antes de Mrs. McGinty ser morta, não foi?

James Bentley acenou com a cabeça. Ele disse inesperadamente:

— Sim, foi na segunda-feira. Ela foi morta na quarta-feira.

— Eu vou lhe perguntar outra coisa, Mr. Bentley. Mrs. McGinty lia o *Sunday Comet*?

— Sim.

— Você já viu o *Sunday Comet*?

— Ela costumava oferecer às vezes, mas eu não aceitava. Minha mãe não ligava para esse tipo de jornal.

— Então você não viu o *Sunday Comet* daquela semana?

— Não.

— E Mrs. McGinty não comentou a respeito ou sobre qualquer coisa do jornal?

— Oh, sim, ela falou — disse James Bentley inesperadamente. — Ela só falava disso!

— *Ah, la, la*. Só falava disso. E o que ela disse? Tome cuidado. Isso é importante.

— Não me lembro muito bem agora. Era tudo sobre um antigo caso de assassinato. Craig, acho que foi. Não, talvez não fosse Craig. De qualquer forma, ela disse que alguém ligado ao caso estava morando em Broadhinny. Falava apenas disso, ela. Eu não conseguia ver por que isso importava para ela.

— Ela disse quem estava em Broadhinny?

James Bentley disse vagamente:

— Acho que foi aquela mulher cujo filho escreve peças.

— Ela a mencionou pelo nome?

— Não, eu, realmente... Faz muito tempo.

— Eu imploro. Tente se lembrar. Você quer ser livre de novo, não é?

— Livre? — Bentley pareceu surpreso.

— Sim, livre.

— Eu, sim, suponho que sim.

— Então *pense!* *O que Mrs. McGinty disse?*

— Bem... algo como... "tão satisfeita consigo mesma e tão orgulhosa. Não há muito do que se orgulhar se tudo vier à tona". E então, "Você nunca pensaria que era a mesma mulher na fotografia". Mas é claro que foi tirada anos atrás.

— Mas o que lhe deu certeza de que ela estava falando de Mrs. Upward?

— Eu realmente não sei... Apenas tive a impressão. Ela estava falando de Mrs. Upward e então eu perdi o interesse e não ouvi, e depois... Bem, agora que voltei a pensar nisso, eu realmente não sei de quem ela estava falando. Ela falava muito.

Poirot suspirou e disse:

— Não acho que foi de Mrs. Upward que ela falou. Acho que foi outra pessoa. É absurdo refletir que, se você for enforcado, será porque não presta a devida atenção às pessoas com quem conversa... Mrs. McGinty falava muito com você sobre as casas onde ela trabalhava, ou sobre as senhoras dessas casas?

— Sim, de certa forma, mas não adianta me perguntar. Você não parece perceber, monsieur Poirot, que eu tinha minha própria vida para pensar na época. Eu estava muito ansioso.

— Não tão ansioso como está agora! Mrs. McGinty falou de Mrs. Carpenter... Bom, ela se chamava Mrs. Selkirk na época... Ou de Mrs. Rendell?

— O Carpenter tem uma casa nova no topo da colina e um carro grande, não tem? Ele estava noivo de Mrs. Selkirk. Mrs. McGinty sempre falou muito mal de Mrs. Selkirk. Não sei por quê. "Uma cavadora", era como ela costumava chamá-la. Eu não sei o que ela queria dizer com isso.

— E os Rendell?

— Ele é o médico, não é? Não me lembro dela dizendo nada em particular sobre eles.

— E os Wetherby?

— Eu me lembro do que ela disse sobre eles. "Sem paciência com seus alaridos e fantasias", foi o que ela disse. E sobre ele: "Nem uma palavra, boa ou má, da boca dele." — Ele fez uma pausa. — Ela disse que era uma casa infeliz.

Hercule Poirot ergueu os olhos. Por um segundo, a voz de James Bentley continha algo que Poirot nunca ouvira antes. Ele não estava repetindo obedientemente o que conseguia se lembrar. Sua mente, por um breve espaço, saiu da apatia. James Bentley estava pensando em Hunter's Close, na vida que passava ali, se era ou não uma casa infeliz. James Bentley estava pensando objetivamente.

Poirot disse suavemente:

— Você os conhecia? A mãe? O pai? A filha?

— Na verdade, não. Foi o cachorro. Um Sealyham. Caiu em uma armadilha. Ela não conseguia desfazer. Eu a ajudei.

Havia novamente algo novo no tom de Bentley. "Eu a ajudei", disse ele, e nessas palavras havia um leve eco de orgulho.

Poirot lembrou-se do que Mrs. Oliver lhe contara sobre sua conversa com Deirdre Henderson.

Ele disse gentilmente:

— Vocês conversaram?

— Sim. Ela... a mãe dela... sofreu muito, ela me disse. Ela gostava muito de sua mãe.

— E você contou a ela sobre a sua?

— Sim — respondeu James Bentley simplesmente.

Poirot não disse nada. Aguardou.

— A vida é muito cruel — comentou James Bentley. — Muito injusta. Algumas pessoas parecem nunca ter felicidade.

— É possível — disse Hercule Poirot.

— Não acho que ela tenha sido feliz. Miss Wetherby.

— Henderson.

— É verdade. Ela me disse que tinha um padrasto.

— Deirdre Henderson — disse Poirot. — Deirdre das Dores. Um nome bonito, mas não uma garota bonita, estou certo?

James Bentley enrubesceu.

— Eu a achava bem bonita — disse ele.

Capítulo 19

— Agora me escute — disse Mrs. Sweetiman.

Edna fungou. Já fazia algum tempo que ela ouvia Mrs. Sweetiman. Uma conversa sem esperança, girando em círculos. Mrs. Sweetiman dissera a mesma coisa várias vezes, variando um pouco a fraseologia, mas mesmo assim não muito. Edna fungou e ocasionalmente chorou e reiterou suas próprias duas contribuições para a discussão: primeiro, que ela nunca poderia! Em segundo lugar, que papai a esfolaria viva, ele o faria.

— Pode ser — disse Mrs. Sweetiman —, mas assassinato é assassinato, e o que você viu, você viu, e você não pode escapar disso.

Edna fungou.

— E o que você devia fazer...

Mrs. Sweetiman interrompeu-se e atendeu Mrs. Wetherby, que viera buscar algumas agulhas de tricô e mais um novelo de lã.

— Não a vejo há algum tempo, senhora — disse Mrs. Sweetiman com fulgor.

— Não, não tenho estado muito bem ultimamente — comentou Mrs. Wetherby. — Meu coração, sabe. — Ela suspirou profundamente. — Preciso de muito descanso.

— Ouvi dizer que você finalmente conseguiu uma ajudante — disse Mrs. Sweetiman. — Vai querer agulhas escuras para esta lã clara.

— Sim. Bastante capacitada, e não cozinha mal. Mas suas maneiras! E sua aparência! Cabelo pintado e suéteres justos muito inadequados.

— Ah — disse Mrs. Sweetiman. — As meninas não são treinadas adequadamente para o serviço hoje em dia. Minha mãe começou aos 13 anos e se levantava às quinze para as cinco todas as manhãs. Ela terminou como a principal empregada doméstica com três criadas abaixo dela. E ela as treinou adequadamente também. Mas não há nada disso hoje em dia. As meninas não são treinadas, são apenas educadas, como Edna.

As duas mulheres olharam para Edna, que se encostou no balcão do correio, cheirando e chupando uma bala de hortelã e parecendo particularmente vazia. Como exemplo de educação, ela dificilmente dava crédito ao sistema educacional.

— Que coisa terrível aconteceu com Mrs. Upward, não foi? — continuou Mrs. Sweetiman em tom de conversa, enquanto Mrs. Wetherby examinava várias agulhas coloridas.

— Terrível — disse Mrs. Wetherby. — Eles quase não ousaram me contar. E quando o fizeram, tive as palpitações mais terríveis. Eu sou tão sensível.

— Foi um choque para todos nós — disse Mrs. Sweetiman.

— Pior ainda para o jovem Mr. Upward. Ficou arrasado, foi o que a escritora disse, até que o médico lhe deu um sedativo ou algo assim. Ele foi para Long Meadows, pagando pensão, pois não aguentava mais ficar em casa, e eu não sei se o culpo. Janet Groom foi para a casa de sua sobrinha e a polícia está com a chave. A senhora que escreve os livros de assassinato voltou para Londres, mas ela virá para o inquérito.

Mrs. Sweetiman transmitiu todas essas informações com prazer. Ela se orgulhava de ser bem-informada. Mrs. Wetherby, cujo desejo por agulhas de tricô talvez tivesse sido motivado pelo desejo de saber o que estava acontecendo, pagou a compra.

— É muito perturbador — disse ela. — Isso torna toda a aldeia tão perigosa. Deve haver um maníaco por perto. Quando penso que minha querida filha saiu naquela noite, que ela mesma poderia ter sido atacada, talvez morta. — Mrs. Wetherby fechou os olhos e cambaleou. Mrs. Sweetiman a observou com interesse, mas sem alarme. Mrs. Wetherby abriu os olhos novamente e disse com dignidade: — Este lugar deve ser patrulhado. Nenhum jovem deve sair depois de escurecer. E todas as portas devem ser trancadas. Você sabe que em Long Meadows, Mrs. Summerhayes nunca tranca *nenhuma* das portas. Nem mesmo à noite. Ela deixa a porta dos fundos e a janela da sala abertas para que os cães e gatos possam entrar e sair. Eu mesma considero isso uma loucura absoluta, mas ela diz que sempre fizeram isso e que se os ladrões quiserem entrar, eles sempre podem.

— Acho que não haveria muito para um ladrão roubar em Long Meadows — disse Mrs. Sweetiman.

Mrs. Wetherby balançou a cabeça tristemente e partiu com sua compra.

Mrs. Sweetiman e Edna retomaram a discussão.

— Não adianta nada você querer achar que sabe tudo — disse Mrs. Sweetiman. — Direito é direito e crime é crime. Diga a verdade e o resto que vá para o diabo. É isto que eu digo sempre.

— Papai vai me esfolar viva com certeza — comentou Edna.

— Eu falo com seu pai — ofereceu Mrs. Sweetiman.

— Eu não posso — disse Edna.

— Mrs. Upward está morta — disse Mrs. Sweetiman. — E você viu algo que a polícia não sabe. Você trabalha no correio, não é? Você é funcionária pública. Precisa cumprir com seu dever. Você tem que ir falar com Bert Hayling...

Os soluços de Edna explodiram novamente.

— Não com Bert, eu não poderia. Como é que eu vou falar com Bert? Todo mundo vai ficar sabendo.

Mrs. Sweetiman disse um tanto hesitante:

— Há aquele cavalheiro estrangeiro...

— Não um estrangeiro, não posso. Não um estrangeiro.

— Não, talvez você tenha razão...

Um carro parou do lado de fora da agência de correio com freios barulhentos.

O rosto de Mrs. Sweetiman se iluminou.

— É o Major Summerhayes, claro. Conte tudo a ele e ele lhe aconselhará o que fazer.

— Eu jamais poderia — disse Edna, mas com menos convicção.

Johnnie Summerhayes entrou na agência, cambaleando sob o peso de três caixas de papelão.

— Bom dia, Mrs. Sweetiman — disse ele alegremente. — Espero que elas não estejam acima do peso.

Mrs. Sweetiman assumiu os pacotes e começou a trabalhar. Enquanto Summerhayes lambia os selos, ela falou.

— Com licença, senhor, gostaria de seu conselho sobre uma coisa.

— Sim, Mrs. Sweetiman?

— Visto que você pertence a este lugar, senhor, e saberá melhor o que fazer.

Summerhayes acenou com a cabeça. Ele sempre foi curiosamente tocado pelo persistente espírito feudal das aldeias inglesas. Os aldeões pouco sabiam dele pessoalmente, mas como seu pai, seu avô e muitos tataravôs haviam vivido em Long Meadows, consideravam natural que ele os aconselhasse e orientasse quando solicitado.

— É sobre Edna — disse Mrs. Sweetiman. Edna fungou.

Johnnie Summerhayes olhou para Edna em dúvida. Nunca, pensou, ele tinha visto uma garota menos atraente. Exatamente como um coelho sem pele. Parecia idiota também. Certamente, ela não poderia estar em "apuros", como era oficialmente conhecido. Mas não, Mrs. Sweetiman não pediria conselhos a ele nesse caso.

— Bem — disse ele gentilmente —, qual é a dificuldade?

— É sobre o assassinato, senhor. A noite do assassinato. Edna viu algo.

Johnnie Summerhayes transferiu seu rápido olhar sombrio de Edna para Mrs. Sweetiman e de volta para Edna.

— O que você viu, Edna? — perguntou ele.

Edna começou a soluçar. Mrs. Sweetiman assumiu.

— Claro que temos ouvido muito disse-me-disse. Alguns são boatos e alguns são a verdade. Mas está claro que havia uma senhora lá naquela noite que bebeu café com Mrs. Upward. É isso mesmo, não é, senhor?

— Sim, acredito que sim.

— Eu sei que isso é verdade porque veio de Bert Hayling.

Albert Hayling era o policial local que Summerhayes conhecia bem. Um homem de fala lenta, ciente de sua própria importância.

— Entendo — disse Summerhayes.

— Mas eles não sabem quem é a senhora? Bem, Edna aqui a viu.

Johnnie Summerhayes olhou para Edna. Ele franziu os lábios como se fosse assobiar.

— Você a viu, não é, Edna? Entrando... ou saindo?

— Entrando — disse Edna. Um leve senso de importância soltou sua língua. — Eu estava do outro lado da estrada, debaixo das árvores. Na curva da pista escura. Eu a vi. Ela entrou pelo portão, subiu para a porta e ficou lá um pouco, e então... e então ela entrou.

A testa de Johnnie Summerhayes relaxou.

— Tudo bem — disse ele. — Foi Miss Henderson. A polícia sabe tudo sobre isso. Ela já falou com eles.

Edna balançou a cabeça.

— Não foi Miss Henderson — disse ela.

— Não foi... Então quem foi?

— Eu não sei. Não vi o rosto dela. Ela estava de costas para mim, subiu a ladeira e ficou lá. Mas não era Miss Henderson.

— Mas como você sabe que não era Miss Henderson se você não viu o rosto dela?

— Porque ela tinha cabelos loiros. Os de Miss Henderson são castanhos.

Johnnie Summerhayes parecia incrédulo.

— Estava muito escuro. Você dificilmente seria capaz de ver a cor do cabelo de alguém.

— Mas eu vi. Havia iluminação na varanda. Estava assim porque Mr. Robin e a detetive tinham saído juntos para o teatro. E ela estava bem embaixo da luz. Ela vestia um casaco escuro, sem chapéu, e o cabelo muito claro. Eu vi.

Johnnie deu um assobio lento. Seus olhos estavam sérios agora.

— Que horas eram? — perguntou ele.

Edna fungou.

— Eu não sei bem.

— Você tem uma noção — disse Mrs. Sweetiman.

— Não eram 21 horas. Eu teria ouvido a igreja. E já passava das 20h30.

— Entre 20h30 e 21 horas. Por quanto tempo ela parou?

— Não sei, senhor. Porque eu não esperei mais. E eu não ouvi nada. Sem gemidos ou gritos ou nada parecido.

Edna parecia um pouco ofendida.

Mas não teria havido gemidos nem gritos.

Johnnie Summerhayes sabia disso. Ele disse gravemente:

— Bem, só há uma coisa a ser feita. A polícia precisa ouvir sobre isso.

Edna explodiu em longos soluços fungados.

— Papai vai me esfolar viva — ela choramingou. — Ele vai, com certeza. — Ela lançou um olhar suplicante para Mrs. Sweetiman e disparou para a sala dos fundos. Mrs. Sweetiman assumiu com competência.

— É assim mesmo, senhor — disse ela em resposta ao olhar indagador de Summerhayes. — Edna tem se comportado de maneira muito tola. Muito rígido, o pai dela é, talvez um pouco mais do que o normal, mas é difícil dizer o que é melhor hoje em dia. Há um jovem simpático em Cullavon e ele e Edna estavam se saindo bem e firmes, e o pai dela ficou muito satisfeito com isso, mas Reg é lento, e você sabe como são as garotas. Edna está namorando recentemente com Charlie Masters.

— Masters? Um dos homens do fazendeiro Cole, não é?

— Isso mesmo, senhor. Trabalha na fazenda. E é um homem casado com dois filhos. Sempre atrás das garotas, um sujeito ruim em todos os sentidos. Edna não tinha bom senso, e seu pai colocou um ponto final nisso. Muito bem. Então, você vê, Edna estava indo para Cullavon naquela noite para ir ao cinema com Reg. Pelo menos foi o que ela disse a seu pai. Mas realmente ela saiu para encontrar este Masters. Esperou por ele, sim, na curva da estrada onde parecia que eles costumavam se encontrar. Bem, ele não foi. Talvez sua esposa o tenha mantido em casa, ou talvez ele estivesse atrás de outra garota, mas é isso. Edna esperou, mas finalmente desistiu. Mas é estranho para ela, como você pode ver, explicar o que ela estava fazendo lá, quando deveria ter pegado o ônibus para Cullavon.

Johnnie Summerhayes assentiu. Suprimindo um sentimento irrelevante de admiração de que a nada atraente Edna pudesse ter apelo sexual suficiente para atrair a atenção de dois homens, ele teve que lidar com o aspecto prático da situação.

— Ela não quer falar com Bert Hayling sobre isso — disse ele com compreensão rápida.

— Isso mesmo, senhor.

Summerhayes refletiu rapidamente.

— Receio que a polícia precisa saber — disse ele com gentileza.

— Isso é o que eu disse a ela, senhor — falou Mrs. Sweetiman.

— Mas eles provavelmente terão muito tato sobre as circunstâncias. Possivelmente ela não precisará depor. E o que ela disser a eles, eles vão guardar para si. Eu poderia ligar para Spence e pedi-lo para vir aqui. Não, melhor ainda, vou levar a jovem Edna para Kilchester comigo em meu carro. Se ela for à delegacia de lá, ninguém aqui precisa saber de nada. Vou ligar para eles primeiro e avisar que estamos chegando.

E assim, após um breve telefonema, uma Edna fungante, vestindo um casaco abotoado firmemente, e encorajada por um tapinha nas costas de Mrs. Sweetiman, entrou no carro e foi levada rapidamente na direção de Kilchester.

Capítulo 20

No escritório do Superintendente Spence em Kilchester, Hercule Poirot se recostava em uma cadeira, os olhos fechados e as pontas dos dedos apenas se tocando na frente dele.

O superintendente recebeu alguns relatórios, deu instruções a um sargento e finalmente olhou para o outro homem.

— Está tendo uma ideia, monsieur Poirot? — perguntou.

— Estou refletindo — disse Poirot. — Revisando.

— Esqueci de perguntar. Conseguiu algo útil de James Bentley quando o viu?

Poirot balançou a cabeça. Ele franziu a testa.

Na verdade, era em James Bentley que ele estava pensando.

Era irritante, pensou Poirot exasperado, que em um caso como aquele, em que ele havia oferecido seus serviços sem recompensa, apenas por amizade e respeito a um policial honesto, a vítima das circunstâncias não tivesse nenhum apelo romântico. Se fosse ainda uma linda mocinha, desorientada e inocente, ou um belo rapaz, também embaraçado, mas que tivesse "uma cabeça quente, porém indômita", pensou Poirot, que ultimamente andara lendo um bocado de poemas ingleses numa antologia... Em vez disso, ele tinha James Bentley! Um caso patológico, se é que algum dia um existiu, uma criatura egocêntrica que nunca pensou muito em ninguém além de si mesmo. Um homem ingrato pelos esforços que estavam sendo feitos para salvá-lo. Quase, podia-se dizer, desinteressado por eles.

Realmente, pensou Poirot, era melhor deixá-lo ser enforcado, já que ele não parece se importar...

Não, ele não iria tão longe assim.

A voz do Superintendente Spence interrompeu essas reflexões.

— Nossa conversa foi — disse Poirot —, se assim posso dizer, singularmente improdutiva. Bentley poderia ter se lembrado de qualquer coisa útil, mas dali não sai nada. O que ele lembra é tão vago e incerto que não se pode construir algo em cima. Mas, de qualquer forma, parece bastante certo de que Mrs. McGinty ficou animada com o artigo no *Sunday Comet* e falou sobre isso para Bentley, com referência especial a "alguém relacionado com o caso", que mora em Broadhinny.

— Com qual dos casos? — perguntou o Superintendente Spence bruscamente.

— Nosso amigo não tinha certeza — disse Poirot. — Ele disse, em dúvida, o Caso Craig. Mas sendo o Caso Craig o único de que ele já tinha ouvido falar, seria, presumivelmente, o único de que ele conseguia se lembrar. Mas o "alguém" era uma mulher. Ele até citou as palavras de Mrs. McGinty. Alguém que "não teria muito do que se orgulhar se tudo vier à tona".

— *Orgulhar?*

— *Mais oui.* — Poirot acenou com a cabeça em apreciação. — Uma palavra sugestiva, não é?

— Nenhuma pista de quem era a orgulhosa senhora?

— Bentley sugeriu Mrs. Upward, mas pelo que posso ver, sem um motivo real!

Spence balançou a cabeça.

— Provavelmente porque ela era um tipo de mulher orgulhosa e magistral, excepcionalmente, devo dizer. Mas não pode ter sido Mrs. Upward, porque ela está morta pelo mesmo motivo que Mrs. McGinty... porque reconheceu uma fotografia.

Poirot disse com tristeza:

— Eu avisei.

Spence murmurou irritado:

— Lily Gamboll! No que diz respeito à idade, existem apenas duas possibilidades, Mrs. Rendell e Mrs. Carpenter. Eu não conto a garota Henderson, ela tem um histórico.

— E as outras não? — Spence suspirou.

— Você sabe como são as coisas hoje em dia. A guerra mexeu com todos e com tudo. A escola onde Lily Gamboll estava, e todos os seus registros, foram destruídos por um golpe certeiro durante um bombardeio. Veja com as pessoas. A coisa mais difícil do mundo é investigar pessoas. Veja Broadhinny: as únicas pessoas em Broadhinny sobre quem sabemos alguma coisa são os Summerhayes, que estão lá há trezentos anos, e Guy Carpenter, que é um dos engenheiros-chefes da Carpenter. Todos os outros são... como devo dizer... transitórios? O Dr. Rendell está no Registro dos Médicos e sabemos onde ele treinou e praticou, mas não conhecemos sua origem familiar. Sua esposa veio de perto de Dublin. Eve Selkirk, antes de se casar com Guy Carpenter, era uma jovem viúva de guerra. Qualquer jovem pode ser uma viúva de guerra. Veja os Wetherby, eles parecem ter flutuado ao redor do mundo, aqui, ali e em todos os lugares. Por quê? Há uma razão? Ele estava fugindo de um banco? Ou ocasionaram um escândalo? Não estou dizendo que não podemos desenterrar fatos sobre as pessoas. Podemos, mas leva tempo. As próprias pessoas não vão te ajudar.

— Porque elas têm algo a esconder, mesmo que não seja um crime — disse Poirot.

— Exatamente. Pode ser um problema com a lei, ou pode ser de origem humilde, ou um escândalo comum ou *de vizinhança*. Mas seja o que for, elas se esforçaram muito para encobrir, e isso torna difícil descobrir.

— Mas não impossível.

— Ah, não. Não é impossível. Leva tempo. Como eu disse, se Lily Gamboll está em Broadhinny, ela é Eve Carpenter ou Shelagh Rendell. Eu as interroguei, apenas por rotina, é assim que eu coloco. Ambas dizem que estavam em casa sozinhas. Mrs. Carpenter era a inocente de olhos arregalados, Mrs. Rendell estava nervosa, mas como ela já é assim normalmente, não dá pra se embasar nessa reação.

— Sim — disse Poirot pensativamente. — Ela é do tipo nervoso.

Ele estava pensando em Mrs. Rendell no jardim de Long Meadows. Mrs. Rendell havia recebido uma carta anônima, ou assim ela disse. Ele se perguntou, como já havia feito antes, sobre aquela declaração.

Spence continuou:

— E temos que ter cuidado, porque mesmo se uma delas *for* culpada, a outra será inocente.

— E o Guy Carpenter é um candidato a Membro do Parlamento e uma importante figura local.

— Isso não o ajudaria se ele fosse culpado de assassinato ou cúmplice — disse Spence severamente.

— Eu sei. Mas você precisa ter *certeza*, não é?

— Está certo. De todo modo, você há de concordar que está entre elas?

Poirot suspirou.

— Não, não, eu não diria isso. Existem outras possibilidades.

— Tais como?

Poirot ficou em silêncio por um momento, depois disse em um tom de voz diferente, quase casual:

— Por que as pessoas guardam fotos?

— Por quê? Sabe Deus! Porque as pessoas guardam todos os tipos de coisas, lixos, recortes, restos, pedaços. Não há que negar.

— Concordo com você até certo ponto. Algumas pessoas guardam coisas. Algumas jogam tudo fora assim que possível. Isso, sim, é uma questão de temperamento. Mas agora falo especialmente de fotografias. Por que as pessoas guardam, em particular, *fotografias*?

— Como eu disse, porque eles simplesmente não jogam fora. Ou então porque as fotografias as fazem lembrar de algo... Poirot pegou a deixa.

— Exatamente. *Porque as fotografias as fazem lembrar de algo.* Agora, de novo, *por quê?* Por que uma mulher guardaria uma fotografia de si mesma quando era jovem? E eu digo que o primeiro motivo é, essencialmente, vaidade. Ela era uma linda garota e guarda uma fotografia de si mesma para lembrá-la de como foi bonita. Isso a encoraja quando seu espelho lhe diz coisas desagradáveis. Ela diz, talvez, para um amigo: "Era eu quando tinha 18 anos..." E ela suspira... Você concorda?

— Sim, sim, devo dizer que é verdade.

— Então esse é o motivo número um. Vaidade. Agora, a razão número dois. Sentimento.

— É a mesma coisa?

— Não, não exatamente. Porque isso o leva a preservar não apenas sua própria fotografia, mas a de outra pessoa... Um retrato de sua filha casada, quando ela era uma criança sentada em uma lareira cercada por um tule.

— Já vi algumas. — Spence sorriu.

— Sim. Muito constrangedor às vezes, mas as mães gostam de fazer isso. E filhos e filhas costumam guardar fotos de suas mães, especialmente, digamos, se a mãe morreu jovem. "Essa era minha mãe quando menina."

— Estou começando a ver aonde você quer chegar, Poirot.

— E possivelmente, há uma *terceira* categoria. Não vaidade, não sentimento, não amor... talvez *ódio*. O que você diria?

— *Ódio?*

— Sim. Para manter vivo o desejo de vingança. Você pode guardar uma fotografia de alguém que o feriu para lembrá-lo disso, não é?

— Mas certamente isso não se aplica neste caso?

— Não?

— No que você está pensando?

Poirot murmurou:

— As reportagens dos jornais são frequentemente imprecisas. O *Sunday Comet* afirmou que Eva Kane foi contratada pelos Craig como governanta das crianças. Foi realmente esse o caso?

— Sim, foi. Mas estamos trabalhando com o pressuposto de que é Lily Gamboll que estamos procurando.

Poirot endireitou-se repentinamente na cadeira. Ele apontou um dedo indicador imperativo para Spence.

— Veja. Veja a fotografia de Lily Gamboll. Ela não é bonita! Francamente, com aqueles dentes e óculos, ela é terrivelmente feia. Então ninguém guardou essa fotografia pela primeira das nossas razões. Nenhuma mulher manteria essa foto por vaidade. Se Eve Carpenter ou Shelagh Rendell, que são duas mulheres bonitas, especialmente Eve Carpenter, tivessem esta fotografia de si mesmas, elas a rasgariam em pedaços rapidamente, caso alguém a visse!

— Bem, há algo nisso.

— Então, o motivo número um foi descartado. Agora vamos para o sentimento. Alguém amava Lily Gamboll nessa idade? O ponto principal de Lily Gamboll é o contrário. Ela era uma criança indesejada e não amada. A pessoa que mais gostou dela foi sua tia, e sua tia acabou morta pelo cortador de carne. Portanto, não foi o sentimento que guardou essa imagem. E vingança? Ninguém a odiava também. Sua tia assassinada era uma mulher solitária, sem marido e sem amigos íntimos. Ninguém tinha ódio por essa pobre criança... apenas pena.

— Olhe aqui, monsieur Poirot, o que você está dizendo é que *ninguém* teria guardado aquela foto.

— Exatamente, esse é o resultado de minhas reflexões.

— Mas alguém guardou. Porque Mrs. Upward tinha visto.

— Tinha?

— Ora, dane-se! Foi você quem me contou. Ela mesma disse.

— Sim, ela disse — falou Poirot. — Mas a falecida Mrs. Upward era, de certa forma, uma mulher reservada. Ela gostava de administrar as coisas à sua maneira. Mostrei as fotos e ela reconheceu uma delas. Mas então, por algum motivo, ela quis manter a identificação para si mesma. Ela queria, digamos, lidar com determinada situação do jeito que imaginava. E assim, sendo muito perspicaz, deliberadamente apontou para a foto *errada*. Assim, mantendo seu conhecimento para si mesma.

— Mas por quê?

— Porque, como eu disse, ela queria jogar sozinha.

— Não seria chantagem? Ela era uma mulher extremamente rica, você sabe, viúva de um fabricante do norte do país.

— Oh, não, chantagem não. Mais provavelmente beneficência. Vamos dizer que ela gostasse bastante da pessoa em questão e que não queria revelar o segredo. Mesmo assim, ela estava curiosa. Ela pretendia ter uma conversa particular com aquela pessoa. E, ao fazê-lo, decidir se aquela pessoa teve ou não alguma coisa a ver com a morte de Mrs. McGinty. Algo parecido.

— Então isso nos deixa apenas com três fotos?

— Precisamente. Mrs. Upward pretendia entrar em contato com a pessoa em questão na primeira oportunidade. Isso aconteceu quando o filho dela e Mrs. Oliver foram ao Teatro de Repertório em Cullenquay.

— *E ela telefonou para Deirdre Henderson.* Isso traz Deirdre Henderson de volta à cena. *E* a mãe dela!

O Superintendente Spence balançou a cabeça tristemente para Poirot.

— Você gosta de dificultar, não é, monsieur Poirot? — comentou ele.

Capítulo 21

Mrs. Wetherby voltou da agência de correio com um andar surpreendentemente ágil para alguém que costumava ser considerada portadora de deficiência.

Só depois de entrar pela porta da frente é que mais uma vez se arrastou debilmente para a sala de estar e desabou no sofá.

A campainha estava ao alcance de sua mão e ela tocou.

Como nada aconteceu, ela tocou novamente, desta vez mantendo o dedo sobre ela por algum tempo.

No devido tempo, Maude Williams apareceu. Vestia um avental florido e tinha um espanador na mão.

— A madame tocou?

— Duas vezes. Quando toco, espero que alguém apareça imediatamente. Posso estar gravemente doente.

— Sinto muito, madame. Eu estava lá em cima.

— Eu sei. Você estava no meu quarto. Ouvi você lá em cima. Estava puxando as gavetas para dentro e para fora. Não consigo imaginar por quê. Não faz parte do seu trabalho bisbilhotar minhas coisas.

— Eu não estava bisbilhotando. Estava arrumando algumas das coisas que a senhora deixou espalhadas.

— Mentira. Todas vocês bisbilhotam e isso eu não vou permitir. Estou me sentindo muito fraca. Miss Deirdre está?

— Ela levou o cachorro para passear.

— Que estúpido. Ela tinha mais é que saber que eu precisaria dela. Traga-me um ovo batido no leite e um pouco de conhaque. O conhaque está no aparador da sala de jantar.

— Há apenas três ovos para o café da manhã de amanhã.

— Então alguém vai ficar *sem*. Depressa, sim? Não fique aí olhando para mim. E você está usando muita maquiagem. Não é adequado.

Ouviu-se um latido no corredor e Deirdre e seu Sealyham entraram enquanto Maude saía.

— Ouvi sua voz — disse Deirdre sem fôlego. — O que dizia a ela?

— Nada.

— Ela parecia um trovão.

— Eu a coloquei no lugar dela. Garota impertinente.

— Oh, mamãe querida, isso é necessário? É tão difícil conseguir alguém. E ela cozinha bem.

— Suponho que não tenha importância que ela seja insolente *comigo*! Bem, não estarei com você por muito mais tempo. — Mrs. Wetherby revirou os olhos e respirou fundo algumas vezes. — Caminhei longe demais — murmurou ela.

— Você não devia ter saído, querida. Por que não me disse que estava de saída?

— Achei que um pouco de ar me faria bem. Está tão abafado. Não importa. Ninguém quer mesmo viver quando se é um problema para as pessoas.

— Você não é um problema, querida. Eu morreria sem você.

— Você é uma boa menina, mas posso ver como a canso e a estresso.

— Você não... você não me cansa — disse Deirdre apaixonadamente.

Mrs. Wetherby suspirou e deixou cair as pálpebras.

— Não posso falar muito — murmurou ela. — Eu devo apenas descansar.

— Vou apressar Maude com a gemada.

Deirdre saiu correndo da sala. Em sua pressa, ela bateu o cotovelo em uma mesa e um deus de bronze caiu no chão.

— Tão desajeitada — murmurou Mrs. Wetherby para si mesma, estremecendo.

A porta se abriu e Mr. Wetherby entrou. Ele ficou parado por um momento. Mrs. Wetherby abriu os olhos.

— Oh, é você, Roger?

— Me perguntei que barulho seria esse. É impossível ler em silêncio nesta casa.

— Era apenas Deirdre, querido. Ela entrou com o cachorro.

Mr. Wetherby se abaixou e pegou a monstruosidade de bronze do chão.

— Certamente Deirdre tem idade suficiente para não derrubar as coisas o tempo todo.

— Ela é apenas um pouco desajeitada.

— Bem, é absurdo ser desajeitada na idade dela. E ela não consegue impedir o cachorro de latir?

— Vou falar com ela, Roger.

— Se ela quiser morar aqui, deve considerar nossos desejos e não se comportar como se a casa pertencesse a ela.

— Talvez você prefira que ela vá embora — murmurou Mrs. Wetherby. Com os olhos semicerrados, ela observou o marido.

— Não, claro que não. Claro que não. Naturalmente, o lugar dela é conosco. Só peço um pouco mais de bom senso e boas maneiras — acrescentou ele. — Você saiu, Edith?

— Sim. Acabei de descer para o correio.

— Nenhuma notícia recente sobre a pobre Mrs. Upward?

— A polícia ainda não sabe quem foi.

— Eles parecem estar completamente sem esperança. Nenhum motivo? Quem fica com o dinheiro dela?

— O filho, suponho.

— Sim, sim, então realmente parece que deve ter sido um desses vagabundos. Você deve dizer a essa garota que ela tem que ter o cuidado de manter a porta da frente trancada.

E apenas abri-la na corrente quando estiver próximo do anoitecer. Esses homens são muito ousados e brutais hoje em dia.

— Nada parece ter sido roubado da casa de Mrs. Upward.

— Estranho.

— Não foi como Mrs. McGinty — disse Mrs. Wetherby.

— Mrs. McGinty? Oh, a faxineira. O que Mrs. McGinty tem a ver com Mrs. Upward?

— Ela trabalhou para ela, Roger.

— Não seja boba, Edith.

Mrs. Wetherby fechou os olhos novamente. Quando Mr. Wetherby saiu da sala, ela sorriu para si mesma.

Ela abriu os olhos com um sobressalto para encontrar Maude de pé perto dela, segurando um copo.

— Sua gemada, senhora — disse Maude.

Sua voz alta e clara ecoou com forte ressonância na casa amortecida.

Mrs. Wetherby ergueu os olhos com uma vaga sensação de alarme. Como a moça era grande e altiva. Ela ficou ao lado de Mrs. Wetherby como uma figura condenada no Juízo Final, foi o que Mrs. Wetherby pensou consigo mesma — e então se perguntou por que palavras tão estranhas haviam surgido em sua cabeça.

Ela se apoiou no cotovelo e pegou o copo.

— Obrigada, Maude — disse ela.

Maude se virou e saiu da sala.

Mrs. Wetherby ainda se sentia vagamente chateada.

Capítulo 22

I

Hercule Poirot alugou um carro para voltar para Broadhinny.

Estava cansado de tanto pensar. Pensar sempre fora exaustivo. E seu pensamento não tinha sido inteiramente satisfatório. Era como se um padrão, perfeitamente visível, fosse tecido em um pedaço de material e, no entanto, embora ele o estivesse segurando, não conseguia ver o que era o padrão.

Mas estava tudo lá. Esse era o ponto. Estava tudo lá. Só que era um daqueles padrões monocromáticos e sutis, que não são fáceis de se perceber.

Um pouco fora de Kilchester, seu carro encontrou o carro de Summerhayes vindo na direção oposta. Johnnie dirigia e tinha um passageiro. Poirot mal os notou. Ainda estava absorto em pensamentos.

Quando voltou para Long Meadows, foi para a sala de estar. Retirou uma peneira cheia de espinafres da cadeira mais confortável da sala e se sentou. De cima, veio o tamborilar fraco de uma máquina de escrever. Era Robin Upward, trabalhando em uma peça. Ele já havia rasgado três versões, conforme disse a Poirot. De alguma forma, não conseguia se concentrar.

Robin podia estar sinceramente sentido com a morte de sua mãe, mas ele continuava sendo Robin Upward, principalmente interessado em si mesmo.

— Madre teria desejado que eu continuasse com meu trabalho — dissera ele solenemente.

Hercule Poirot tinha ouvido muitas pessoas dizerem quase a mesma coisa. Era uma das suposições mais convenientes, esse conhecimento do que os mortos desejariam. Os enlutados nunca tiveram dúvidas sobre os desejos de seus entes queridos, e esses desejos geralmente coincidem com suas próprias inclinações.

Neste caso, provavelmente era verdade. Mrs. Upward tinha grande fé no trabalho de Robin e estava extremamente orgulhosa dele.

Poirot recostou-se na cadeira e fechou os olhos.

Ele pensou em Mrs. Upward. Considerou como Mrs. Upward realmente era. Lembrou-se de uma frase que ouvira certa vez ser usada por um policial.

"Vamos desmontá-lo e ver como ele funciona por dentro."

O que fazia Mrs. Upward funcionar?

Houve um estrondo e Maureen Summerhayes entrou.

Seu cabelo balançava loucamente.

— Não consigo imaginar o que aconteceu com Johnnie — disse ela. — Ele simplesmente desceu até o correio com aqueles pedidos especiais. Deveria ter voltado horas atrás. Quero que ele conserte a porta do galinheiro.

Poirot temia que um verdadeiro cavalheiro teria galantemente se oferecido para o conserto. Mas ele não. Queria continuar pensando em dois assassinatos e no caráter de Mrs. Upward.

— E não consigo encontrar o formulário do Ministério da Agricultura — continuou Maureen. — Eu olhei em todos os lugares.

— O espinafre está no sofá — Poirot ofereceu amavelmente. Maureen não estava preocupada com espinafre.

— O formulário chegou na semana passada — refletiu ela.

— E devo ter colocado em algum lugar. Talvez tenha sido quando eu remendava aquele casaco do Johnnie.

Ela foi até a cômoda e começou a puxar as gavetas. Jogou no chão a maior parte do conteúdo dela. Foi uma agonia para Hercule Poirot observá-la.

De repente, ela soltou um grito de triunfo.

— Achei!

Deliciosamente, ela saiu correndo da sala.

Hercule Poirot suspirou e retomou a meditação. Para organizar, com ordem e precisão.

Ele franziu a testa. A pilha desordenada de objetos no chão perto da cômoda distraiu sua mente. Que maneira de procurar as coisas!

Ordem e método. Era isso. Ordem e método.

Embora tivesse se virado de lado na cadeira, ele ainda podia ver a confusão no chão. Coisas de costura, uma pilha de meias, cartas, lã de tricô, revistas, cera para lacre, fotos, um casaco...

Era insuportável!

Poirot levantou-se, foi até a cômoda e, com movimentos rápidos e habilidosos, começou a devolver os objetos às gavetas abertas.

O casaco, as meias, a lã de tricô. Depois, na próxima gaveta, a cera, as fotos, as cartas.

O telefone tocou.

O som agudo o fez estremecer.

Foi até o telefone e tirou o fone do gancho.

— Alô. Alô. Alô — disse ele.

A voz que falou com ele foi a voz do Superintendente Spence.

— Ah! É você, monsieur Poirot. Exatamente o homem que eu quero.

A voz de Spence estava quase irreconhecível. Um homem muito preocupado no lugar do homem confiante.

— E você me enchendo a cabeça com a história da fotografia errada — disse ele com indulgência repreensiva. — Temos algumas novas evidências. Uma garota no correio em Broadhinny. Major Summerhayes acabou de trazê-la para dentro. Parece que ela estava praticamente em frente ao chalé naquela noite e viu uma mulher entrar. Algum tempo depois das 20h30 e antes das 21 horas. E não era Deirdre Henderson. Era uma mulher de cabelos loiros. Isso nos coloca de volta onde estávamos, definitivamente entre as duas, Eve Carpenter e Shelagh Rendell. A única pergunta é: qual delas?

Poirot abriu a boca, mas não falou. Cuidadosamente, recolocou o fone no suporte.

Ele ficou lá, olhando sem ver à sua frente.

O telefone tocou novamente.

— Alô. Alô. Alô.

— Posso falar com o monsieur Poirot, por favor?

— Hercule Poirot falando.

— Achei que fosse. Maude Williams aqui. No correio daqui a quinze minutos.

— Estarei lá.

Ele recolocou o fone no gancho.

Olhou para seus pés. Devia mudar seus sapatos?

Seus pés doíam um pouco. Bem, não importava.

Resolutamente, Poirot deu um tapinha no chapéu e saiu da casa. Em seu caminho descendo a colina, ele foi saudado por um dos homens do Superintendente Spence que acabava de sair de Laburnums.

— Bom dia, monsieur Poirot.

Poirot respondeu educadamente. Ele percebeu que o sargento Fletcher parecia animado.

— O Super me enviou para uma verificação completa — explicou ele. — Para ver se deixamos passar alguma coisa. A gente nunca sabe, não é? Já tínhamos revistado a escrivaninha, claro, mas o Super pensou que podia haver alguma gaveta secreta... Ele deve andar lendo histórias de espionagem. Bem, não havia uma gaveta secreta. Mas depois disso comecei a estudar. Às vezes, as pessoas colocam uma carta em um livro que estão lendo. Entende?

Poirot disse que sim.

— E você encontrou algo? — perguntou educadamente.

— Não é uma carta nem nada parecido. Mas encontrei algo interessante, pelo menos eu acho. Olhe aqui.

Ele desembrulhou de um pedaço de jornal um livro velho e um tanto decrépito.

— Estava em uma das estantes. Livro antigo, publicado há anos. Mas olhe aqui. — Ele abriu e mostrou a folha de rosto. Escritas a lápis estavam as palavras: *Evelyn Hope.*

— Interessante, você não acha? Esse é o nome, caso você não se lembre...

— O nome que Eva Kane adotou quando deixou a Inglaterra. Eu me lembro — disse Poirot.

— Parece que quando Mrs. McGinty viu uma daquelas fotos aqui em Broadhinny, era a nossa Mrs. Upward. Isso torna tudo meio complicado, não é?

— É, sim — disse Poirot com sentimento. — Posso garantir que, quando você voltar ao Superintendente Spence com esta informação, ele vai arrancar os cabelos pela raiz, sim, com certeza pela raiz.

— Espero que não seja tão ruim assim — disse o sargento Fletcher.

Poirot não respondeu. Desceu a colina. Ele havia parado de pensar. Nada em lugar nenhum fazia sentido.

Foi ao correio. Maude Williams estava lá olhando para os padrões de tricô. Poirot não falou com ela. Caminhou até o balcão de selos. Quando Maude fez a compra, Mrs. Sweetiman se aproximou dele e ele comprou alguns selos. Maude saiu da loja.

Mrs. Sweetiman parecia preocupada e nada faladora. Poirot conseguiu seguir Maude com bastante rapidez. Ele a alcançou a uma curta distância ao longo da estrada e caminhou ao lado dela.

Mrs. Sweetiman, olhando pela janela do correio, exclamou para si mesma com desaprovação.

— Esses estrangeiros! São todos iguais, esses ordinários! Ele tem idade suficiente para ser avô dela!

II

— *Eh bien* — disse Poirot —, você tem algo para me dizer?

— Não sei se é importante. Alguém estava tentando entrar pela janela do quarto de Mrs. Wetherby.

— Quando?

— Esta manhã. *Ela* tinha saído e a menina estava com o cachorro. O cara de peixe velho congelado estava trancado em seu escritório, como de costume. Eu estaria na cozinha normalmente, ela está voltada para o outro lado, como o escritório, mas na verdade parecia uma boa oportunidade para... você entende?

Poirot concordou com a cabeça.

— Então, subi as escadas e entrei no quarto de dormir de Madame Azedume. Havia uma escada contra a janela e um homem estava todo atrapalhado com a trava da janela. Tudo está trancado e barrado desde o assassinato. Nunca entra nem um pouco de ar fresco. Quando o homem me viu, ele desceu correndo e fugiu. A escada era do jardineiro. Ele estava cortando a hera e tinha ido almoçar.

— Quem era o homem? Você pode descrevê-lo?

— Eu só tive um pequeno vislumbre. Quando cheguei à janela, ele havia descido a escada e ido embora, e quando o vi pela primeira vez, ele estava contra o sol, então não pude ver seu rosto.

— Tem certeza de que era *um homem*?

Maude considerou.

— Roupas de homem com um velho chapéu de feltro. Pode ter sido uma mulher, é claro...

— Interessante — disse Poirot. — Muito interessante... Nada mais?

— Ainda não. A quantidade de lixo que aquela velha guarda! Deve ser maluca! Ela entrou sem que eu ouvisse esta manhã e chamou minha atenção por bisbilhotar. Vou assassiná-la da próxima vez. Se alguém aqui pede para ser assassinado, é essa mulher. Completamente desagradável.

Poirot murmurou baixinho:

— Evelyn Hope...

— O que tem a ver? — Ela se virou para ele.

— Então você conhece esse nome?

— Por quê? S-sim... é o nome que Eva Não Sei O Quê usou quando foi para a Austrália. Es-estava no jornal... o *Sunday Comet*.

— O *Sunday Comet* disse muitas coisas, mas não disse isso. A polícia encontrou o nome escrito em um livro na casa de Mrs. Upward.

Maude exclamou:

— Então *foi* ela... e ela *não* morreu por lá... Michael estava certo.

— Michael?

Maude disse abruptamente:

— Não posso ficar parada. Vou me atrasar para o almoço. Eu coloquei tudo no forno, mas vai secar.

Ela começou a correr. Poirot ficou olhando para ela.

Na janela do correio, Mrs. Sweetiman, com o nariz colado na vidraça, se perguntou se aquele velho estrangeiro andava fazendo sugestões indecorosas...

III

De volta a Long Meadows, Poirot tirou os sapatos e calçou um par de chinelos. Não eram chiques, não em sua opinião — *comme il faut* —, mas seus pés precisavam de alívio.

Ele se sentou na poltrona novamente e começou a refletir mais uma vez. Já tinha muito no que pensar.

Havia deixado passar algumas coisas, pequenas coisas. O padrão estava todo lá. Só precisava de coesão.

Maureen, com voz sonhadora, um copo na mão — fazendo uma pergunta... O relatório de Mrs. Oliver sobre a noite no Pequeno Teatro de Repertório. Cecil? Michael? Ele tinha quase certeza de que ela mencionara um Michael... Eva Kane, governanta das crianças dos Craig...

Evelyn Hope...

Claro! Evelyn Hope!

Capítulo 23

I

Eve Carpenter entrou na casa dos Summerhayes da maneira casual que a maioria das pessoas fazia, usando qualquer porta ou janela que fosse conveniente.

Ela procurava Hercule Poirot e quando o encontrou não fez rodeios.

— Olhe aqui — disse ela. — O senhor é um detetive e pelo que dizem, um bom detetive. Muito bem, vou contratá-lo.

— Não estou disponível para contratação. *Mon Dieu*, eu não sou um táxi!

— Você é um detetive particular, e detetives particulares são pagos, não é?

— É o costume.

— Bem, é isso que estou dizendo. Eu lhe pagarei. Eu vou lhe pagar bem.

— Para quê? O que quer que eu faça?

Eve Carpenter disse rispidamente:

— Proteger-me contra a polícia. Eles são loucos. Eles parecem pensar que eu matei a Upward. E eles estão bisbilhotando, me fazendo todo tipo de perguntas, descobrindo coisas. Eu não gosto disso. Isso está me deixando louca.

Poirot olhou para ela. Algo do que ela disse era verdade. Ela parecia muitos anos mais velha do que quando ele a vira pela primeira vez, algumas semanas atrás. Os círculos ao redor de seus olhos refletiam as noites sem dormir. Havia rugas da boca ao queixo e sua mão, quando acendeu um cigarro, tremia muito.

— Você tem que fazer isso parar — disse ela. — Você precisa.

— Madame, o que eu posso fazer?

— Afaste-os de uma forma ou de outra. Atrevimento maldito! Se Guy fosse homem, ele pararia com tudo isso. Não permitiria que eles me perseguissem.

— E ele não faz nada?

— Eu não contei a ele — disse ela taciturna. — Ele apenas fala pomposamente em dar à polícia toda a assistência possível. Está tudo bem para ele. Ele estava num daqueles medonhos comícios políticos naquela noite.

— E você?

— Eu estava apenas sentada em casa. Ouvindo rádio, na verdade.

— Mas, se você puder provar isso...

— Como? Eu ofereci aos Croft uma quantia fabulosa para dizer que eles haviam saído e voltado e me viram lá. O maldito porco recusou.

— Essa foi uma atitude muito imprudente de sua parte.

— Não vejo por quê. Teria encerrado o negócio.

— Você provavelmente convenceu seus criados de que cometeu o assassinato.

— Bem, eu paguei a Croft mesmo assim por...

— Por...?

— Nada.

— Lembre-se, você quer minha ajuda.

— Oh! Não foi nada importante. Mas Croft recebeu a mensagem dela.

— De Mrs. Upward?

— Sim. Me pedindo para visitá-la naquela noite.

202   · AGATHA CHRISTIE ·

— E você diz que não foi?

— Por que devia ir? Mulher velha e sombria. Por que eu deveria segurar a mão dela? Nunca sonhei em ir por um momento.

— Quando essa mensagem chegou?

— Quando eu estava fora. Não sei exatamente quando... entre as dezessete e as dezoito, eu acho. Croft recebeu.

— E você deu dinheiro a ele para esquecer que ele havia recebido aquela mensagem. Por quê?

— Não seja estúpido. Eu não queria me envolver com tudo isso.

— E então você oferece a ele dinheiro para lhe dar um álibi? O que acha que ele e a esposa agora pensam?

— Quem se importa com o que eles pensam?

— Um júri pode se importar — disse Poirot gravemente.

Ela o encarou.

— Está falando sério?

— Estou falando sério.

— Eles escutariam os criados e não a mim?

Poirot olhou para ela. Tanta grosseria e estupidez! Antagonizar as pessoas que poderiam ter sido úteis. Uma política estúpida e míope. Míope...

Olhos azuis tão lindos.

Ele disse calmamente:

— Por que você não usa óculos, madame? Precisa deles.

— O quê? Oh, às vezes uso. Usei quando criança.

— E aparelho nos dentes.

Ela encarou-o.

— Sim. Por que tudo isso?

— O patinho feio transformou-se em um cisne?

— Eu certamente era feia o suficiente.

— Sua mãe achava isso?

Ela disse bruscamente:

— Não me lembro da minha mãe. Do que diabos estamos falando, afinal? Você vai aceitar o trabalho?

— Lamento não poder.

— Por que você não pode?

— Porque neste caso eu ajo por James Bentley.

— James Bentley? Oh, você quer dizer aquele idiota que matou a faxineira. O que ele tem a ver com os Upward?

— Talvez nada.

— Bem, então! É uma questão de dinheiro? Quanto?

— Esse é seu grande erro, madame. Você pensa sempre em termos financeiros. Você tem dinheiro e acha que só o dinheiro conta.

— Nem sempre tive dinheiro — disse Eve Carpenter.

— Não — disse Poirot. — Eu achei que não. — Ele acenou com a cabeça suavemente. — Isso explica muito. Isso desculpa algumas coisas...

II

Eve Carpenter saiu pelo caminho por onde viera, tropeçando um pouco na luz, como Poirot se lembrava de ela ter feito antes.

Poirot disse baixinho para si mesmo: "Evelyn Hope."

Então Mrs. Upward ligou para Deirdre Henderson e Eve Carpenter. Talvez ela tivesse telefonado para outra pessoa. Talvez...

Com um estrondo, Maureen entrou.

— São minhas tesouras agora. Desculpe, o almoço está atrasado. Tenho três pares e não consigo encontrar nenhum.

Ela correu para a cômoda e o processo com o qual Poirot estava bem familiarizado foi repetido. Desta vez, o objetivo foi alcançado mais cedo. Com um grito de alegria, Maureen partiu.

Quase automaticamente, Poirot se aproximou e começou a recolocar as coisas na gaveta. Cera de lacre, papel para cartas, uma cesta de trabalho, fotografias...

Fotografias...

Ele ficou olhando para a fotografia que segurava nas mãos. Passos correram de volta ao longo do corredor.

Poirot podia se mover rapidamente, apesar de sua idade. Ele largou a fotografia no sofá, colocou uma almofada sobre ela e sentou-se por cima quando Maureen voltou a entrar.

— Onde diabos eu coloquei uma peneira cheia de espinafre...

— Mas está aí, madame.

Ele indicou a peneira que repousava ao lado dele no sofá.

— Então foi aí que eu a deixei. — Ela a agarrou. — Tudo está atrasado hoje... — Seu olhar viu Hercule Poirot sentado ereto. — Por que diabos você quer se sentar aí? Mesmo em uma almofada, é o assento mais desconfortável da sala. Todas as molas estão quebradas.

— Eu sei, madame. Mas estou... estou admirando aquele quadro na parede.

Maureen ergueu os olhos para a pintura a óleo de um oficial da Marinha com telescópio.

— Sim, é bonito. Praticamente a única coisa boa da casa. Não temos certeza de que não seja um Gainsborough — suspirou ela. — Johnnie não vai vender, no entanto. É o tataravô dele, acho, ou mais algumas gerações atrás, e ele afundou de navio ou fez algo muito galante. Johnnie é terrivelmente orgulhoso dele.

— Sim — disse Poirot gentilmente. — Sim, ele tem algo do que se orgulhar, seu marido!

III

Eram quinze horas quando Poirot chegou à casa do Dr. Rendell.

Ele tinha comido ensopado de coelho, espinafre, batatas duras e um pudim bastante peculiar, desta vez não chamuscado. Em vez disso, "a água entrou", explicou Maureen. Ele havia bebido meia xícara de café. Não se sentia bem.

A porta foi aberta pela velha governanta, Mrs. Scott, e ele perguntou por Mrs. Rendell.

Ela estava na sala de estar com o rádio ligado quando ele foi anunciado.

Ele teve a mesma impressão dela que teve da primeira vez que a viu. Desconfiada, em guarda, com medo dele ou com medo do que ele representava.

Ela parecia mais pálida e sombria do que antes.

Tinha quase certeza de que ela estava mais magra.

— Quero lhe fazer uma pergunta, madame.

— Uma pergunta? Oh? Oh, sim?

— Mrs. Upward telefonou para você no dia de sua morte?

Ela o encarou. Acenou com a cabeça.

— Em que momento?

— Mrs. Scott recebeu a mensagem. Eram cerca de dezoito horas, eu acho.

— Qual foi a mensagem? Um pedido para que você fosse lá naquela noite?

— Sim. Ela disse que Mrs. Oliver e Robin estavam indo para Kilchester e ela ficaria sozinha, pois era noite de folga de Janet. Perguntou se eu podia descer e fazer companhia a ela.

— Algum horário foi sugerido?

— Às 21 horas ou depois.

— E você foi?

— Queria ter ido. Eu realmente queria. Mas, não sei como, acabei dormindo depois do jantar naquela noite. Já passava das 22 horas quando acordei. Achei que era tarde demais.

— Você não contou à polícia sobre a ligação de Mrs. Upward?

Seus olhos se arregalaram. Eles tinham um olhar infantil bastante inocente.

— Eu deveria ter feito? Já que eu não fui, pensei que não importava. Talvez, até mesmo, eu me sentisse um tanto culpada. Se eu tivesse ido, ela poderia estar viva agora. — Ela prendeu a respiração de repente. — Oh, espero que não tenha sido assim.

206

— Não é bem assim — disse Poirot. Ele fez uma pausa e disse: — *Do que tem medo, madame?*

Ela prendeu a respiração bruscamente.

— Medo? Não tenho medo.

— Tem, sim.

— Mas que absurdo. O que... do que eu deveria ter medo? Poirot fez uma pausa antes de falar.

— Pensei que talvez tivesse medo de mim...

Ela não respondeu. Mas seus olhos se arregalaram. Lentamente, desafiadoramente, ela balançou a cabeça.

Capítulo 24

I

— Este é o caminho para o inferno — disse Spence.

— Não é tão ruim assim — disse Poirot suavemente.

— Isso é o que você diz. Cada pequena informação que chega torna as coisas mais difíceis. Agora você me disse que Mrs. Upward ligou para *três* mulheres. Pediu que viessem naquela noite. Por que três? Ela mesma não sabia qual delas era Lily Gamboll? Ou não é mesmo um caso de Lily Gamboll? Veja o livro com o nome de Evelyn Hope. Isso sugere que Mrs. Upward e Eva Kane são a mesma pessoa, certo?

— O que concorda exatamente com a impressão de James Bentley sobre o que Mrs. McGinty disse a ele.

— Pensei que ele não tivesse certeza.

— Ele não tinha. Seria impossível para James Bentley ter certeza de alguma coisa. Ele não ouvia direito o que Mrs. McGinty dizia. No entanto, se James Bentley teve a impressão de que Mrs. McGinty estava falando sobre Mrs. Upward, pode muito bem ser verdade. As impressões geralmente são.

— Nossas últimas informações da Austrália (a propósito, ela foi para a Austrália, não para os Estados Unidos) parecem ser que a "Mrs. Hope" em questão morreu lá há vinte anos.

— Já me disseram isso — disse Poirot.

— Você sempre sabe tudo, não é, Poirot?

Poirot não deu atenção a essa zombaria. Ele disse:

— De um lado temos "Mrs. Hope" falecida na Austrália. E do outro?

— Na outra extremidade, temos Mrs. Upward, a viúva de um rico fabricante do norte do país. Ela morava com ele perto de Leeds e tinha um filho. Logo após o nascimento do filho, seu marido morreu. O menino tinha tendência a ter tuberculose e, desde a morte do marido, ela morava principalmente no exterior.

— E quando esta saga começa?

— A saga começa quatro anos depois que Eva Kane deixou a Inglaterra. Upward conheceu sua esposa em algum lugar no exterior e a trouxe para casa após o casamento.

— Então, na verdade Mrs. Upward *poderia* ser Eva Kane. Qual era o nome de solteira dela?

— Hargraves, eu entendo. Mas o que há em um nome?

— Há que Eva Kane, ou Evelyn Hope, pode ter morrido na Austrália, mas ela pode ter arranjado uma morte conveniente, ressuscitado como Hargraves e arranjado um casamento rico.

— Já faz muito tempo — disse Spence. — Mas supondo que seja verdade. Suponha que ela tivesse uma foto de si mesma e que Mrs. McGinty a tenha visto. Então, só podemos presumir que *ela* matou Mrs. McGinty.

— Pode ser, não? Robin Upward estava falando no rádio naquela noite. Mrs. Rendell mencionou ter ido até o chalé naquela noite, lembre-se, e não ter sido capaz de se fazer ouvir. De acordo com Mrs. Sweetiman, Janet Groom disse a ela que Mrs. Upward não era realmente tão aleijada quanto parecia.

— Tudo muito bonito, Poirot, mas o fato é que ela mesma foi morta depois de reconhecer uma fotografia. Agora você quer dizer que as duas mortes não estão conectadas.

— Não, não. Eu não disse isso. Elas estão bem conectadas.

— Eu desisto.

— Evelyn Hope. Essa é a chave do problema.

— Evelyn Carpenter? Essa é sua ideia? *Não* a Lily Gamboll, mas filha de Eva Kane! Mas com certeza ela não mataria a própria mãe.

— Não, não. Isso não é matricídio.

— Que diabo irritante você é, Poirot. Você vai dizer a seguir que Eva Kane e Lily Gamboll, e Janice Courtland e Vera Blake estão *todas* morando em Broadhinny. Todas as quatro suspeitas.

— Temos mais de quatro. Eva Kane era a governanta das crianças dos Craig, lembre-se.

— O que isso tem a ver com tudo?

— Onde há uma governanta de crianças, deve haver filhos... ou pelo menos uma criança. O que aconteceu com as crianças Craig?

— Havia uma menina e um menino, eu acho. Algum parente os levou.

— Portanto, há mais duas pessoas a se ter em consideração. Duas pessoas que poderiam ter mantido uma fotografia pelo terceiro motivo que mencionei... vingança.

— Não acredito nisso — disse Spence.

Poirot suspirou.

— Mas tem que ser considerado, do mesmo jeito. Acho que sei a verdade, embora haja um fato que me deixa totalmente perplexo.

— Estou feliz que algo o confunda — comentou Spence.

— Confirme uma coisa para mim, *mon cher* Spence. Eva Kane deixou o país antes da execução de Craig, certo?

— Certo.

— E ela estava, naquela época, esperando um filho?

— Certo.

— *Bon Dieu*, como fui estúpido — disse Hercule Poirot.

— É tudo muito simples, não é?

Foi depois dessa observação que houve quase um terceiro assassinato... o assassinato de Hercule Poirot pelo Superintendente Spence na Sede da Polícia de Kilchester.

II

— Eu quero fazer uma chamada pessoal — disse Hercule Poirot. — Para Mrs. Ariadne Oliver.

Uma chamada pessoal para Mrs. Oliver não era coisa para se conseguir sem muitas dificuldades. Mrs. Oliver estava trabalhando e não podia ser incomodada. Poirot, no entanto, ignorou todas as negações. Logo ele ouviu a voz da autora.

Estava zangada e quase sem fôlego.

— Bem, o que é? — disse Mrs. Oliver. — Você tinha que me telefonar logo agora? Tive uma ideia maravilhosa para um assassinato em uma loja de tecidos. Esse tipo antiquado de armarinho que vende combinações e coletes engraçados com mangas compridas, sabe?

— Não teria como saber — respondeu Poirot. — E, de qualquer forma, o que tenho a dizer a você é muito mais importante.

— Não poderia ser — disse Mrs. Oliver. — Não para *mim*, quero dizer. A não ser que eu faça um esboço ligeiro de minha ideia, ela vai embora!

Hercule Poirot não deu atenção à agonia criativa. Ele fez perguntas incisivas e imperativas, às quais Mrs. Oliver respondeu um tanto vagamente.

— Sim, sim, é um pequeno Teatro de Repertório, não sei o nome... Bem, um deles era Cecil Alguma Coisa, e aquele com quem eu estava falando era Michael.

— Admirável. Isso é tudo que eu preciso saber.

— Mas por que Cecil e Michael?

— Volte para as combinações e os coletes de mangas compridas, madame.

— Não consigo imaginar por que você não prendeu o Dr. Rendell — disse Mrs. Oliver. — Eu faria, se fosse a chefe da Scotland Yard.

— Muito possivelmente. Desejo-lhe sorte com o assassinato na loja de tecidos.

— A ideia se foi agora — disse Mrs. Oliver. — Você estragou tudo.

Poirot se desculpou generosamente.

Ele desligou e sorriu para Spence.

— Vamos agora, ou pelo menos eu irei interrogar um jovem ator cujo nome de batismo é Michael e que desempenha os papéis menos importantes no Pequeno Teatro de Repertório em Cullenquay. Rezo apenas para que ele seja o Michael certo.

— Por que diabos...?

Poirot evitou habilmente a ira crescente do Superintendente Spence.

— Você sabe, *cher ami*, o que é um *secret de Polichinelle*?

— Está na hora da aula de francês? — perguntou o Superintendente, furioso.

— Um *secret de Polichinelle* é um segredo que todos podem saber. Por este motivo, as pessoas que não sabem nunca ouvem falar dele, pois uma coisa que todo mundo sabe ninguém lhe vai contar.

— Não sei como consigo manter minhas mãos longe de você — disse o Superintendente Spence.

Capítulo 25

O inquérito estava encerrado. O veredito decidira que o crime fora cometido por Pessoa ou Pessoas Desconhecidas.

Após o inquérito, a convite de Hercule Poirot, aqueles que compareceram foram a Long Meadows.

Trabalhando diligentemente, Poirot induziu alguma aparência de ordem na longa sala de estar. As cadeiras foram dispostas em um semicírculo organizado, os cachorros de Maureen, excluídos com dificuldade, e Hercule Poirot, um palestrante autodesignado, assumiu sua posição no final da sala e iniciou os procedimentos com uma expressão ligeiramente constrangida ao limpar a garganta.

— *Messieurs et Mesdames...*

Ele fez uma pausa. Suas próximas palavras foram inesperadas e pareceram quase ridículas.

Mrs. McGinty está morta. Como foi que ela morreu?
Dobrando um joelho assim como eu!
Mrs. McGinty está morta. Como foi que ela morreu?
Estendendo a mão assim como eu!
Mrs. McGinty está morta. Como foi que ela morreu? Assim!...

Vendo suas expressões, ele continuou:

— Não, eu não estou louco. Apenas porque repito para vocês a rima de uma cantiga infantil, não quer dizer que eu esteja na minha segunda infância. Alguns de vocês podem ter brincado disso quando crianças. Mrs. Upward havia brincado. Na verdade, ela repetiu para mim com certa diferença. Ela disse: "Mrs. McGinty está morta. Como foi que ela morreu? Esticando o pescoço assim como eu." Foi o que ela me disse e foi o que ela fez. Ela esticou o pescoço para bisbilhotar e então ela, como Mrs. McGinty, morreu...

"Para o nosso propósito, devemos voltar ao início, para Mrs. McGinty. Ajoelhada esfregando as casas de outras pessoas, Mrs. McGinty foi morta e um homem, James Bentley, foi preso, julgado e condenado. Por certas razões, o Superintendente Spence, o oficial responsável pelo caso, não estava convencido da culpa de Bentley, por mais fortes que fossem as evidências. Eu concordei com ele. Vim aqui para responder a uma pergunta. 'Como Mrs. McGinty morreu? *Por que* ela morreu?'

"Não vou contar histórias longas e complicadas para você. Direi apenas que uma coisa tão simples como um tinteiro me deu uma pista. No *Sunday Comet*, lido por Mrs. McGinty no domingo antes de sua morte, quatro fotografias foram publicadas. Vocês sabem tudo sobre essas fotos agora, então direi apenas que Mrs. McGinty reconheceu uma delas como uma fotografia que ela tinha visto em uma das casas onde trabalhava.

"Ela falou sobre isso com James Bentley, embora ele não tenha dado importância ao assunto na época, nem mesmo depois. Na verdade, ele mal ouviu. Mas ele teve a impressão de que Mrs. McGinty tinha visto a fotografia na casa de Mrs. Upward e que, quando ela se referiu a uma mulher que não ficaria tão orgulhosa se tudo fosse revelado, ela estava se referindo a Mrs. Upward. Não podemos depender dessa afirmação dele, mas ela certamente usou essa frase sobre orgulho e não há dúvida de que Mrs. Upward *era* uma mulher orgulhosa e impiedosa.

"Como todos vocês sabem, alguns de vocês estavam presentes e os outros devem ter ouvido falar, eu mostrei essas quatro fotos na casa de Mrs. Upward. Percebi um lampejo de surpresa e reconhecimento na expressão de Mrs. Upward e a questionei a respeito. Ela tinha que admitir. Ela disse que "tinha visto uma das fotos em algum lugar, mas não conseguia se lembrar de onde". Quando questionada sobre qual foto, ela apontou para uma foto da criança Lily Gamboll. Mas isso, deixe-me dizer a vocês, *não era a verdade*. Por razões próprias, Mrs. Upward queria manter seu reconhecimento para si mesma. Ela apontou para a fotografia errada para me afastar.

"Mas uma pessoa não foi enganada... *o assassino*. Uma pessoa *sabia* qual foto Mrs. Upward havia reconhecido. E aqui não vou encher salsicha: a fotografia em questão era a de Eva Kane, uma mulher que foi cúmplice, vítima ou possivelmente líder no famoso caso de assassinato de Craig.

"Na noite seguinte, Mrs. Upward foi morta. Ela foi morta pelo mesmo motivo que Mrs. McGinty. Mrs. McGinty estendeu a mão, Mrs. Upward esticou o pescoço... o resultado foi o mesmo.

"Agora, antes de Mrs. Upward morrer, três mulheres receberam ligações. Mrs. Carpenter, Mrs. Rendell e Miss Henderson. Todas as três ligações eram uma mensagem de Mrs. Upward pedindo à pessoa em questão que fosse vê-la naquela noite. Era a noite de folga de sua criada, e seu filho e Mrs. Oliver estavam indo para Cullenquay. Parece, portanto, que ela queria uma conversa particular com cada uma dessas três mulheres.

"Agora, por que *três* mulheres? Mrs. Upward sabia onde vira a fotografia de Eva Kane? Ou ela sabia que tinha visto, mas não conseguia se lembrar de onde? Essas três mulheres tinham algo em comum? Nada, ao que parece, exceto a *idade*. Elas estavam todas, aproximadamente, na casa dos 30 anos.

"Vocês talvez tenham lido o artigo no *Sunday Comet*. Há nele uma imagem verdadeiramente sentimental da filha de Eva Kane nos anos que virão. As mulheres convidadas por

Mrs. Upward para irem vê-la estavam todas na idade certa para serem filhas de Eva Kane.

"Então, parece que morava em Broadhinny uma jovem que era filha do famoso assassino Craig e de sua amante Eva Kane, e também parecia que aquela jovem faria qualquer coisa para evitar que esse fato fosse conhecido. Iria, de fato, ao ponto de cometer homicídio duas vezes. Pois quando Mrs. Upward foi encontrada morta, havia duas xícaras de café na mesa, ambas usadas, e na xícara da visita, traços tênues de batom.

"Agora, vamos voltar às três mulheres que receberam mensagens telefônicas. Mrs. Carpenter entendeu a mensagem, mas disse que não foi a Laburnums naquela noite. Mrs. Rendell pretendia ir, mas adormeceu em sua cadeira. Miss Henderson *foi* para Laburnums, mas a casa estava às escuras e ela não conseguiu fazer ninguém ouvir, então voltou a sair.

"Esta é a história que essas três mulheres contam, mas há evidências conflitantes. Há aquela segunda xícara de café com batom e uma testemunha externa, a garota Edna, afirma positivamente que viu uma mulher loira *entrar* na casa. Há também a evidência do cheiro, um perfume caro e exótico que apenas Mrs. Carpenter usa."

Houve uma interrupção. Eve Carpenter gritou:

— É mentira! É uma mentira cruel e perversa. Não fui eu! Eu nunca fui lá! Nunca cheguei perto do lugar. Guy, você não pode fazer algo sobre essas mentiras?

Guy Carpenter estava pálido de raiva.

— Deixe-me informá-lo, monsieur Poirot, que existe uma lei de calúnia e todas essas pessoas presentes são testemunhas.

— É uma calúnia dizer que sua esposa usa um certo perfume, e também, deixe-me dizer, um certo batom?

— É ridículo — exclamou Eve. — Absolutamente ridículo! Qualquer um poderia espalhar meu perfume por aí.

Inesperadamente, Poirot sorriu para ela.

— *Mais oui*, exatamente! Qualquer um poderia. Uma coisa óbvia e não muito sutil de se fazer. Desajeitada e tosca. Tão desajeitada que, para mim, foi um tiro no pé. Fez mais. Deu-me, como diz a frase, ideias. Sim, me deu ideias.

"Cheiro e vestígios de batom em uma xícara. Mas é tão fácil remover o batom de uma xícara, garanto que todos os vestígios podem ser limpos com bastante facilidade. Ou as próprias xícaras podem ser removidas e lavadas. Por que não? Não havia ninguém na casa. Mas isso não foi feito. Eu me perguntei por quê. E a resposta parecia ser uma ênfase deliberada na feminilidade, um sublinhado do fato de que era o assassinato de uma *mulher*. Refleti sobre os telefonemas para aquelas três mulheres... todas haviam sido *mensagens*. Em nenhum caso, a própria destinatária falou com Mrs. Upward. Portanto, talvez não tenha sido Mrs. Upward quem telefonou. Era alguém ansioso por envolver uma mulher, qualquer uma, no crime. Mais uma vez perguntei, por quê? E só pode haver uma resposta... que não foi uma mulher que matou Mrs. Upward, mas um *homem*."

Ele olhou ao redor da audiência. Eles estavam todos muito quietos. Apenas duas pessoas responderam.

Eve Carpenter disse com um suspiro:

— Agora você está falando com bom senso!

Mrs. Oliver, balançando a cabeça vigorosamente, disse:

— Claro.

— Então, cheguei a este ponto... um homem matou Mrs. Upward e um *homem* matou Mrs. McGinty! Que homem? O motivo do assassinato ainda deve ser o mesmo... tudo depende de uma fotografia. Em posse de quem estava essa fotografia? Essa é a primeira pergunta. E por que foi guardada?

"Bem, isso talvez não seja tão difícil. Digamos que ela foi guardada originalmente por motivos sentimentais. Assim que Mrs. McGinty é... removida, a fotografia não precisa ser destruída. Mas depois do segundo assassinato, é diferente. Desta vez, a foto definitivamente foi conectada com o assassinato. A fotografia agora é uma coisa perigosa de se manter. Portanto, todos concordarão, com certeza será destruída."

Ele olhou em volta para as cabeças que concordavam.

— Mas, apesar de tudo, a fotografia não foi destruída! Não, não foi destruída! Eu sei disso, porque a encontrei. Eu encontrei alguns dias atrás. Nesta casa. Na gaveta da cômoda que vocês veem encostada na parede. Eu a tenho aqui.

Ele estendeu a fotografia desbotada de uma moça afetada com umas rosas.

— Sim — disse Poirot. — É Eva Kane. E no verso estão escritas duas palavras a lápis. Devo dizer o que são? "Minha mãe."

Seus olhos, graves e acusadores, pousaram em Maureen Summerhayes. Ela afastou o cabelo do rosto e o encarou com olhos arregalados e perplexos.

— Não entendo. Eu nunca...

— Não, Mrs. Summerhayes, você não entende. Só pode haver duas razões para guardar esta fotografia após o segundo assassinato. A primeira delas é sentimentalidade inocente. Você não teve nenhum sentimento de culpa e por isso pôde ficar com a fotografia. Você mesma nos disse, certo dia, na casa de Mrs. Carpenter, que foi uma criança adotada. Duvido que saiba qual era o nome da sua mãe verdadeira. Mas outra pessoa sabia. Alguém que tem todo o orgulho da família, um orgulho que o faz se apegar ao lar de seus ancestrais, um orgulho de seus ancestrais e de sua linhagem. Este homem prefere morrer a deixar que o mundo e seus filhos saibam que Maureen Summerhayes é filha do assassino Craig e de Eva Kane. Este homem, já disse, prefere morrer. Mas isso não ajudaria, não é? Então, em vez disso, digamos que temos aqui um homem que está disposto a matar.

Johnnie Summerhayes levantou-se de seu assento. Sua voz, quando ele falou, era baixa, quase amigável.

— Que bela quantidade de asneiras o senhor está dizendo, não acha? Divertindo-se contando um monte de teorias? Teorias, é só isso! Dizendo coisas sobre minha esposa... — Então sua raiva transformou-se repentinamente em uma maré furiosa. — Seu maldito porco imundo!

A rapidez de sua corrida pelo chão pegou a sala de surpresa. Poirot retrocedeu agilmente e o Superintendente Spence estava de repente entre Poirot e Summerhayes.

— Opa, opa... Major Summerhayes, vá com calma... vá com calma.

Summerhayes se recuperou, encolheu os ombros, disse:

— Desculpe-me. Ridículo mesmo! Afinal, *qualquer um* pode colocar uma fotografia em uma gaveta.

— Precisamente — disse Poirot. — E o interessante sobre esta fotografia é que não contém impressões digitais.

Ele fez uma pausa, então acenou com a cabeça suavemente.

— Mas deveria ter tido — disse ele. — Se Mrs. Summerhayes a guardou, ela o teria feito inocentemente e, portanto, suas impressões digitais *deveriam* estar ali.

Maureen exclamou:

— Acho que você está louco. Nunca vi essa fotografia na minha vida, exceto na casa de Mrs. Upward naquele dia.

— Sua sorte é que eu sei que você está falando a verdade — disse Poirot. — A fotografia foi colocada naquela gaveta *apenas alguns minutos antes de eu encontrá-la lá*. Duas vezes naquela manhã o conteúdo daquela gaveta foi jogado no chão, duas vezes eu o recoloquei; na primeira vez a fotografia não estava na gaveta, na segunda vez havia sido colocada lá durante aquele intervalo, e *eu sei por quem*.

Uma nova nota surgiu em sua voz. Ele não era mais um homenzinho ridículo com um bigode absurdo e cabelos tingidos, era um caçador muito próximo de sua presa.

— Os crimes foram cometidos por um *homem*, foram cometidos pelo mais simples de todos os motivos... por dinheiro. Na casa de Mrs. Upward foi encontrado um livro e na folha de rosto desse livro está escrito *Evelyn Hope*. Hope foi o nome que Eva Kane adotou quando deixou a Inglaterra. Se seu nome verdadeiro era Evelyn, então com toda probabilidade ela deu o nome de Evelyn à criança quando nasceu. *Mas nessa região, Evelyn é um nome que serve tanto para homem quanto para mulher*. Por que foi que nós presumimos que a criança de Eva Kane era uma menina? Aproximadamente porque o *Sunday Comet* disse isso! Mas, na verdade, o *Sunday Comet* não disse isso com tantas palavras, ele presumiu por causa de uma entrevista romântica com Eva Kane. Mas Eva Kane deixou a Inglaterra *antes* do nascimento de seu filho, então ninguém poderia dizer qual seria o sexo da criança.

"É aí que me deixei ser enganado. Pela romântica imprecisão da imprensa.

"Evelyn Hope, *o filho* de Eva Kane, vem para a Inglaterra. Ele é talentoso e atrai a atenção de uma mulher muito rica que nada sabe sobre sua origem, apenas a história romântica que ele escolhe para contar a ela. (Era uma história muito bonita sobre uma jovem bailarina trágica morrendo de tuberculose em Paris!).

"Ela é uma mulher solitária que recentemente perdeu seu próprio filho. O talentoso jovem dramaturgo assume seu nome por requerimento legal.

"*Mas seu nome verdadeiro é Evelyn Hope, não é, Mr. Upward?*"

Robin Upward gritou estridentemente:

— Claro que não! Não sei do que você está falando.

— Você realmente não pode esperar negá-lo. Existem pessoas que o conhecem com esse nome. O nome Evelyn Hope, escrito no livro, está com sua caligrafia, a mesma caligrafia das palavras "minha mãe" no verso desta fotografia. Mrs. McGinty viu a fotografia e o que estava escrito quando estava arrumando suas coisas. Ela falou com você sobre isso depois de ler o *Sunday Comet*. Mrs. McGinty presumiu que fosse uma fotografia de Mrs. Upward quando jovem, já que ela não tinha ideia de que Mrs. Upward não era sua mãe verdadeira. Mas você sabia que se ela mencionasse o assunto de forma que chegasse aos ouvidos de Mrs. Upward, seria o fim. Mrs. Upward tinha opiniões bastante fanáticas sobre o assunto da hereditariedade. Ela não toleraria por um momento um filho adotivo que era filho de um famoso assassino. Ela também não perdoaria suas mentiras sobre o assunto.

"Então Mrs. McGinty teve que ser silenciada a todo custo. Você prometeu a ela um presentinho, talvez, por ser discreta. Você a visitou na noite seguinte, a caminho da transmissão... e a matou! *Assim!*"

Com um movimento repentino, Poirot agarrou o martelo de açúcar da prateleira e girou-o para baixo e para baixo como se fosse derrubá-lo na cabeça de Robin.

Tão ameaçador foi o gesto que vários membros do círculo gritaram.

Robin Upward gritou. Um grito alto e aterrorizado.

Ele gritou:

— Não... não... Foi um acidente. Juro que foi um acidente. Eu não queria matá-la. Eu perdi a cabeça. Eu juro que perdi.

— Você lavou o sangue e colocou o martelo de açúcar de volta nesta sala onde o encontrou. Mas existem novos métodos científicos para determinar manchas de sangue e para trazer à tona impressões digitais latentes.

— Eu nunca tive a intenção de matá-la... Foi tudo um engano... E, de qualquer maneira, não é minha culpa... Não sou o responsável. Está no meu sangue. Eu não posso evitar. Você não pode me enforcar por algo que não é minha culpa...

Em voz baixa, Spence murmurou:

— Não podemos? É o que você vai ver.

Em voz alta, ele falou com uma voz oficial grave:

— Devo avisá-lo, Mr. Upward, que qualquer coisa que você disser será...

Capítulo 26

— Eu realmente não vejo, monsieur Poirot, como foi que você chegou a suspeitar de Robin Upward.

Poirot olhou complacentemente para os rostos voltados para ele.

Ele sempre gostou de explicações.

— Eu deveria ter suspeitado dele muito antes. A pista, uma pista tão simples, foi a frase proferida por Mrs. Summerhayes no coquetel daquele dia. Ela disse a Robin Upward: "Não gosto de saber que fui adotada, e você?" Essas foram as duas palavras reveladoras. *E você?* Elas só podiam significar que Mrs. Upward não era a mãe biológica de Robin.

"Mrs. Upward estava morbidamente ansiosa para que ninguém soubesse que Robin não era filho dela. Ela provavelmente tinha ouvido muitos comentários obscenos sobre jovens brilhantes que vivem com mulheres idosas. E muito poucas pessoas sabiam, apenas o pequeno círculo teatral onde ela vira Robin pela primeira vez. Ela tinha poucos amigos íntimos neste país, tendo vivido no exterior por tanto tempo, e decidiu, de qualquer forma, vir e se estabelecer aqui, longe de seu próprio Yorkshire. Mesmo que encontrasse amigos dos velhos tempos, ela não lhes contava nada a respeito disto, deixando que pensassem que este Robin era o mesmo Robin que tinham conhecido como seu menino.

"Mas desde o início algo me pareceu não muito natural na casa de Laburnums. A atitude de Robin para com Mrs. Upward não era a de uma criança mimada ou de um filho devotado. Era a atitude de um protegido para com seu *patrono*. O título um tanto fantasioso de Madre tinha um toque teatral. E Mrs. Upward, embora obviamente gostasse muito de Robin, inconscientemente o tratou como um bem valioso pelo qual ela havia pagado caro.

"Então lá está Robin Upward, confortavelmente estabelecido, com a carteira de 'Madre' aberta para todas as suas aventuras, e então na segurança de seu mundo, aparece Mrs. McGinty reconhecendo uma fotografia que ele guardava numa gaveta, a fotografia com 'minha mãe' escrita no verso. Sua mãe, que ele disse a Mrs. Upward, era uma jovem dançarina de balé talentosa que morrera de tuberculose! Mrs. McGinty, é claro, pensa que a fotografia é de Mrs. Upward quando jovem, uma vez que presume, naturalmente, que Mrs. Upward é a própria mãe de Robin. Não acho que a chantagem real alguma vez tenha entrado na mente Mrs. McGinty, mas ela esperava, talvez, por um 'presentinho bonito', como uma recompensa por conter a língua sobre uma fofoca passada que não teria sido agradável para uma 'orgulhosa' como Mrs. Upward.

"Mas Robin Upward não queria correr riscos. Ele rouba o cortador de açúcar, ironicamente mencionado como uma arma perfeita para o assassinato por Mrs. Summerhayes, e na noite seguinte, ele para na cabana de Mrs. McGinty em seu caminho para a transmissão. Ela o leva para a sala de estar, sem suspeitar, e ele a mata. Ele sabe onde ela guarda suas economias, todo mundo em Broadhinny parece saber, e finge um roubo, escondendo o dinheiro do lado de fora de casa. Bentley é suspeito e preso. Tudo agora está seguro para o inteligente Robin Upward.

"Mas então, de repente, mostro as quatro fotos, e Mrs. Upward reconhece a de Eva Kane como sendo idêntica a uma fotografia da mãe bailarina de Robin! Ela precisa de um pouco de tempo para pensar nas coisas. Tem assassinato envolvido. Será possível que Robin...? Não, ela se recusa a acreditar.

"Que ação ela teria tomado no final, não sabemos. Mas Robin não queria correr riscos. Ele planeja toda a *mise en scène*. A visita ao Teatro de Repertório na noite de folga de Janet, os telefonemas, a xícara de café cuidadosamente manchada com batom tirado da bolsa de Eve Carpenter, ele até compra um frasco de seu perfume característico. A coisa toda era um cenário teatral com adereços preparados. Enquanto Mrs. Oliver esperava no carro, Robin voltou duas vezes para dentro de casa. O assassinato foi questão de segundos. Depois disso, houve apenas a distribuição rápida do *cenário*. E com Mrs. Upward morta, ele herdaria uma grande fortuna pelos termos de seu testamento, e nenhuma suspeita poderia ser atribuída a ele, já que parecia bastante certo de que uma mulher havia cometido o crime. Com três mulheres visitando o chalé naquela noite, era quase certo que uma delas seria suspeita. E assim foi.

"Mas Robin, como todos os criminosos, foi descuidado e muito confiante. Não apenas havia um livro no chalé com seu nome original rabiscado, mas ele também guardou, para seus próprios fins, a fotografia fatal. Teria sido muito mais seguro para ele se a tivesse destruído, mas ele se agarrou à crença de que poderia usá-la para incriminar outra pessoa no momento certo.

"Ele provavelmente pensou então em Mrs. Summerhayes. Essa pode ser a razão pela qual ele se mudou do chalé para Long Meadows. Afinal, o cortador de açúcar era dela, e Mrs. Summerhayes era, ele sabia, uma criança adotiva e poderia achar difícil provar que ela não era filha de Eva Kane.

"No entanto, quando Deirdre Henderson admitiu ter estado na cena do crime, ele teve a ideia de plantar a fotografia entre os pertences dela. Ele tentou fazer isso usando uma escada que o jardineiro havia deixado encostada na janela. Mas Mrs. Wetherby estava nervosa e insistiu para que todas as janelas fossem mantidas trancadas, de modo que Robin não teve êxito em seu propósito. Ele voltou direto para cá e colocou a fotografia em uma gaveta que, infelizmente para ele, eu havia revistado pouco tempo antes.

"Eu sabia, portanto, que a fotografia tinha sido plantada e sabia por quem, pela única pessoa na casa, a que estava digitando diligentemente no andar de cima.

"Uma vez que o nome Evelyn Hope, escrito na página do livro, fora encontrado naquela casa, Evelyn Hope devia ser ou Mrs. Upward ou Robin Upward...

"O nome Evelyn me levou ao erro. Eu o conectei com Mrs. Carpenter já que o nome dela era Eve. *Mas aqui Evelyn também pode ser um nome de homem.*

"Lembrei-me da conversa de Mrs. Oliver sobre o Pequeno Repertório em Cullenquay. O jovem ator que estava falando com ela era a pessoa com quem eu queria confirmar minha teoria de que Robin não era filho da própria Mrs. Upward. Pela maneira como ele havia falado, parecia claro o quanto conhecia os fatos. E a história da inesperada punição ao rapaz que a enganara quanto à sua origem era sugestiva.

"A verdade é que eu deveria ter visto tudo muito antes. Fui prejudicado por um erro grave. Achei que havia sido empurrado deliberadamente com a intenção de me mandarem para uma linha férrea e que a pessoa que o fizera era o assassino de Mrs. McGinty. Agora, Robin Upward era praticamente a única pessoa em Broadhinny que não poderia estar na estação de Kilchester naquela hora."

Houve uma risada repentina de Johnnie Summerhayes.

— Provavelmente alguma velha com uma cesta. Elas empurram mesmo.

Poirot disse:

— Na verdade, Robin Upward era muito presunçoso para ter medo de mim. É uma característica dos assassinos. Felizmente, talvez. Pois, neste caso, havia pouquíssimas evidências.

Mrs. Oliver se mexeu.

— Você quer dizer — ela perguntou incrédula — que Robin assassinou a mãe enquanto eu estava sentada do lado de fora no carro, e que eu não tinha a menor ideia disso? Não daria tempo!

— Oh, sim, daria. As ideias de tempo das pessoas geralmente são ridiculamente erradas. Imagine como um palco muda de cenário tão depressa. Neste caso foi apenas uma questão de arrumação.

— Um bom teatro — murmurou Mrs. Oliver mecanicamente.

— Sim, foi um assassinato eminentemente teatral. Tudo muito, muito planejado.

— E eu sentada no carro... sem ter a menor ideia!

— Receio que sua intuição feminina teve um dia de folga — murmurou Poirot.

Capítulo 27

— Não vou voltar para o Breather & Scuttle — disse Maude Williams. — Eles são uma empresa péssima.

— E eles já serviram ao seu propósito.

— O que você quer dizer com isso, monsieur Poirot?

— Por que você veio para esta parte do mundo?

— Suponho que, sendo o Sr. Sabe Tudo, já tem alguma pista, não?

— Uma pequena.

— E o que é essa pista?

Poirot estava olhando pensativo para o cabelo de Maude.

— Fui muito discreto — disse ele. — Supõe-se que a mulher que entrou na casa de Mrs. Upward, a mulher loira que Edna viu, era Mrs. Carpenter, e que ela negou estar lá simplesmente por medo. Uma vez que foi Robin Upward quem matou Mrs. Upward, sua presença não tem mais significado do que a de Miss Henderson. Mas, mesmo assim, acho que ela não estava lá. Acho, Miss Williams, que a mulher que Edna viu era *você*.

— Por que eu?

Sua voz era áspera.

Poirot respondeu com outra pergunta.

— Por que estava tão interessada em Broadhinny? Por que quando você foi até lá, pediu um autógrafo a Robin Upward? Você não é do tipo que busca autógrafos. O que você sabia sobre os Upward? Por que você veio para esta parte do mundo em primeiro lugar? Como você soube que Eva Kane morreu na Austrália e o nome que ela adotou quando deixou a Inglaterra?

— Você é bom em adivinhar, não é? Bem, não tenho nada a esconder, não mais.

Ela abriu a bolsa. De uma carteira gasta, tirou um pequeno recorte de jornal puído pelo tempo. Mostrava o rosto que Poirot agora conhecia tão bem, o rosto afetado de Eva Kane.

Escrito nele estavam as palavras: "Ela matou minha mãe." Poirot o devolveu.

— Sim, foi o que pensei. Seu sobrenome verdadeiro é Craig, não é?

Maude assentiu.

— Fui criada por alguns primos. Eles eram muito decentes. Mas eu já tinha idade suficiente quando tudo aconteceu para não esquecer. Eu costumava pensar muito nisso. Sobre ela. Ela era uma pessoa ordinária, sem dúvida... as crianças sabem! Meu pai era simplesmente fraco. E obcecado por ela. Mas ele levou a culpa. Por algo que eu sempre acreditei que ela fez. Ah, sim, eu sei que ele é um cúmplice depois do fato, mas não é exatamente a mesma coisa, é? Sempre quis descobrir o que havia acontecido com ela. Quando eu cresci, coloquei detetives no assunto. Eles a rastrearam até a Austrália e finalmente relataram que ela estava morta. Ela deixou um filho que se chamava Evelyn Hope.

"Bem, isso pareceu encerrar a conta. Mas foi então que comecei a namorar um rapaz no teatro. Ele mencionou uma pessoa chamada Evelyn Hope, que veio da Austrália, mas que agora se chamava Robin Upward e que escrevia peças. Eu fiquei interessada. Uma noite, me mostraram quem era o Robin Upward... e ele estava com sua *mãe*. Então pensei que, afinal, Eva Kane *não* estava morta. Em vez disso, ela estava bancando a rainha com um pacote de dinheiro.

"Arranjei um emprego aqui. Estava curiosa e um pouco mais... Tudo bem, vou admitir, achei que gostaria de me vingar dela de alguma forma... Quando você tocou em toda essa história sobre James Bentley, concluí que foi Mrs. Upward quem matou Mrs. McGinty. Eva Kane praticando seus truques novamente. Por acaso, ouvi de Michael West que Robin Upward e Mrs. Oliver estavam vindo para essa apresentação no Repertório em Cullenquay. Decidi ir para Broadhinny e enfrentar a mulher. Eu queria... eu não sei bem o que queria. Estou lhe contando tudo, peguei uma pequena pistola que tinha na guerra comigo. Para assustá-la? Ou mais? Sinceramente, não sei...

"Bem, cheguei lá. Não havia som na casa. A porta estava destrancada. Entrei. Você sabe como eu a encontrei. Sentada lá morta, seu rosto todo roxo e inchado. Todas as coisas em que estive pensando pareciam bobas e melodramáticas. Eu sabia que nunca, realmente, gostaria de matar alguém... Mas percebi que poderia ser estranho explicar o que eu estava fazendo na casa. Era uma noite fria e eu estava de luvas, então eu sabia que não tinha deixado nenhuma impressão digital e por um momento não pensei que alguém tivesse me visto. Isso é tudo."

Ela fez uma pausa e acrescentou abruptamente:

— O que você vai fazer a respeito?

— Nada — disse Hercule Poirot. — Desejo-lhe boa sorte na vida, só isso.

Epílogo

Hercule Poirot e o Superintendente Spence estavam comemorando no *La Vieille Grand'mère*.

Enquanto o café era servido, Spence recostou-se na cadeira e deu um profundo suspiro de satisfação.

— Não é nada mal aqui — disse ele com aprovação. — Um pouco francês, talvez, mas afinal, onde você consegue um bife com batatas fritas decente hoje em dia?

— Eu havia jantado aqui na noite em que você me procurou pela primeira vez — disse Poirot, reminiscente.

— Ah, muita água passou por baixo da ponte. Eu tenho que reconhecer isso, monsieur Poirot. Você usou os truques certos. — Um leve sorriso apareceu em seu semblante severo. — Sorte que aquele jovem não percebeu quão poucas evidências realmente tínhamos. Ora, qualquer advogado astuto teria transformado meus planos em picadinho! Mas ele perdeu a cabeça completamente e entregou tudo. Deu com a língua nos dentes e incriminou-se até o pescoço. Sorte nossa!

— Não foi inteiramente sorte — disse Poirot em tom de reprovação. — Fiz com ele o que se faz com os peixes grandes, dei corda... Ele pensou que eu levara a sério as evidências contra Mrs. Summerhayes, quando não, e ele sofre a reação e se despedaça. Além disso, ele é um covarde. Levantei o cortador de açúcar e ele pensou que eu pretendia bater nele. O medo agudo sempre produz a verdade.

— Sorte que você não sofreu com a reação do Major Summerhayes — disse Spence com um sorriso. — Ele tem um temperamento forte e é rápido. Fiquei entre vocês na hora certa. Ele já te perdoou?

— Oh, sim, somos bons amigos. E dei a Mrs. Summerhayes um livro de culinária e também a ensinei pessoalmente como fazer uma omelete. *Bon Dieu*, o que eu sofri naquela casa!

Ele fechou os olhos.

— Tudo muito complicado — ruminou Spence, desinteressado nas memórias agonizantes de Poirot. — Isso só mostra o quão verdadeiro é o velho ditado que todos têm algo a esconder. Agora, Mrs. Carpenter morria de medo de ser presa por assassinato. Se alguma vez uma mulher se sentiu culpada, foi ela, e tudo por quê?

— *Eh bien*, por quê? — perguntou Poirot com curiosidade.

— Apenas um passado bastante desagradável. Ela tinha sido dançarina de cabaré, e tivera um bando de amigos homens! Não era uma viúva de guerra quando veio morar em Broadhinny. Era apenas o que eles chamam hoje em dia de "esposa não oficial". Bem, é claro que isso não serviria para um cara como Guy Carpenter, então ela lhe contou um tipo muito diferente de história. E ela estava desesperada para que a coisa toda não viesse à tona assim que começássemos a investigar as origens das pessoas.

Ele tomou um gole de café e deu uma risadinha.

— Que tal os Wetherby? Família do tipo sinistro. Ódio e malícia. Garota estranha e frustrada. E o que está por trás disso? Nada sinistro. Apenas dinheiro! Simplesmente libras.

— Simples assim.

— A moça tem dinheiro, muito dinheiro. Deixado por uma tia. Portanto, a mãe a mantém com rédeas firmes para o caso de ela querer se casar. E o padrasto a detesta porque é ela quem paga as contas. Percebi que ele mesmo foi um fracasso em tudo o que empreendeu. Um demônio mesquinho... E Mrs. Wetherby, ela é puro veneno dissolvido em açúcar.

— Concordo com você. — Poirot acenou com a cabeça de uma forma satisfeita. — É uma sorte que a moça tenha dinheiro. Isso torna o casamento dela com James Bentley muito mais fácil de se arranjar.

O Superintendente Spence pareceu surpreso.

— Vai se casar com James Bentley? Deirdre Henderson? Quem disse isso?

— Eu digo isso — disse Poirot. — Ocuparei-me com o caso. Agora que nosso probleminha acabou, tenho muito tempo em minhas mãos. Vou me empenhar em encaminhar este casamento. Por enquanto, os dois envolvidos não têm ideia de tal coisa. Mas eles se sentem atraídos um pelo outro. Por conta própria, nada aconteceria... mas eles contarão com Hercule Poirot. Você verá! Tudo dará certo!

Spence sorriu.

— Não se importa de se meter na vida dos outros, não é?

— *Mon cher*, isso não foi bom da sua parte — disse Poirot em tom de censura.

— Ah, você me entendeu. Ao mesmo tempo, James Bentley é um pobre coitado.

— Certamente ele é um pobre coitado! No momento, ele está positivamente ofendido porque não vai ser enforcado.

— Ele deveria se ajoelhar em gratidão a você — disse Spence.

— A você também. Mas, aparentemente, ele não pensa assim.

— Que rapaz mais estranho...

— Como você diz, e ainda assim, pelo menos duas mulheres foram se interessar por ele. A natureza é muito inesperada.

— Pensei que você tentaria juntá-lo à Maude Williams.

— Ele deve fazer a escolha dele — disse Poirot. — Ele deve... como vocês diriam... receber o prêmio. Mas acho que é Deirdre Henderson quem ele vai escolher. Maude Williams tem muita energia e vitalidade. Com ela, ele se enfiaria ainda mais para dentro de seu casco.

232   · AGATHA CHRISTIE ·

— Não consigo imaginar por que alguma delas o desejaria!

— Os caminhos da natureza são realmente inescrutáveis.

— Ao mesmo tempo, você terá muito trabalho. Primeiro, transformando-o em um pretendente adequado. Em seguida, arrancando a garota da mãe venenosa. Ela vai lutar com você com unhas e dentes!

— O sucesso está do lado das grandes batalhas.

— Do lado dos bigodes grandes, suponho que você queira dizer. — Spence riu muito alto.

Poirot acariciou o bigode complacentemente e sugeriu um conhaque.

— Se o senhor tomar, eu também tomo, monsieur Poirot.

Poirot deu a ordem.

— Ah — disse Spence —, eu sabia que havia mais uma coisa a dizer. Está lembrado dos Rendell?

— Naturalmente.

— Bem, quando o estávamos investigando, algo bastante estranho veio à tona. Parece que quando sua primeira esposa morreu em Leeds, onde ele trabalhava naquela época, a polícia recebeu algumas cartas anônimas bastante desagradáveis sobre ele. Dizendo, com efeito, que ele a envenenou. Claro que as pessoas dizem esse tipo de coisa. Ela tinha sido atendida por um médico externo, um homem de boa reputação, que pareceu pensar que sua morte havia sido bem honesta. Não havia do que suspeitar, exceto pelo fato de que eles haviam segurado mutuamente suas vidas em favor um do outro, e as pessoas fazem isso... Nada para nós prosseguirmos, como eu disse, e ainda... eu me perguntei... será... O que você acha?

Poirot lembrou-se do ar assustado de Mrs. Rendell. Sua menção a cartas anônimas e sua insistência de que não acreditava em nada do que diziam. Ele se lembrou, também, de sua certeza de que sua pergunta sobre Mrs. McGinty era apenas um pretexto. Então disse:

— Imagino que não foi apenas a polícia que recebeu cartas anônimas.

— Será que ela também recebeu?

— Penso que sim. Quando apareci em Broadhinny, ela pensou que eu estava no encalço de seu marido e que o negócio de McGinty era um pretexto. Sim, e ele também achava... Isso explica tudo! Foi o Dr. Rendell quem tentou me empurrar para baixo do trem naquela noite!

— Será que ele está pensando em acabar com a mulher também?

— Acho que seria conveniente que ela não segurasse sua vida em favor dele — disse Poirot secamente. — Mas se ele acredita que estamos de olho nele, provavelmente será prudente.

— Faremos o que pudermos. Vamos ficar de olho em nosso médico amigável e deixar claro que estamos fazendo isso.

Poirot ergueu sua taça de conhaque.

— A Mrs. Oliver — disse ele.

— O que a colocou em sua cabeça de repente?

— Intuição feminina — disse Poirot.

Houve silêncio por um momento, então Spence disse lentamente:

— Robin Upward vai a julgamento na próxima semana. Você sabe, Poirot, ainda tenho minhas dúvid...

Poirot o interrompeu horrorizado.

— *Mon Dieu*! Não me diga que você ainda tem dúvidas sobre a culpa de Robin Upward? Não me diga que vai querer começar tudo de novo...

O Superintendente Spence sorriu de forma tranquilizadora.

— Pelo amor de Deus, não. Ele *é* o assassino, com certeza! — acrescentou ele. — Vaidoso o suficiente para qualquer coisa!

Notas sobre
A morte de Mrs. McGinty

A morte de Mrs. McGinty foi publicado como romance em 1952. Originalmente foi lançado em uma revista, em 1951, nos Estados Unidos, com o título *Blood will tell*.

Poirot se refere no primeiro capítulo a um caso em que "a semelhança entre um financista rico e um fabricante de sabão" que ele conhecera em Liège provou ser significativa. É o caso do conto "Os trabalhos de Hércules", publicado pela primeira vez na *Strand Magazine* em novembro de 1939 e posteriormente na coletânea *The labors of Hercules*, de 1947.

Quando o Superintendente Spence chega para ver Poirot, o detetive reage a ele como se já tivessem se passado muitos anos desde o caso em que trabalharam juntos. O caso em questão foi recontado em *Taken at the flood* (*Levado pela correnteza*), de 1948, e foi ambientado em 1946. Assim, só podem ter se passado no máximo seis anos desde a última vez em que trabalharam juntos.

O *Sunday Comet* é um jornal dominical fictício criado por Agatha Christie. Nele, Mrs. McGinty recortou o artigo com o título: "Mulheres vítimas de tragédias passadas: Onde estão essas mulheres agora?", escrito por Pamela Horsfall.

Mrs. Oliver, que é uma caricatura da própria Agatha, comenta sobre as gafes em seus livros. No capítulo 12, ela menciona um de seus romances (uma referência a *Death in the clouds*, de Christie) em que ela descreveu uma zarabatana como tendo trinta centímetros de comprimento, em vez de um metro e oitenta.

No capítulo 10, Ariadne Oliver pergunta a Poirot quem é a vítima sobre a qual ele está pesquisando, e Poirot compara Mrs. McGinty a Mr. Shaitana da obra *Cards on the table* (*Cartas na mesa*) de 1936. Nele, Agatha Christie retrata Mr. Shaitana como um homem rico, mas misterioso, conhecido por ser um colecionador de objetos raros. Ele tinha um fascínio pelo crime, e era especialmente focado nas pessoas que os cometeram.

"A bela Evelyn Hope está morta", mencionado no capítulo 11, é parte de um poema de Robert Browning.

The silver box, mencionada no capítulo 13, é uma comédia em três atos, e a primeira peça do escritor inglês John Galsworthy.

Ainda no capítulo 13, a frase "rosas, rosas por todos os lados", em inglês *"roses, roses, all the way"*, foi tirada do primeiro verso do poema *The patriot* de Robert Browning, de 1855, em que ele descreve rosas sendo jogadas nas ruas.

No capítulo 14, o trecho "Assim como Mark, disse ele, e abriu-lhe a cabeça!" pertence a *Os idílios do rei* (*Idylls of the king*, em inglês), um conjunto de doze poemas de Alfred Tennyson publicados entre 1859 e 1885 e que relatam a lenda do Rei Arthur e seus cavaleiros.

Quando Poirot chama a personagem Deirdre Henderson de Deirdre das Dores, no capítulo 18, ele se refere à heroína mais trágica da mitologia irlandesa, conhecida pelo epíteto "Deirdre of the Sorrows". Sua história faz parte do *Ciclo do Ulster*, as histórias mais conhecidas da Irlanda pré-cristã.

A morte de Mrs. McGinty foi adaptado para as telas pela MGM em 1964, com o título *Murder most foul*. No entanto, o personagem de Poirot foi substituído pela outra detetive de Christie, Miss Marple (interpretada por Margaret Rutherford). Foi adaptado para rádio pela BBC Radio 4 em 2006, com John Moffatt como Poirot. Em 2008, este livro foi o primeiro episódio da série de TV britânica *Agatha Christie's Poirot*. Já a versão francesa, *Mademoiselle Mac Ginty est morte*, foi feita como episódio 10 da 2ª temporada da série *Les petits meurtres d'Agatha Christie*, e foi transmitida pela primeira vez em 2015.

Este livro foi impresso pela Gráfica Santa Marta,
em 2023, para a HarperCollins Brasil.
A fonte usada no miolo é Cheltenham, corpo 9,5/13,5pt.
O papel do miolo é pólen 70g/m²,
e o da capa é couché 150g/m² e cartão paraná.